T0245839

Contemporánea

José Saramago (Azinhaga, 1922-Tías, 2010) es uno de los escritores portugueses más conocidos y apreciados en el mundo entero. En España, a partir de la primera publicación de *El año de la muerte de Ricardo Reis*, en 1985, su trabajo literario recibió la mejor acogida de los lectores y de la crítica. Otros títulos importantes son *Manual de pintura y caligrafía, Levantado del suelo, Memorial del convento, Casi un objeto, La balsa de piedra, Historia del cerco de Lisboa, El Evangelio según Jesucristo, Ensayo sobre la ceguera, Todos los nombres, La caverna, El hombre duplicado, Ensayo sobre la lucidez, Las intermitencias de la muerte, El viaje del elefante, Caín, Poesía completa*, los *Cuadernos de Lanzarote I* y *II*, el libro de viajes *Viaje a Portugal*, el relato breve *El cuento de la isla desconocida*, el cuento infantil *La flor más grande del mundo,* el libro autobiográfico *Las pequeñas memorias, El Cuaderno, José Saramago en sus palabras*, un repertorio de declaraciones del autor recogidas en la prensa escrita, y *El último cuaderno*. Además del Premio Nobel de Literatura 1998, Saramago fue distinguido por su labor con numerosos galardones y doctorados *honoris causa*.

PREMIO NOBEL DE LITERATURA

José Saramago
La viuda

Traducción de
Antonio Sáez Delgado

DEBOLS!LLO

Papel certificado por el Forest Stewardship Council®

Título original: *A Viúva*
Primera edición en Debolsillo: marzo de 2023

© 1947, José Saramago y herederos de José Saramago
© 2021, 2023, Penguin Random House Grupo Editorial, S. A. U.
Travessera de Gràcia, 47-49. 08021 Barcelona
© 2021, Antonio Sáez Delgado, por la traducción
Diseño de cubierta: © Manuel Estrada / Estrada Design
Foto del autor: © Carmelo Rubio

Printed in Spain – Impreso en España

ISBN: 978-84-663-5986-3
Depósito legal: B-1.043-2023

Compuesto en MT Color & Diseño, S. L.
Impreso en Black Print CPI Ibérica
Sant Andreu de la Barca (Barcelona)

P 3 5 9 8 6 3

La viuda

Advertencia

El autor es un muchacho de veinticuatro años, callado, introvertido, que se gana la vida como escribiente en los servicios administrativos de los Hospitales Civiles de Lisboa, tras haber trabajado durante más de un año como aprendiz de cerrajería mecánica en los talleres de esos hospitales. Tiene pocos libros en casa porque su sueldo es pequeño, pero ha leído en la Biblioteca Municipal del palacio de Galveias, tiempo atrás, todo cuanto ha podido alcanzar su comprensión. Todavía estaba soltero cuando un caritativo compañero de trabajo, oficial de segunda, de apellido Figueiredo, le prestó trescientos escudos para comprar los libros de la colección «Cadernos» de la Editorial Inquérito. Su primera estantería fue una balda interior del aparador familiar. En este año de 1947 en el que estamos tendrá una hija, a la que medievalmente pondrá el nombre de Violante, y publicará la novela que ha estado escribiendo, esa que tituló *A viúva* pero que saldrá a la luz con un título al que no se acostumbrará nunca. Como en el tiempo que pasó en la aldea ya había plantado unos cuantos árboles, poco más le queda por hacer en la vida. Se supone que escribió este libro porque en una antigua conversación entre amigos, de esas que tienen los adolescentes, hablando los unos con los otros de lo que les gustaría ser cuando fuesen mayores, dijo que quería ser escritor. De más joven, su sueño era ser maquinista de tren, y si no hubiese sido por la miopía y por su minúscula fortaleza física, suponiendo que en el entretanto no hubiera perdido la valentía, habría sido aviador militar. Acabó de chupatintas en último grado del escalafón, y tan cumplidor y puntual que a la hora de empezar su actividad ya está sentado a la pequeña mesa en que trabaja, al lado de la prensa de las copias. No sabe decir cómo le vino después la idea de escribir la historia de una viuda ribatejana, a él, que de Ribatejo sabría algo, pero de viudas nada, y menos aún, si existe el menos que nada, de viudas jóvenes y propietarias de bienes que están a la vista de todos. Tampoco sabe explicar por qué eligió la Parceria António Maria Pereira cuando, con notable atrevimiento, sin padrinos, sin compromisos, sin recomendaciones, se decidió a buscar un editor para su libro. Y quedará para siempre como uno de los misterios impenetrables de su vida que Manuel Rodrigues, de la Editorial Minerva, le escribiera diciéndole que había recibido *La viuda* en su casa a través de la librería Pax, de Braga, y que se pasase por la Rua Luz Soriano, que era donde estaba la editorial. En ningún momento se atrevió el autor a preguntarle a Manuel Rodrigues por qué aparecía la tal Pax metida en este asunto, cuando la verdad era que solo había enviado el libro a António Maria Pereira. Creyó que no era prudente pedirle explicaciones a la suerte y se dispuso a escuchar las condiciones que el editor de Minerva iba a proponerle. En primer lugar, no le pagarían derechos. En segundo lugar, el título del libro, sin atractivo comercial, sería sustituido. Tan poco acostumbrado estaba nuestro autor a tener unos cuartos de sobra en el bolsillo y tan agradecido a Manuel Rodrigues por la arriesgada aventura en la que se iba a meter que no discutió los aspectos materiales de un contrato que nunca fue más allá de un simple acuerdo verbal. En cuanto al título rechazado, consiguió susurrar que buscaría otro, pero el editor se adelantó, que ya lo tenía, que no pensase más. La novela se llamaría *Terra do pecado*. Aturdido por la victoria de ser publicado y por la derrota de ver cambiado el nombre de ese otro hijo, el autor bajó la cabeza y se fue de allí a anunciar a la familia y a los amigos que se le habían abierto las puertas de la literatura portuguesa. No podía adivinar que el libro acabaría su poco lustrosa vida en parihuelas. Realmente, a juzgar por lo visto, el futuro no tendría mucho que ofrecer al autor de *La viuda*.

J. S.

I

Un asqueroso hedor a medicinas inundaba la atmósfera de la habitación. Se respiraba con dificultad. El aire, demasiado caliente, casi no llegaba a los pulmones del enfermo, cuyo cuerpo se perfilaba bajo la colcha desaliñada y desprendía un mareante olor a fiebre. De la habitación de al lado, amortiguado por el espesor de la puerta cerrada, llegaba un sordo rumor de voces. El enfermo balanceaba lentamente la cabeza sobre la almohada manchada de sudor, en un gesto de fatiga y sufrimiento. Las voces se alejaron poco a poco. Abajo, llamaron a una puerta y se pudieron oír las patas de un caballo. El ruido de la arena aplastada por el trote del animal aumentó de repente bajo la ventana de la habitación y desapareció enseguida como si los cascos pisasen barro. Un perro ladró.

Al otro lado de la puerta se escucharon pasos cautelosos y medidos. El pestillo de la cerradura chirrió ligeramente, la puerta se abrió y dejó paso a una mujer que se acercó a la cama. El enfermo, despierto de su modorra inquieta, preguntó, sobresaltado:

—¿Quién anda ahí? —Y después, fijándose—: ¡Ah, eres tú! ¿Dónde está la señora?

—La señora ha ido a acompañar al doctor a la puerta. No tardará...

La respuesta fue un suspiro. El enfermo se miró con tristeza las manos largas, delgadas y amarillas como las de una vieja.

—¿Es verdad que estoy muy mal, Benedita? ¿Y que, según parece, no voy a salir de esta?

—¡Ande, señor Ribeiro! ¿Por qué habla de morirse? No es eso lo que dice el doctor...

—¿Mi hermano?...

—¡Sí, señor! Y también el doctor Viegas, que acaba de salir. Aún no debe de haber pasado la cancela del patio. ¡Dios nuestro Señor lo proteja de algún mal encuentro cuando pase al lado del cementerio, que todavía tiene que ir para la zona de Mouchóes!...

El enfermo sonrió. Una ligera sonrisa, que le alegró fugazmente el rostro enflaquecido y que le arrugó los labios finos y secos. Se pasó la mano por la barba espesa, teñida de blanco en el mentón, y respondió:

—Benedita, Benedita, mira que no es razonable hablarle de cementerios a un enfermo grave, que ve con demasiada frecuencia, a través de la ventana de su habitación, los muros de uno de ellos...

Benedita ocultó el rostro y se secó dos lágrimas que le asomaban por los párpados cansados.

—¿Lloras?

—No puedo oír hablar de estas cosas, señor Ribeiro. ¡Usted no se puede morir!

—¿No me puedo morir? ¡Boba!... Ya ves que puedo... ¡Todos podemos!

Benedita sacó un pañuelo del bolsillo del delantal y se limpió despacio los ojos húmedos. Después se dirigió a la cómoda, donde una imagen de la Virgen parecía moverse en la oscilación de la luz de las velas que la rodeaban, juntó las manos y murmuró:

—Dios te salve, María, llena eres de gracia...

El silencio cayó sobre la habitación. Solo el bisbiseo de los labios de Benedita lo interrumpía en el murmullo de la oración. Del fondo de la estancia salió la voz del enfermo, un tanto debilitada y trémula:

—¡Qué fe tienes, Benedita! Esa es la verdadera creencia, la que no se discute, la que se conforma y encuentra en cualquier cosa su propia explicación.

—No le entiendo, señor Ribeiro. Creo y nada más...

—¡Sí!... Crees y nada más... ¿No oyes pasos?

—Debe de ser la señora Maria Leonor.

La puerta se abrió lentamente y entró Maria Leonor, vestida de oscuro, con un velo de encaje negro sobre el pelo claro y brillante.

—Entonces, ¿qué ha dicho el doctor Viegas?

—Que te encuentra igual, pero que cree que mejorarás dentro de poco.

—Cree que mejoraré... ¡Sí! Mejoraré, es lo más probable.

Maria Leonor se dirigió a la cama y se sentó al lado del enfermo. Sus ojos, febriles, buscaron los de ella. Con una ternura brusca, le preguntó:

—¿Has llorado?

—¡No, Manuel! ¿Por qué iba a llorar? No estás peor, en poco tiempo estarás curado... ¿Qué motivos tengo para llorar?

—Si todo pasa como dices, la verdad es que no tienes motivos...

Benedita, que había estado absorta acabando su oración, se acercó a los dos:

—Voy a ver si los niños se han dormido, señora.

—Vengo de allí y estaban dormidos. Pero ve, ve...

—Con permiso.

La puerta se cerró a su espalda. Recorrió un largo pasillo sumergido en la penumbra, donde los pasos, amortiguados por la moqueta, sonaban sordos. Abrió una puerta grande y pesada, atravesó un salón desierto e iluminado por dos grandes manchas de luz de luna en el suelo, donde se formaba una cruz de sombra. Fue hasta la ventana, la abrió y miró afuera. La luna hacía resplandecer los árboles y las casas dispersas por la finca. Del piso de abajo subía un rumor de voces. En la entrada de la casa se alargaban, como los cinco dedos de la mano, las proyecciones luminosas de las cinco rendijas de la cocina.

Benedita cerró lentamente las ventanas y echó las aldabas. A tientas, se dirigió a una puerta cuyas hendiduras dejaban pasar unos rayos de luz. Entró.

En dos camas pequeñas, una al lado de la otra, dormían dos criaturas. Una lamparilla encima de una mesita baja esparcía alrededor su claridad mortecina y temblorosa. Benedita se inclinó para contemplar a los dos durmientes. Uno de los niños se movió y, tras sacar uno de los brazos fuera de la ropa que lo tapaba, se acurrucó, suspirando, y siguió durmiendo. Benedita se sentó en una silla y se puso a vigilar a los niños, envuelta en el silencio que pesaba sobre la casa. Se cubrió con el chal que llevaba por encima de los hombros y, sin darse cuenta, los párpados se le fueron cerrando, inertes. No se durmió del todo, se quedó inmersa en una soñolencia blanda, en un sopor agradable, del que se despertaba de vez en cuando para volver a él. Su deseo sería acostarse. Pero ¿para qué? De un momento a otro tendría que levantarse para atender al patrón. ¡Qué buen señor! El único que, en su opinión, podría haberse merecido a la señorita Maria Leonor, a la que ahora, por cierto, ya no llamaba señorita. Después de que se casara, se acostumbró a llamarla señora Maria Leonor, y señora Maria Leonor se había quedado para siempre. Le había costado habituarse, porque, la verdad, ¿no era una señora casada? A ella era a la que nadie había querido como mujer y ahora, con cuarenta y dos años, ya no era tiempo. Benedita sonreía en medio de sus fantasías, recordando la boda de la señora. Buena fiesta, ¡la mejor que había visto nunca! Después de la ceremonia, se marcharon los tres a Quinta Seca, que de seca actualmente solo tenía el nombre. En los primeros tiempos, a las dos las mataba la añoranza, pero el señor Manuel Ribeiro las llevaba algunas veces a Lisboa. Al final, dejaron de desear aquellos viajes. ¡Era tan agradable vivir en el campo, fuera de la confusión de calles repletas de gente, que ambas ya detestaban y temían! Pasaron los años, y ella tenía dos niños para entretenerse y a los que adorar. ¡No! ¡No quería nada más! Era feliz. Solo hacía poco tiempo la dolencia del señor había venido a interrumpir la felicidad de la casa. Ya ni los trabajadores de la finca parecían los mismos. Todos los días querían saber si el patrón mejoraba y, ante las respuestas casi siempre desanimadas, suspiraban con pesar. ¡Qué desgracia, la enfermedad!... Ni el hermano del señor, el doctor António Ribeiro, ni aquel otro médico del Parral, el doctor Viegas, atinaban con la cura para aquello. Se trataba de una enfermedad tan miserable que el señor era una sombra de lo que había sido. Quizá se curase, pero seguro que no sería nunca más el mismo hombre que había conseguido hacer de aquel terreno casi salvaje, que había heredado de su padre, la finca más hermosa de los alrededores. Benedita bien podía decir que había visto cómo se producía el milagro ante sus ojos, año a año, estación a estación. Y ahora... El señor estaba enfermo. ¡Quisiera Dios que se curase, y su presencia bastaría para que aquellos campos no dejasen de ser lo que eran! Pero si moría, ¡qué desastre, Dios mío! La finca era el único bien de la familia y, sin el brazo de un hombre sosteniéndola, llegaría la pobreza. La señora Maria Leonor era una mujer valiente y firme, de eso estaba segura. Pero ¿sería suficiente?

Benedita se despertó. Sintió un ligero escalofrío al reparar en los niños, que descansaban. Levantó la vista hacia el reloj de pared que emitía su tictac monótono en la habitación. ¡Las doce y media de la noche! ¿Cómo se había podido amodorrar tanto? No se había dormido, eso no, pero los párpados le pesaban muchísimo y la cabeza se le caía sobre el pecho, aturdida. Tenía sueño. ¿Qué haría la señora a aquella hora? Velaba a su marido, seguramente. Sonrió, triste, pensando que también le gustaría velar a su marido, si lo tuviese. Pero ningún hombre le había dicho nunca lo que el señor Manuel Ribeiro le decía a la señora y que, a veces, escuchaba. Las habitaciones estaban tan cerca que los ruidos más fuertes atravesaban las paredes y se clavaban en los oídos como risotadas de burla. Acostada en su cama estrecha, oía y sufría, en silencio, la pena de estar sola. Sola estaría toda la vida, seguro. Era dos años mayor que el señor. Podría ser su esposa, si Dios lo hubiese querido...

Agitó la cabeza con fuerza, expulsando los últimos restos de sueño. Alzó los brazos bien estirados y se desperezó. Una postración deliciosa le invadió los miembros. Reaccionando, se levantó de la silla y, tras mirar de nuevo a los niños dormidos, salió de la habitación llevándose la lamparilla, que derramaba en su delantal una luminosidad dorada.

Dio la una. Del piso de abajo ya no llegaba el rumor de voces. Los trabajadores se habían ido a acostar. La lluvia golpeaba los cristales: el invierno no se acababa nunca. Parecía que el cielo se deshacía en el agua y formaba con la tierra un mar de barro. Hacía ya varias semanas que no se podía trabajar en la finca.

Benedita accedía al descansillo de la escalera que daba a la planta baja cuando, de repente, al fondo del pasillo, en la habitación de los patrones, oyó un grito. El cuerpo le tembló como los mimbres en la corriente del río. La puerta de la habitación se abrió con violencia. Maria Leonor salía gritando, despeinada y con el horror clavado en el rostro. De las manos, repentinamente sin fuerza, de Benedita cayó la lamparilla con un ruido sordo, apagándose al rodar por el suelo. Maria Leonor caminaba por el pasillo, gimiendo y gesticulando como una loca. Tropezó y se desmoronó en el suelo, sollozando. Sobre la cómoda, las velas iluminaban aún la imagen blanca de la Virgen. Al fondo, en la cama, el cuerpo inmóvil de Manuel Ribeiro, con uno de los brazos colgando, rozando el suelo. En el alma de Benedita algo se hundió para siempre. Con un vahído, se quedó en medio de la habitación, a punto de desmayarse, los ojos fijos en el flaco cuerpo tendido.

Maria Leonor entraba de nuevo, llorando, con el pecho jadeante, y se precipitó sobre la cama deshecha, gimiendo, arrugada por el sufrimiento, ciega de lágrimas. De sus labios, temblorosos y torcidos, salían palabras entrecortadas de sollozos:

—¡Manuel! ¡Manuel!...

Benedita se acercó a su señora y se dejó caer de rodillas junto a ella. Lloraba bajito. Sus ojos se clavaron en el rostro de Manuel Ribeiro, de una serenidad absoluta e indiferente, y bajaron por el brazo hasta la mano lívida que tocaba la alfombra. Lentamente, se agachó y besó los dedos fríos e inertes. ¿Qué importaba? Ahora él ya no era de nadie en la tierra. Nadie tenía derecho sobre él, de no ser Dios.

Maria Leonor se levantó de golpe y gritó, desesperada:

—¡Dios mío, Dios mío! Manuel de mi vida, ¿por qué me lo has matado, Señor?

Caminó con decisión hacia la capilla de madera y, con el brazo derecho, tiró las velas, las imágenes, los violeteros con flores, que se hicieron añicos en el suelo. Benedita, estupefacta, se levantó y, cogiendo por los brazos a Maria Leonor, gritó:

—¿Qué hace, señora? ¡Tranquilícese, por amor de Dios!...

Un tropel que venía del lado de la puerta les hizo volver las cabezas angustiadas. Los trabajadores, temblando de miedo, habían subido corriendo las escaleras y estaban ahora en el umbral, mirando, con los ojos llenos de lágrimas, el cuerpo de su patrón. Entraron uno a uno, cohibidos. Entre ellos brotó el sonido de un llanto e, inmediatamente, las lágrimas cayeron de todos los ojos. Rodearon el lecho. Jerónimo, el capataz de la finca, levantó respetuosamente el brazo de Manuel Ribeiro y lo puso sobre la colcha, acariciándole la mano helada con los dedos callosos y rígidos.

II

El día amaneció gris y lluvioso. La tierra, convertida en barro, estaba saturada de agua, que corría por las zanjas formando riachuelos e inundando los cultivos. En la puerta de la casa, protegidos bajo el porche, los trabajadores miraban la desolación de los campos desiertos y observaban el cielo, cargado y taciturno, que se deshacía en lluvia. Del interior llegaba un olor espeso de cosas muertas, de flores marchitas. Todo el día transcurrió en medio del temporal, que no terminaba, entre figuras oscuras que entraban y salían, con los ojos rojos, suspirando.

Jerónimo, que había velado el cuerpo de Manuel Ribeiro la noche entera y que en todo el día no se había apartado de él, salía ahora, cansado, lacrimoso, las manos algo temblorosas. Se dejó caer sobre uno de los bancos de piedra que flanqueaban la entrada y, con la cabeza entre las manos, empezó a llorar. Los demás se aproximaron y se quedaron mirando al viejo. Nadie dijo una sola palabra. Apenas se oían el ruido de la lluvia en el terreno empapado y los sollozos sofocados del capataz. Después, uno de los hombres se acercó a Jerónimo y le dijo, con voz débil:

—¡No llore, señor Jerónimo! Dios nuestro Señor ha querido llevarse al patrón Manuel y sus razones tendría para hacerlo...

Jerónimo levantó la cabeza blanquecina y replicó:

—¡Cállate, muchacho! ¿Qué sabes tú de estas cosas? Un hombre así no debería morirse tan joven. Mejor me hubiera llevado Dios a mí, que ya no hago falta. No, muchacho, ¡Dios no es justo!

—¡Te equivocas, Jerónimo! Dios es justo y sabe lo que hace. ¡Somos nosotros los que no entendemos que su voluntad no puede obedecer a nuestros deseos!...

Al oír estas palabras, pronunciadas en tono grave y solemne, todos se volvieron. Se quitaron los sombreros y las gorras al reconocer al prior, que, bajo un paraguas que escurría agua encima de la capa negra que llevaba, los miraba fijamente.

Jerónimo meneó la cabeza y respondió:

—¡El señor prior debe de tener razón! Tiene razón, seguro: ¡basta ser quien es!... Pero ¿no duele en el corazón ver a ese hombre, que ha sido la vida de esta tierra, tendido en una cama, tieso, muerto?... Para él todo ha terminado. No volverá a preguntarme, con esos modos que no he visto nunca en ninguna otra persona en toda mi vida: «Jerónimo, ¿qué tal los hombres?». ¡Y la alegría que me entraba cuando le decía que estaban todos bien y contentos con el trabajo!

—Es verdad, Jerónimo, que el señor Manuel Ribeiro, al que Dios tenga en su gloria, era un hombre de bien. Pero los hombres de bien también mueren, como mueren los criminales, los malos. Y para que esto pueda ser así, Dios tiene sus razones. Solo él sabe lo que quiere y por qué lo quiere. Y nosotros, como mortales que somos, no podemos hacer más que conformarnos con su voluntad...

Diciendo esto, el sacerdote avanzó entre el grupo, abrazó al capataz, que temblaba, sacudido por los sollozos, y entró en la casa. Se libró de la capa y el paraguas y subió sin prisa por la escalera que llevaba al piso de arriba. Se detuvo, emocionado, al llegar al descansillo. Moviendo distraídamente unos bloques de madera pintada, dos niños se encogían en un rincón. No se reían, y en sus modos el cura notó una angustia extraña. La atmósfera pesaba en sus hombros delicados y frágiles. El mayor, un chico, al ver al padre, corrió hacia él, saltando para llegar a sus hombros. La otra se lanzó tras el hermano. El pastor se agachó para cogerla y, con los dos en brazos, sintió que las lágrimas le caían por las mejillas, mientras pensaba: «Dios debe de tener razón... No lo sé, pero Dios debe de tener razón...».

El niño, fijándose en su cara, le preguntó, ansioso:

—¿Qué pasa? ¿Por qué está llorando?

El cura dejó a los niños en el suelo y los llevó a un rincón, diciéndoles:

—¡No me pasa nada, Dionísio, no estoy llorando! Quédate aquí tranquilo con tu hermana, que vuelvo enseguida...

Limpiándose las lágrimas con el dorso de la mano, se dirigió a una puerta, que abrió. Se encontró en una sala oscura, donde un hombre sentado en una mecedora miraba, abstraído, el campo, que se extendía delante de la casa. Con el ruido de la puerta al cerrarse, se estremeció y volvió la cabeza. Al ver al cura, se levantó y fue hasta él con los brazos abiertos. Se quedaron un buen rato abrazados y mudos.

Soltándose, el sacerdote dijo:

—¡Valor, António! ¡Hay que tener valor para soportar un golpe así!...

—¡Oh, padre Cristiano! Mi pobre hermano, muerto, cuando más esperanzas teníamos de salvarlo, cuando había pasado lo peor. ¡Nada hacía presagiar esto! ¡Nada, absolutamente nada!

Se apoyó en una mesa y, dejando caer los brazos, desalentado, miró a una puerta cerrada y susurró:

—Maria Leonor está ahí, en el dormitorio. No he podido convencerla para que salga un poco. He insistido y me ha dicho que me fuese inmediatamente. He tenido que salir... Está muy perturbada, y yo mismo casi siento que voy a perder la razón. A ver si puede tranquilizarla...

Se sentó en la mecedora y suspiró. El cura respondió en voz baja:

—Tranquilízate tú también, António. No entres...
¡Que Dios nos dé fuerzas para sufrir esta angustia!

Puso la mano sobre el picaporte de la puerta y lo giró, despacio. Junto a la cama se apiñaban los trabajadores, de rodillas, rezando. Al lado del ataúd, donde ya habían metido el cuerpo de Manuel Ribeiro, Maria Leonor sollozaba. El espectáculo de su sufrimiento casi producía un dolor físico.

El sacerdote se acercó con las manos unidas para rezar. Benedita alzó el rostro hacia él y, después, con los ojos clavados en la cara de su señor, siguió la oración.

La claridad de las velas luchaba con la oscuridad de la habitación cerrada, provocando una media luz impresionante y trágica, más trágica que las propias tinieblas absolutas. El olor de las flores marchitas se mezclaba con el olor de la cera quemada e inundaba el cuarto de una atmósfera densa, cargada de perturbaciones.

En el pasillo, una criada se desmayó. Se la llevaron deprisa, provocando un ruido de pies arrastrados que hizo que Maria Leonor volviese su rostro trastornado. La invadió un deseo furioso de expulsar de allí a todo el mundo; solo la voz de la razón le impedía gritar que la dejasen, hasta morirse también, a los pies del cadáver de su marido.

En ese momento entraron Jerónimo y otros tres campesinos. Todos con la cabeza descubierta y gacha caminaron hacia el cura. El capataz le dijo unas palabras al oído. El prior dijo que sí con un gesto y, dirigiéndose a Maria Leonor, la levantó. Jerónimo cerró el ataúd. Maria Leonor, embobada, lo miraba. De repente, se separó de los brazos del cura, corrió hacia Jerónimo y le quitó la llave. Intentó abrir de nuevo la tapa del ataúd. Sus dedos temblorosos procuraban precipitadamente levantar el pesado madero. La desesperación, la impotencia, el desaliento atravesaron su rostro. Se tambaleó, abriendo y cerrando las manos en el aire, y cayó al suelo, desmayada.

Jerónimo y sus compañeros se echaron el ataúd a los

hombros y se encaminaron hacia la puerta. Benedita levantó a Maria Leonor, que, volviendo en sí, se incorporaba, luchando por mantenerse en pie. El sacerdote la ayudó. Benedita le pasó también un brazo alrededor de la cintura y los tres empezaron a andar, lentamente, tras los hombres que llevaban el cuerpo de Manuel Ribeiro.

António, que había abierto la puerta de la sala donde lo había dejado el cura, se unió a ellos, cabizbajo. Los trabajadores se apartaban en el ancho pasillo para dejar paso. Jerónimo y los hombres se encorvaban bajo el peso del ataúd y se inclinaron arriesgadamente al empezar a bajar la escalera. Los niños, en el descansillo, miraban sorprendidos el desfile: los trajes oscuros, las lágrimas, los suspiros sofocados les ensombrecían las almas y los hacían temblar, angustiados. Una criada corrió hacia ellos y, con el delantal abierto delante de sus ojos, les tapó la visión desoladora. Maria Leonor, sujetada por el cura y por Benedita, ni se fijó en ellos. Sus ojos iban detrás de aquella caja larga y estrecha.

Una vez en la planta baja, los hombres que cargaban el ataúd dudaron por un momento. Fuera, la lluvia caía en cascadas torrenciales, tamborileando en los cristales y entrando por la puerta, abierta por el viento. Las salpicaduras de agua provocaban escalofríos en las caras congestionadas de los trabajadores, apoyados en el marco de la puerta. Alguien sugirió, tímidamente, que sería mejor esperar a que la lluvia aflojase un poco. Bajaron el ataúd sobre cuatro sillas y se quedaron todos alrededor, un tanto avergonzados por la consciencia vaga y humillante de que temían mojarse por culpa de un muerto.

La lluvia redoblaba su violencia. El cielo se teñía de un color oscuro. Rayas luminosas empezaban a surcar las nubes y el sonido atronador de la tormenta se sentía a lo lejos. La espera se prolongaba y un sentimiento de malestar y saturación se apoderaba de todos cuando Maria Leonor, que se había mantenido tranquila, rompió el silencio:

—¡Vamos!

Se volvieron hacia ella, sorprendidos, y António observó:

—Pero, Maria Leonor, ¿no esperamos un poco más...?

Su voz sonó de nuevo agreste, dura, marcando las sílabas:

—¡Cállate! ¡Vámonos, vámonos!...

Pronunció estas palabras con un tono de voz semejante al sonido de una cuerda tensa y vibrante, a punto de romperse. La última palabra terminó en un sollozo.

Nuevamente el féretro estaba sobre los hombros de los trabajadores. Salieron a la alameda que iba en línea recta hacia la cancela de la finca. La lluvia los empapó en un instante. Al caer sobre la tapa del ataúd, producía un rumor sordo y continuo de baquetas sobre piel de tambor y escurría después por los faldones, goteando en el suelo embarrado, donde desaparecía.

Con lentitud, el cortejo se puso en marcha, pasando por debajo de los árboles que flanqueaban el camino. Las hojas anchas recogían la lluvia y la dejaban deslizarse en grandes gotas por los troncos brillantes.

Por debajo de la arboleda, la procesión se retrasaba, desenrollando la larga cinta de trajes oscuros y caras llorosas. Pasaba ahora por el portón abierto de par en par. Más allá había un descampado enorme donde la lluvia caía en lienzos líquidos de las nubes bajas y grises que corrían desde el sur, fustigadas por un viento helado.

Bajo el paraguas que sostenía Benedita, Maria Leonor seguía al ataúd, indiferente al temporal. Sus labios fríos no emitían el más mínimo sonido. Miraba delante de ella los adornos dorados del féretro, como si descubriese en ellos motivos de interés. Después desvió la mirada, con una atención inconsciente, hacia un hilo de agua que empapaba el pelo de uno de los mozos que la precedían.

Por el camino estrecho que, atajando, atravesaba el campo en dirección a la aldea, enfiló el cortejo, chapoteando en el barro que se agarraba a las suelas ávidamente como si el suelo se abriese a cada paso. La lluvia cedía cuando llegaron a las primeras casas. Por las cunetas empedradas corría el agua como un agradable rumor de borboteos. Por los postigos se asomaban rostros femeninos que saludaban con tristeza, susurrando palabras de pesar, y se apoyaban en el alféizar, siguiendo con la mirada la cola del cortejo, que se arrastraba por la calle.

Cuando pasaron frente a la iglesia, donde las campanas tocaban a muerto, la lluvia cesó repentinamente, y el viento frío, que empujaba las nubes, dejó ver un trozo de cielo de un azul mojado y centelleante, purísimo. Un haz de luz bajó sobre los tejados, haciendo brillar las tejas húmedas.

Los cuatro hombres que conducían el ataúd, al llegar al final de la calle, giraron a la izquierda y empezaron a subir la ladera que llevaba al cementerio.

En el arco de la entrada, una calavera de piedra, cruzada por dos tibias, abría las órbitas vacías con una expresión de gélida indiferencia, espectadora, desde hacía decenas de años, de la agonía de aquellos rostros afligidos y de la tristeza de aquellos trajes oscuros.

Al fondo del paseo central se alzaba el muro blanco, ahora manchado de humedad. Por el lado de fuera crecían olivos, que vertían sus ramas casi desnudas dentro del cementerio. La fosa donde iba a ser sepultado el cuerpo de Manuel Ribeiro estaba pegada al muro. Los trabajadores bajaron lentamente el ataúd sobre una parihuela y se enderezaron, jadeantes, sintiendo en los hombros el dolor provocado por la madera. Gotas gruesas y lentas de sudor corrían por las caras crispadas por el esfuerzo. Jerónimo se había apoyado en el muro y se limpiaba el sudor con la manga de la chaquetilla.

Se hizo un silencio denso. El cielo estaba limpio de nubes en ese punto y el azul se mostraba ahora resplandeciente y luminoso. Alrededor, por todo el horizonte, se amontonaban las sombras.

El cura se acercó a la fosa y, haciendo los gestos rituales sobre el ataúd, rezó el oficio de difuntos. En la quietud del frío atardecer, las palabras latinas sonaban con mansedumbre, susurradas por los labios temblorosos del sacerdote. Todas las cabezas se descubrieron y en todas las bocas la tristeza y el disgusto encontraron palabras. Se levantó un coro de murmullos y de sollozos.

Desde el portón del cementerio llegaron unos pasos arrastrados conduciendo una azada. El sepulturero se acercó al agujero y, tras mirar de reojo al féretro, midiendo mentalmente su dimensión, empezó a ensanchar el hueco con azadadas firmes y certeras. La tierra caía al fondo con un ruido ininterrumpido al sumergirse en el agua que se acumulaba dentro. El filo de la azada levantó un tufo a verdín. Brilló como una esmeralda viva, en medio del agua barrosa.

Maria Leonor, con la cabeza baja, pensaba en lo ancha que estaba quedando la fosa. Sus ojos secos iban de las manos peludas del sepulturero al trazo brillante de la azada. El hombre refunfuñaba, moviendo la colilla de un cigarro apagado de un lado a otro de la boca, mientras deshacía los terrones que se soltaban bajo el impulso del hierro.

Tras una última mirada, el sepulturero soltó la azada, se limpió de tierra las manos sacudiéndolas entre sí y, dirigiendo la mirada al cura, murmuró, mientras escondía el cigarro:

—¡Listo, señor prior!

El sacerdote se volvió hacia Jerónimo, en una invitación muda que el capataz atendió, cogiendo una de las asas del ataúd. Los demás trabajadores también se agacharon, y alzaron al mismo tiempo la pesada caja, que suspendieron sobre la fosa. Pasaron por debajo dos cuerdas y la dejaron deslizarse lentamente, raspando las paredes del agujero. Mansamente, la depositaron en el fondo cubierto de agua y soltaron las sogas.

Maria Leonor soltó el brazo de Benedita y dio dos pasos hacia delante, asomándose a la sepultura. Gemía en voz baja, como si el dolor no pudiese ya expresarse con gritos. Se curvó con rapidez y se dejó caer de rodillas sobre la tierra mojada y negra. Sus dedos se crisparon en los terrones blandos, aplastándolos uno a uno. Las lágrimas le caían por el rostro.

El enterrador, abriendo las piernas sobre ambos lados de la fosa, empezó a llenarla. Maria Leonor, de nuevo, miró sus manos peludas y negras y, de repente, sin un grito, sin una palabra, se lanzó sobre el hombre, mordiéndole los dedos con furia. El sepulturero soltó una maldición inmunda y, dando un salto hacia atrás, la empujó, haciéndola caer al suelo.

Sobre el ataúd rodaron algunos terrones.

Aquella violencia reventó el dique que sostenía la desesperación de Maria Leonor. Y los muros del cementerio repitieron, una vez más, los ecos cansados de la desolación.

III

El regreso fue doloroso. En el carro que la llevaba, Maria Leonor, tumbada en un lecho de paja húmeda, lloraba. El cura, inclinado hacia ella, la miraba con una tristeza impotente. Habría querido pronunciar las palabras balsámicas que consuelan las penas y secan las lágrimas, pero toda su piedad de sacerdote no le inspiraba nada más allá del silencio.

Benedita, en cuyo regazo reposaba la cabeza de Maria Leonor, miraba el camino con apatía mientras le acariciaba el pelo a su señora. Pensaba en la trágica escena del cementerio y, delante de ella, saltando en la grava, le pareció ver la calavera de piedra, andando sobre las dos tibias cruzadas. Se frotó los ojos, asustada, y la visión desapareció. Agitada por las sacudidas de la carreta, sintió que la humedad de la paja le atravesaba la ropa y le ponía la piel de gallina. Miró a Maria Leonor y la vio sofocada, con un tono rosado en la cara. La respiración le salía sibilante de los labios secos y agrietados por el largo estremecimiento.

Benedita se volvió hacia António, que conducía, y exclamó con inquietud:

—¡Pare, doctor, pare!

António tiró de las riendas con violencia, encabritando al animal, que relinchó, dolorido. El cura escrutó el rostro de Maria Leonor y dijo:

—¡Parece que no está bien!

António, inclinándose sobre el asiento, le tomó el pulso a su cuñada y, por unos segundos, se mantuvo en silencio y atento, mientras el cura se quitaba el capote y cubría el cuerpo de Maria Leonor.

—Tiene fiebre... —murmuró.

Y, de nuevo con las riendas en la mano, blandió el látigo y castigó los costados del animal, que rompió en un trote abierto, que hizo saltar las ruedas en las piedras sueltas del camino. Benedita, apretando contra el suyo el cuerpo de Maria Leonor, la protegía de los saltos bruscos que la hacían chocar contra los barrotes de la carreta.

Recorrieron así todo el camino hasta la cancela de la finca, que atravesaron rozando las gruesas columnas de piedra. Se detuvieron ante la puerta de la casa. Subieron la escalera con prisa, cargando el cuerpo de Maria Leonor ante el asombro de los trabajadores que se apiñaban en los escalones. António, impaciente, los empujó:

—¡Fuera de aquí, zopencos! ¡Dejad paso!... Tú, chico, corre a la carreta que está abajo y ve a llamar al doctor Viegas. ¡Deprisa!...

En el descansillo estaban Dionísio y su hermana. Al ver a su madre sostenida por el cura y por Benedita, empezaron a llorar. En el murmullo de voces angustiadas que se levantó, el llanto de los niños sonaba claro y conmovedor. Maria Leonor entreabrió los labios y, mirando a sus hijos, que se le agarraban a la falda, murmuró:

—¡Mis hijos, mis pobres hijos!...

Se la llevaron adentro, Benedita y una criada. Cuando la conducían a uno de los dormitorios de la casa, Maria Leonor se resistió, intentando caminar sola, y se dirigió a su propia habitación. Se detuvo en la puerta. Benedita la siguió con ansiedad, al verla andar apoyándose en la pared, hacia la cama, donde, sobre la blancura de la almohada, había un cojín.

Maria Leonor frunció el ceño como si intentase recordar algo. Volviéndose hacia Benedita, le preguntó, en voz baja, casi inaudible:

—¿Por qué no han puesto también la otra almohada?

Benedita sintió que las lágrimas se le deslizaban por las

mejillas pálidas y delgadas. Soltó un grito de susto al ver a su señora caer inanimada sobre el lecho. Corrió hacia ella y la acostó. Maria Leonor temblaba de frío. Benedita, ayudada por la otra criada, la cubrió y, sin volverse hacia su compañera, dijo rápidamente:

—¡Teresa, llama al doctor Ribeiro! ¡No tardes!

Teresa salió corriendo y casi se chocó en la puerta del salón con António, que entraba.

—¡Doctor, vaya al cuarto de la señora!... Benedita acaba de acostarla ahora mismo. ¡Parece que está muy malita!...

António se dirigió al lecho quitándose los guantes, que tiró al suelo. El pálido rostro de Maria Leonor, enmarcado por su pelo rubio, deshecho sobre la almohada, estaba inmóvil. Solo un ligero temblor en las aletas de la nariz anunciaba una respiración débil y ardiente.

Benedita sacó de un cajón un frasco de sales con el que intentó reanimar a su señora. Maria Leonor se agitó entre las sábanas con un escalofrío lento y abrió los ojos, desorbitados de espanto e incomprensión. Miró a António y se tapó púdicamente con las manos el pecho descubierto.

El cuñado apartó la mirada y pidió una toalla a Benedita, que, descompuesta, abría y cerraba cajones, descolocaba la ropa, desgreñada y angustiada. Después, volviéndose hacia Maria Leonor, le dijo:

—Leonor, siéntate en la cama. Benedita, ayúdame a sostenerla por la espalda. Así...

Desdobló la toalla y la puso sobre el pecho blanco de Maria Leonor. Apoyó el oído en él y le pidió que respirara profundamente. Arrugando la frente, preocupado, concentraba su atención en los susurros que atravesaban la tela y molestaban a su oído atento.

Benedita musitó al otro lado:

—¿Qué le parece, doctor?...

—¡Cállate!

El ardor que notaba no era un buen augurio. La auscultó por la espalda y, de nuevo, las mismas arrugas de preocupación le surcaron la frente.

En ese instante, se oyó por la alameda una carreta que se detuvo debajo de la ventana. Alguien saltó de ella, con prisa.

—¡Benedita, ve a ver quién ha venido! Debe de ser el doctor Viegas...

La criada fue a la ventana a tiempo para ver entrar al médico.

—¡Es él, sí! —respondió.

António se sentó en la butaca, esperando.

Un ruido de pasos precedió la entrada de un hombre fuerte, con el pelo y el bigote grisáceos, con gruesas gafas de carey que defendían los ojos miopes.

António se levantó diciendo:

—¿Cómo está, doctor? —Y enseguida, cambiando de tono, en voz baja, para que no lo oyese Maria Leonor—: Después de una muerte, una enfermedad. Aquí está Leonor, que, por lo que parece, tiene una neumonía en un estadio avanzado.

Viegas meneó la cabeza y, distraídamente, miró a su alrededor, preguntando:

—¿Ya ha salido el cortejo fúnebre?

António, sorprendido por la pregunta, respondió con intención:

—¡Sí, doctor! ¿No sabía que Manuel ha muerto?

El médico pestañeó, mirando al hermano de Manuel Ribeiro, y contestó:

—¡Sí, sí, lo sabía, hombre! ¿Qué quieres decir con eso? ¿Quieres decir que yo, viejo amigo de la familia, debería haber venido y acompañar a Manuel a su última morada? ¿Y que debería estar más compungido y lloroso?

Cogió la toalla y mientras auscultaba a Maria Leonor, que escuchaba el diálogo impasible, como si no lo entendiese, continuó:

—Es eso lo que estás insinuando, ¿verdad? Pues mira, yo atendía a un vivo mientras tú enterrabas a un muerto. ¿Querías que abandonase a João Pernas, al que seguro no conoces, con el vientre perforado por la cornada de un buey? En materia de sentimientos, todavía prefiero a los vivos, por más respeto que tenga por los muertos. ¿Lo entiendes? ¡Nadie, en esta tierra, ha sentido la muerte de Manuel tan profundamente como yo, pero lo que no podía hacer era dejar que un hombre se muriese por acompañar al cementerio a otro, ni aunque fuese mi hermano o mi padre!

Se levantó y, mirando a António, que le escuchaba en silencio, susurró:

—¡Parece que no te has equivocado en el diagnóstico! Leonor tiene una pulmonía. ¡Es grave! ¡Hay que atenderla, si no queremos verla morir también!...

Inclinándose sobre Maria Leonor, le apartó el pelo de la frente abrasada y, dándole una palmadita en la cara, dijo:

—Así que, Maria Leonor, has decidido ponerte mala... Es un momento, sin duda... Bueno, aquí ya no hago falta..., me vuelvo con João Pernas. Sabes lo que tienes que hacer, ¿verdad, António? Mañana vuelvo. ¡Adiós!...

Al salir, pasó al lado de Benedita, que lo miraba, desconfiada. El médico sonrió y, parándose delante de ella, le puso las manos en la cintura y le preguntó, complacido:

—¡Parece que has visto al enemigo, Benedita! ¿Cuántas veces te he dicho que no soy tan malo como me pinta el padre Cristiano?

Benedita se sonrojó, avergonzada. Pensaba, exactamente, que el doctor Viegas sería un excelente corazón si no fuese tan brusco al hablar, riñendo por todo y por nada, sin preocuparle la edad o la situación de quien le oía. Hace un momento, lo que le había dicho al señor António Ribeiro... En cuanto al padre Cristiano, no decía más que lo que todo el mundo sabía: que en la casa del Parral nadie rezaba el rosario y que las rodillas del médico no habían sentido nunca la fría dureza de las losas de la iglesia. Los trabajadores de Viegas rezaban por el mismo libro del patrón. ¡Una calamidad! De ellos solía decir el médico que eran esclavos a los que había manumitido.

Benedita, sin responder, se disponía a acompañar a Viegas a la puerta, pero el médico, mirando a António y a Maria Leonor, dijo:

—¡No te molestes, Benedita! ¡Quédate aquí! ¡Me conozco el camino!... —Y como si le hubiera parecido un buen chiste—: ¡Me conozco el camino! ¿Eh, qué te parece, Benedita? ¿Crees que realmente me sé el camino? Aprovecharé para preguntarle al padre Cristiano...

Salió corriendo para volver en un momento, llamando a Benedita al pasillo:

—Hay que cuidar mucho a esos niños, ¿me oyes? A ambos, pero especialmente a Dionísio... Nunca me ha parecido muy fuerte.

Se envolvió en su capote y, tras un gesto de despedida, se marchó.

En la habitación, Maria Leonor entreabrió los párpados y, mirando con indiferencia a la criada, que ya había vuelto, le preguntó:

—¿Qué me sucede? ¿A qué ha venido el doctor Viegas?

António, que preparaba unas ventosas, respondió, sin darse la vuelta:

—¡No te pasa nada! Un poco de fiebre, parece... Se te curará con reposo y el tratamiento adecuado. ¡Tienes que descansar!

—Es lo mismo que le recomendaron a Manuel, reposo y tratamiento. Y, en realidad, ya está mejor, ¿verdad?

António se giró, sorprendido. Maria Leonor, muy pálida, había cruzado las manos sobre el pecho y esperaba una respuesta. António titubeó, confuso:

—Pero, Leonor, tú... no...

Fuera, sobre el empedrado de la cuneta, cayó una azada,

producing un sonido claro de metal sano y fuerte. Maria Leonor se llevó las manos a la cabeza, aterrada, y, sentándose en la cama, miró a su alrededor, ansiosa. No quería creer lo que estaba pensando. Miró sucesivamente a su cuñado y a Benedita, y preguntó, temblorosa, con miedo de la respuesta:

—¿Manuel?... ¿Es verdad que se ha muerto? ¡No sé, me acuerdo de algo que ha pasado hoy!... ¿Qué ha sido? Decídmelo...

Se detuvo. A través de la ventana y entre la neblina del día oscuro que tocaba a su fin, avistó, a lo lejos, sobre el cabezo, las paredes blancas del cementerio. El choque fue brutal. Como una inundación, los recuerdos le sumergieron el cerebro, le paralizaron la voz, la hicieron temblar de horror. Estiró los brazos hacia delante, quiso repeler la trágica visión. La fiebre parecía aumentar en sus ojos y los muros blancos, que avanzaban hacia ella, caminaban por el campo, entraban por la ventana y la asfixiaban.

Cayó sobre los almohadones, gimiendo:

—¡No, no, no!...

IV

Durante unos cuantos días, el temporal fustigó la región. Todas las tempestades del universo parecían haberse situado sobre la finca desierta y los tejados de la casa y, más lejos, sobre la aldea, agazapada e inerte, al borde del camino. Persiguiéndose, furiosas e incansables, en una carrera veloz y desordenada, las nubes, pardas, con reflejos metálicos y blanquecinos, casi rozaban las ramas más altas de los árboles, desgajadas por el viento y deshojadas por la lluvia.

Un rayo cayó en el pajar y, durante toda la noche, durante horas pavorosas, las llamas devoraron por completo el caserón. Una tea gigantesca se alzó desde la tierra, rubra y violenta como el caos original, e incendió las nubes que pasaban por encima, soltando gotas de agua, brillantes y rosadas, que caían en la inmensa hoguera sin apagarla. En aquellas horas dilatadas, lentas y negras, con delirantes surcos de fuego, los hombres y las mujeres de la finca echaron mano de todo lo que pudiese apagar el incendio. Ennegrecidos, quemados, trabajaban, exhaustos y titubeantes, intentando salvar el granero, cuyas paredes se estaban tiznando ya, también, con el humo espeso de la paja húmeda que ardía.

Cuando amaneció, solo quedaban en pie las paredes maestras del pajar, anchas y reforzadas. Dejando, aquí y allá, los cubos y los cántaros, por los caminos encenagados y negros por las chiribitas y los tizones que el fuego había lanzado al aire y que caían en el suelo con un silbido agudo y rápido, los hombres se encaminaron hacia las majadas, donde el capataz le daba a cada uno medio vaso de aguardiente fuerte, que los reanimaba, espantando el frío insidioso que se apoderaba de sus miembros cansados.

Se tumbaron, jadeando, en los montones de paja tirados al azar a lo largo de las paredes. Jerónimo, con las manos en los bolsillos, en el umbral de la puerta, miraba, meneando con desaliento la cabeza, las ruinas negras, todavía humeantes, y, más lejos, al fondo, la casa, cuyas ventanas cerradas tenían un aire melancólico y desesperado, en la media luz del amanecer. Del este venía una claridad de un tono amarillo rosado, que hacía brillar los contornos torturados de las nubes que se apiñaban en el cielo.

De dentro, con las ráfagas de aire que arrastraban un olor a sudor y a paja seca, salían los ronquidos monótonos de los hombres agotados. Alguno que otro se levantaba y, dirigiéndose al pichel, echaba otro trago de aguardiente. Carraspeaba, volvía al calor de la paja, se dejaba caer de brazos abiertos, en un espasmo angustioso de animal cansado.

Por entre las filas de los dormidos, Jerónimo se dirigió al fondo y, de un pesebre caído, sacó unas mantas enormes, gruesas y felpudas, que extendió sobre los trabajadores. Uno de ellos, que no se había dormido del todo, guiñó los ojos inflamados y balbuceó:

—¡Gracias, maestro Jerónimo!

—Duérmete, chico.

El capataz, echándose por encima de los hombros un saco de arpillera áspera, salió bajo la lluvia y se dirigió a la casa. A una criada que pasaba, saltando para evitar los charcos, le preguntó:

—¿La señora?...

La mujer se detuvo, manteniendo el equilibrio sobre una piedra que sobresalía del lodazal, y respondió:

—¡Ahí va! Mejoría, ninguna... Desde que murió el patrón, se va marchitando cada día. Benedita dice que será un milagro si se salva. Que Dios la oiga...

Interrumpió el relato para saltar de la piedra y, tras quitarse el barro de los zuecos con la punta del paraguas, continuó:

—Parece que la casa está embrujada. Enfermedades, muertes, fuegos, ¡no hay mal que no nos caiga encima!...

Jerónimo miró distraído a la chica, que charlaba sobre bendiciones y exorcismos, y, siguiendo su camino, mientras se encogía de hombros con indiferencia, replicó:

—¡Vale, vale, chica! No digas tonterías...

De lejos, la criada todavía gesticulaba, con el paraguas en la mano. Jerónimo, ya en la puerta, la golpeó suavemente y entró, después de sacudir en el poyo las botas de piel. Benedita, que bajaba en ese momento las escaleras, preguntó:

—¿Y el pajar?

—Ha ardido entero. Solo han quedado las paredes y seguro que se acabarán cayendo. Habrá que hacer otro, desde los cimientos hasta el tejado.

Se calló. Quietos el uno delante del otro, pensaban en cosas diferentes, que no eran el pajar y el incendio. El pensamiento de ambos estaba en una habitación de la casa, a esa hora sumergida en una penumbra dulce y resignada, donde flotaba un espeso y pegajoso olor a medicamentos.

Benedita se sentó dejándose caer y dijo, como si respondiese a una pregunta:

—¡La señora está un pelín mejor esta mañana! Pero lo está pasando tan mal...

Jerónimo levantó la cabeza casi blanca y murmuró:

—No nos libramos de nada en esta casa de un tiempo a esta parte.

—¡Sí!... —respondió Benedita—. De hace un año para acá. Desde que el señor António volvió de Oporto.

—Es verdad. Parece que trajo con él la mala suerte. Malas cosechas, invierno duro, la muerte del patrón, todo...

Benedita, desalentada, dejó caer las manos en el regazo y suspiró:

—Todo. —Y después, cambiando de tono, preguntó—: ¿Qué va a ser ahora de nosotros, Jerónimo?

El capataz se encogió de hombros y, quitándose el saco, respondió mientras miraba las manchas húmedas de sus botas en el suelo:

—¡Qué sé yo, Benedita! Esto ya no andaba bien con la enfermedad del patrón. Ahora él se ha muerto, la señora está enferma, ¿qué quieres que haga? Es una casa perdida... ¡Y mira que es una pena! ¡Una desgracia esta tierra!

Diciendo esto, se limpió a escondidas una lágrima que le mojaba los párpados enrojecidos y continuó:

—A no ser que el señor António...

Benedita levantó la cabeza con un gesto violento y replicó:

—¡Eso no, Jerónimo! ¡Tiene que haber alguna solución que no sea el señor António Ribeiro! Y, además, ¿qué podría hacer aquí? Un médico...

Hizo una mueca despectiva, encogiéndose de hombros. Jerónimo la observó con atención y susurró, como si hablase para sí mismo:

—Parece que no te cae bien el señor António Ribeiro, Benedita. ¿Por qué? ¿Qué te ha hecho?

La criada se sonrojó y, gesticulando precipitadamente con la cabeza, respondió:

—¿Cómo se te ocurre, Jerónimo? ¿Por qué no me iba a caer bien?

—¡No sé, no sé! Quizá fuera impresión mía. Sí, debe de ser eso, impresión mía.

Se enderezó y, mirando a Benedita, atareada en el salón, le dijo:

—Bien, ¡adiós, Benedita! Si cambia el tiempo, empiezo hoy mismo con el caldo bordelés en el patatal de Canto da Ponte. Si no cambia, será un día más con la espalda derecha. Que se mejore la señora. ¡Que Dios nuestro Señor la proteja!

—¡Adiós, Jerónimo! Saludos a la señora Clementina.

La puerta se cerró tras el capataz, cuyos lentos pasos se oyeron aún, por algún tiempo, fuera. Benedita volvió a subir la escalera y entró en la habitación de la señora.

Maria Leonor, echada sobre los almohadones, dormía. La colcha, subida hasta los hombros, solo dejaba ver su rostro flacucho y febril. El pelo fino y liso le caía a ambos lados de la cara afilada por la enfermedad. Le brillaban algunas canas, que serpenteaban formando curvas y se escondían bajo el cuello ligeramente doblado, donde surgían pequeñas gotas de sudor que, tras deslizarse sobre la piel pálida, empapaban el pliegue de la sábana.

Con el ruido de los pasos de Benedita entreabrió los ojos y, encogiendo sin prisa los hombros lasos y puntiagudos, preguntó, con voz lenta y perezosa:

—¿Qué ha pasado? ¿Qué voces eran esas de ahí fuera esta noche?

La criada dudó, pero enseguida, pensando que para su señora lo que había pasado sería un disgusto insignificante, comparado con los sucesos de un mes antes, respondió con indiferencia mientras le colocaba los almohadones:

—¡Nada importante, señora! Es solo que ha ardido el pajar... Le cayó un rayo.

Maria Leonor alzó las cejas, arrugando la frente, y preguntó:

—¿Ha ardido entero?

—Entero... —Y enseguida, presurosa, añadió—: ¡Pero no se preocupe, señora! Está acabando el invierno y, de aquí al que viene, hay tiempo para construir un pajar igual o más grande. El ganado no va a sentir la falta.

—Sí, puede que no la sienta. Dile a Jerónimo que mande levantar, pegado al granero, un cobertizo para proteger la paja que hay que comprar de aquí al próximo invierno, hasta que se haga el pajar.

Pronunció estas palabras con firmeza, con una voz tranquila y descansada, parando una única vez en medio de la frase, para respirar profundamente. Benedita, inquieta, le preguntó:

—¿Está peor, señora? ¿Se siente mal?

Maria Leonor estiró los labios en una sonrisa y, apretando la mano de Benedita, apoyada en la cama, le respondió:

—¡No, me encuentro mejor, incluso! Tengo todavía aquí el pinchazo, pero muy flojito, ya casi ni lo siento...

Con los ojos llenos de lágrimas, Benedita experimentó una alegría tan profunda que se arrodilló al lado de la cama y se inclinó sobre las manos de Maria Leonor, que la acarició con gestos lentos y cansados mientras miraba enfrente la cómoda donde los violeteros resguardaban de nuevo la imagen blanca de la Virgen.

De fuera, a través de las cortinas de gasa, discretamente cerradas, entraba la claridad dulce de la mañana, que nacía detrás de los cerros del este. Maria Leonor, sin dejar de acariciar a Benedita, recordaba otra mañana, algunos años antes, en la que la luz también entraba así, tierna y suave, como dotada de una sensibilidad femenina, por las cortinas corridas, iluminando el dormitorio silencioso, en el que flotaba un vago perfume a flores de azahar. Se acordaba de aquella mañana y presenciaba ahora el amanecer, inmóvil, débil, enferma, con una angustia desmedida en el alma, un dolor intenso que le llenaba de lágrimas los ojos ardientes. En aquella silla, junto al lavamanos, vio entonces su velo de novia. Recordaba la profunda alegría que la había inundado al sentir, de repente, la presencia de su marido durmiendo a su lado.

En gradaciones imperceptibles, la luz iba aclarando el dormitorio. Un haz luminoso, dorado y brillante, reflejado por algún cristal lejano, hacía vibrar con una euforia loca las partículas de polvo suspendidas en el aire y se extendía por una pared, llenando el aposento de un tono de esplendor que brillaba en las superficies pulidas de los muebles, reproduciéndose hasta el infinito, palideciendo, despacio, a medida que subía el sol, blanco y metálico.

Maria Leonor suspiró y, fijándose en Benedita, notó que se había dormido, de rodillas, junto a la cama, la cabeza sobre la colcha, con un cansancio que le marcaba unas arrugas profundas que, desde las aletas de la nariz, le bajaban hasta la comisura de la boca, lacia y marchita. La sacudió con cuidado. Benedita se despertó sobresaltada, con una expresión de susto en los ojos soñolientos, y, con el dorso de la mano derecha delante de la boca, bostezó largamente y sonrió, mirando a la señora. Maria Leonor se rio también:

—¡Lo cansada que estás, Benedita! ¡Estás agotada! ¡Vete a descansar, venga, vamos!...

La criada se enderezó, poniéndose las manos en los riñones, y, con cara de dolor, se levantó con rápidez, apoyándose en el cabecero de la cama. Mientras caminaba por la habitación, ahora iluminada, iba ordenando los muebles, y respondía:

—¡Ya tendré tiempo, señora! Ya tendré tiempo de dormir, cuando usted esté curada. Si Dios quiere, no falta mucho para que duerma la noche entera del tirón. Hace ya tanto tiempo que no me acuerdo...

Se calló bruscamente, escrutando el rostro de su señora para comprobar si esas frases poco meditadas, aquel «hace ya tanto tiempo», le habían traído recuerdos tristes. Maria Leonor, sin embargo, estaba tranquila y seguía con ojos atentos el trajín de Benedita. Iba a responder cuando unos golpes suaves en la puerta distrajeron su atención. De inmediato, sin más aviso y sin esperar respuesta, la puerta se entreabrió y una cabeza adornada con una cofia muy blanca se asomó, preguntando:

—¿Se encuentra mejor, señora? ¿Ha pasado buena noche? El doctor Viegas está en el salón. ¿Puede entrar?

Maria Leonor se acomodó con prisas, en la cama, dio un tirón a las sábanas, se pasó la mano por el pelo despeinado y respondió:

—¡Que entre, Teresa, que entre!

La cabeza desapareció y, al momento, el doctor Viegas avanzaba, haciendo de paso una caricia a Benedita, que dio un paso atrás con un gesto brusco de malos modos. Apoyándose en el colchón, sobre las manos compactas y firmes, preguntó, observando atentamente el rostro de Maria Leonor:

—¿Qué tal, Leonor, cómo te encuentras hoy?

—¡Mejor! ¡Mucho mejor, doctor!

Los ojos de Benedita brillaron, alegres, al oír las palabras de su señora. El médico frunció las cejas fuertes e hirsutas y refunfuñó:

—¡Mejor, mejor! Los enfermos dicen siempre lo mismo cuando se les pregunta cómo están. Como si no hubiera médicos para comprobar esas mejorías...

Aquella manera de hablar irritaba a Benedita, que observó, áspera:

—¡Parece imposible! ¿No le ha preguntado usted si está mejor? ¡Son ganas de hablar!...

Viegas sonrió y respondió:

—Se lo he preguntado yo, en efecto. ¿No soy su médico?

Benedita le dio la espalda, furiosa, y, cogiendo un trapo, lo sacudió con violencia sobre una figurita de Eros y Psique, que tembló bruscamente y se deslizó por la tapa lisa del mueble. Le echó mano y consiguió pararla cuando estaba a punto de caerse. Miró de reojo al médico y, al verlo atento a sus maniobras, se puso colorada y salió de la habitación, golpeando con los tacones la tarima del pasillo.

Maria Leonor, que había seguido la escena, distraída, le dijo a Viegas:

—Le gusta enfadar a la pobre Benedita...

Viegas se encogió de hombros, bonachón, y contestó:

—¿Qué quieres? Me gusta bromear. Y Benedita, con su aire de quien se lo toma todo en serio y odia la guasa, ¡despierta siempre al diablillo del buen humor que llevo dentro de mí!

Se levantó, buscando una toalla, y continuó:

—Cuando se llega a mi edad, Maria Leonor, hay dos caminos. El primero, el más seguido, es el de la contemplación pasiva, el del recuerdo de las alegrías pasadas, disimulando nuestra incapacidad para sentirlas de nuevo; el otro, el que yo he elegido, es el de la alegría decidida y enérgica, tanto más cuanto más escaso y blanco va siendo el pelo de nuestra cabeza, la alegría que no viene del corazón como la de los jóvenes, sino la que es producto de una determinación completamente cerebral, la alegría que se impone porque viene de donde menos se espera, de los viejos. El primer camino es la impotencia declarada de vivir; el segundo es la voluntad tenaz de no ceder nunca, de aguantar la vida hasta que llegue la muerte...

Lo interrumpió un suspiro de Maria Leonor. Se echó la toalla al hombro, cogió una silla y, sentándose, siguió, pausadamente:

—¡Sé lo que estás pensando, hija mía! Manuel ha muerto. Todo lo que representaba la vida para ti ha desaparecido. Con el cuerpo de Manuel han sido también sepultadas tus esperanzas. Solo te queda la contemplación dolorosa de sus retratos, el recuerdo de sus palabras, la memoria de su amor. Es eso lo que estás pensando, ¿verdad?

Maria Leonor dijo que sí con un gesto y se llevó el pañuelo a los ojos para reprimir las lágrimas.

Viegas, sin moverse, continuó:

—Y, sin embargo, ¡estás equivocada, Maria Leonor! Ante los dos caminos, has elegido el de la desolación, el de la tristeza y la inutilidad. Te confiesas débil para mirar la vida de frente y te recluyes en la contemplación de tu pasado feliz. Quieres sacar de ahí el alimento espiritual de tus días futuros, sin darte cuenta de que eso es tu muerte. Con veinte años menos, eres mayor que yo, que he elegido el mejor camino. Yo podría haber sucumbido también a un golpe semejante al que tú has sufrido, podría pasarme la vida inundado de pensamientos inútiles, recordando a mi mujer fallecida. Pero no lo he hecho. He decidido vivir. He decidido dejar a mi muerta en paz, pensar en ella con una vaga nostalgia y, solo algo triste, dedicar un pequeño espacio de mi vida a la amargura de haberla perdido. Al principio me costó. La felicidad es tan absorbente, nos acostumbramos tanto a ella que, cuando huye de nosotros, cuando nos la roban, nos sentimos incompletos como si una parte esencial de nuestro cuerpo hubiese desaparecido, dejando una llaga enorme y dolorosa, que no se cierra y supura siempre el pus de nuestro infortunio. ¡Pero todo esto es en vano, Maria Leonor! ¡Cómo complicamos la extraordinaria sencillez de la vida! ¡Cómo concedemos al simple avance de un eslabón a otro de la cadena una importancia tan grande, hija mía! En el fondo, no es más que esto: el fin de una existencia, una luz que se apaga. Los lazos de sangre, la costumbre son los que complican esta sucesión, este paso de la antorcha...

Maria Leonor escuchaba al médico, inmóvil y serena, los ojos secos y brillantes, recostada en los almohadones, como flotando.

Viegas la miró atentamente y, tomándole la mano, de dedos largos, nudosos en las articulaciones, la apretó entre las suyas, como a una paloma helada y entumecida, y prosiguió:

—En el fondo, ¿me oyes, Leonor?, esto es la vida y esto es la muerte. Nada más. Así que no nos compliquemos. Hay que vivir. Tienes dos hijos que dependen de ti. Si te mueres, los habrás condenado. Así que no cargues sobre sus pobres hombros el peso de tu desolación y de tu cobardía para vivir. Enséñales que tuvieron un padre honrado, que murió, pero que revive en ti. ¡Ay, Maria Leonor, si supiéramos lo que es de verdad la vida, su naturaleza íntima, su fin, no tendríamos palabras para expresar nuestra alegría, para exteriorizar el torbellino de placer que nos traería el simple recuerdo de que estamos vivos!

Se detuvo y se levantó de la butaca. Caminó hacia la ventana y, con las manos cruzadas a la espalda, se quedó mirando tranquilamente el sol, que subía por el cielo muy azul, detrás de las nubes transparentes.

Maria Leonor había bajado la cabeza y lloraba, temblando toda ella, pero sintiendo al mismo tiempo una tranquilidad extraña, un sosiego enorme que invadían su cuerpo.

Viegas volvió de la ventana y, cogiendo de nuevo la toalla, que había soltado sobre una silla, se acercó a la cama. Auscultó a Maria Leonor con atención y cuidado. Después, tiró del cordón que colgaba junto al cabecero. Esperó unos instantes, paseando por la habitación, refunfuñando palabras ininteligibles y gesticulando como si hablase con alguien. Maria Leonor lo seguía con una mirada inquieta. La puerta se abrió y entró Benedita, que, al ver la actitud del médico, se detuvo, alarmada. Viegas sonrió, le guiñó un ojo a Maria Leonor y se acercó a la criada:

—¿Qué me darías tú, pequeña, si te diera una noticia agradable? Una de esas noticias de pegar un salto de alegría. Por ejemplo, ¡que la señora Leonor está casi curada!

Benedita, que había fruncido el ceño, con mal humor, cuando el médico había empezado a hablar, juntó las manos extasiada al oír pronunciar la última frase y empezó a balbucear palabras inconexas, temblorosa, entusiasmada, sintiendo unas ganas locas de reírse, de reírse mucho, a carcajadas, invadida por un deseo infantil de saltar al cuello de Viegas y besarlo muchas veces hasta perder el aliento. Pero no hizo nada de esto. Las manos, que había unido como para rezar, buscaron, vacilantes, una silla en la que apoyarse. Se echó a llorar.

Viegas, que había seguido la transmutación de su fisonomía, al verla emocionada y llorando, tocó las palmas nerviosamente, sintiéndose también impresionado, y empezó a hablar en voz muy alta:

—¡Bueno! Benedita, ¿qué es esto? No llores, mujer. Pero... ¡y sigue!... ¡Tranquilízate! ¡No te apoyes ahí, ten cuidado!...

Benedita se apartó de inmediato del mueble en el que se había apoyado y, acordándose de la escena de la figurita, no pudo dejar de sonreír entre las lágrimas.

—No es nada, doctor. Ya se me ha pasado.

Y volviéndose hacia Maria Leonor:

—Mi querida señora, ¡qué bueno va a ser verla curada! ¿Cómo se encuentra?

Maria Leonor, que miraba absorta al médico, respondió:

—Me encuentro bien, Benedita. Y tan tranquila, tan serena como ya hacía mucho tiempo que no estaba...

Dirigiéndose a Viegas, preguntó con una voz que se esforzaba por que pareciese firme:

—¿Cuándo podré dejar esta cama?

—Tras quince días de reposo, puedes levantarte cuando quieras.

Acentuó intencionadamente las últimas palabras y repitió:

—¡Fíjate bien, Leonor, cuando quieras!...

Se despidió y salió, haciendo una seña a Benedita para que lo siguiera. En el pasillo se mantuvo en silencio, pero, al llegar al descansillo, se paró, se volvió hacia la criada, le puso una de las manos, fuertes y duras, en un brazo y, apretándoselo con afecto, le dijo:

—¡La señora te debe la vida, Benedita!

Los ojos de la criada se abrieron, asombrados de incomprensión, mientras por la cabeza le pasaba la idea repentina de un milagro producido por sus oraciones, por los rezos fervorosos que balbuceaba, temblando de frío, en las largas noches de vigilia en la cabecera de la cama.

El médico continuó:

—Sí, la señora te debe la vida. Las probabilidades de curarse eran mínimas. Mis medicamentos solo han sido una ayuda...

Benedita, comprendiéndolo al fin, cogió las manos del médico y las besó. Mientras lo hacía, recordó el día que besó el anillo de un obispo que había visitado la finca. Sintió un escalofrío, como si hubiese cometido un sacrilegio. Susurró, al cabo:

—¡Oh, doctor, por lo que más quiera! No sé cómo agradecerle su bondad...

—Sencillamente, ayudándome a completar la cura. El cuerpo ya está salvado. Ahora tenemos que curarle el espíritu, que enseñarle el gusto por la vida, que perdió con la muerte de su marido... ¿Entiendes?

—Sí, doctor, ¡lo entiendo a la perfección!

Viegas recobró su aire bonachón y, despidiéndose con un golpecito en la cara de Benedita, bajó las escaleras y salió.

La criada, a solas, unió sus manos repetidas veces, miró alrededor de la casa, como si buscase algo, y, de repente, bajó la escalera deprisa y, en el piso de abajo, tras atravesar varias salas, irrumpió en la cocina, llena de los trabajadores de la labranza, que habían venido a comer.

—¡La señora está bien! ¡La señora se ha curado!

Los trabajadores, que habían interrumpido lo que hacían ante la entrada violenta de Benedita, se miraron entre ellos al oír aquellas exclamaciones, sonrieron primero y después empezaron a hablar todos al mismo tiempo, dando golpes con las cucharas en los platos de estaño, sintiendo que ya no podían comer ni un bocado más. Se levantaron riéndose, bromeando, dándose los unos a los otros palmadas en la espalda, y se marcharon. El sol, ya en lo alto, brillaba resplandeciente como un disco de oro en el cielo limpio, un cielo de buen tiempo, que pedía trabajar y que arrojaba sobre las cabezas morenas chorros de luz, que después caían en el suelo como un mar luminoso, extendido hasta perderse de vista, un mar en el que las olas eran las colinas y los cerros que se alzaban alrededor.

Se echaron las azadas al hombro y salieron, alegres, al trabajo. Desde la puerta de la cocina, las mujeres los veían andar y perderse poco a poco en los recodos del camino, y los despedían haciendo gestos amplios con la mano.

Después, ya otra vez dentro de la casa, una de ellas propuso, temerosa, que fuesen a ver a la señora. Benedita, celosa, al principio intentó impedirlo, pero, reprimiendo su egoísmo, las siguió por los grandes salones desiertos y frescos hasta el dormitorio de Maria Leonor, que dormía. Despertada por el ruido de los pasos de las criadas, Maria Leonor abrió los ojos, amodorrada, y tuvo, de repente, la sensación aguda de que ya había visto antes aquella escena. Intentó recordarla, rebuscó confusamente en la memoria el momento, el día, el hecho, que no encontraba. Por fin meneó la cabeza, apartando aquel pensamiento inoportuno, y, al ver que las criadas rodeaban la cama, les tendió las manos, sonriendo. Enseguida todas murmuraron, contentas:

—¡Señora!

—¡Está curada!

—¡Qué delgada está!...

—Ahora tiene que ponerse fuerte, si Dios quiere...

—¡Ojalá!

Después, entre los murmullos de las últimas frases, salieron, mirando aún hacia atrás, gesticulando mínimamente, animadas por la satisfacción de haber entrado en el dormitorio de la señora y que ella les hubiera tendido las manos. Benedita se quedó.

Maria Leonor, emocionada, susurraba:

—¡Qué buenas son!...

—¡Y lo contentas que están, señora! No se imagina lo que ha sido la cocina cuando les he dicho que la señora estaba curada. Se han vuelto locos, ellos y ellas. ¿Qué será cuando la vean de pie?...

Se calló al ver entrar a Teresa, encorvada por el peso de una gran bandeja repleta de manjares, con una taza de leche humeante. Benedita miró a la señora, estupefacta, y, volviéndose hacia su compañera, le preguntó:

—Pero ¿qué es esto, Teresa? ¿Qué idea es esta?

Teresa, enrollando y desenrollando, desconcertada, una servilleta, respondió, cabizbaja:

—Ha sido Joana, la cocinera. Me ha dicho que, puesto que la señora estaba curada, podía comer de todo. ¡Y entonces ha preparado esto y me ha mandado traerlo!

Benedita, indignada, se encogía de hombros, daba golpes con la puntera del zapato en la tarima y se preparaba para echar de la habitación a la pobre Teresa con la bandeja cuando Maria Leonor, que sonreía, divertida, terció:

—¡Espera, Benedita, espera! Voy a comer algo, tengo apetito.

Teresa echó una mirada triunfante a Benedita y se dispuso a servir al ama. Sin embargo, la otra le quitó la bandeja y, poniéndola al borde de la cama, le dijo:

—Pero entonces, señora, ¡bébase solo la leche! No coma nada de lo que la loca de Joana le ha preparado, no vaya a sentarle mal.

—Vale. Me beberé la leche.

Benedita miró a Teresa y, al verla mustia y tristona por haberla despojado del placer de servir a la señora, se arrepintió de su gesto y le dijo mansamente:

—Teresa, sirve a la señora mientras voy a buscar un pañito. Pero ten cuidado, no vaya a quemarse...

Teresa se acercó despacio, temiendo equivocarse, pero al ver que Benedita hablaba en serio sintió tamaña alegría que, al coger la bandeja, le temblaban las manos y casi tiró la leche sobre la cama. ¡Servir a la señora en su habitación, hacer lo que solo podía hacer Benedita, la llenaba de tal satisfacción que tenía ganas de saltar! No obstante, se contuvo, con sensatez, y cuando volvió Benedita con el innecesario pañito ya se había calmado del todo y, con un aire lleno de seriedad y dulzura, le daba la leche a la señora.

Cuando Maria Leonor la terminó, Teresa se llevó la bandeja silenciosamente. Benedita cerró las contraventanas y el dormitorio se sumergió en una penumbra dorada que torneaba las aristas de los muebles y multiplicaba las sombras.

Maria Leonor se arropó en la cama y, poniéndose de lado, se dispuso a dormir.

V

De puntillas, Benedita atravesó la habitación y salió cerrando la puerta tras ella, con cuidado. En el silencio luminoso que envolvía la casa y entraba en las habitaciones, sus pasos sonaban claros y nítidos. Iba a bajar la escalera, pero, haciendo el gesto de quien se acuerda de repente de algo, retrocedió. Al atravesar una sala, oyó detrás de una puerta un rumor sofocado, del que brotaban, más vivos, batacazos estruendosos y risitas alegres y finas. Abrió la puerta súbitamente y dio un paso atrás, asustada, ante una almohada que volaba por los aires justo hacia ella. Estiró los brazos hacia delante y abrió las manos, intentando apartar la montaña de plumas que se le venía encima. Agarró la almohada y, con expresión indignada en el rostro y en la voz, exclamó:

—¡Parece mentira, niños! ¡Menudo desastre! Se me olvida venir a levantaros y os ponéis a jugar con las almohadas. ¡Mirad esto!

Esto era un cuadro enmarcado, que representaba una fuente con dos palomas que bebían del caño cristalino, que colgaba de la pared, boca abajo. Los pequeños, apoyados el uno en el otro, con las manos escondidas comprometidamente detrás de la espalda, miraban de reojo los gestos de Benedita, que se afanaba en poner el cuadro en su sitio exacto y recto. La niña, con el labio inferior temblando por el llanto a punto de romper, se arrimaba a su hermano, que fruncía las cejas finas y castañas.

Benedita se volvió hacia él y le dijo, procurando mantener el tono de voz enfadado:

—Que a la niña, que es pequeña, le guste jugar, vale,

pero que tú, Dionísio, que eres ya un hombrecito, formes este espectáculo no está nada bien. ¿Qué diría vuestra madre si os viera así?

Mientras hablaba, iba pensando que la señora no se enfadaría tanto como les estaba diciendo si viese la que habían montado sus hijos. Seguro que Dionísio pensaba lo mismo, porque, dando un paso delante de su hermana, como si quisiera defenderla del mal humor de la criada, respondió:

—¡Mi madre no se enfadaría! —Y siguió—: ¡Está enferma, pero no se enfadaría! ¡Eres tú la que te enfadas!...

Benedita se agachó y, pasando los brazos por debajo de las piernas de los niños, los cogió en el regazo, los apretó tiernamente contra el pecho y dijo:

—No estoy enfadada, era broma... Y vuestra madre ya está buena.

Dionísio dio un salto encima de la criada y, tirándole del pelo, exclamó:

—¿De verdad?

Júlia aplaudía y saltaba en el otro brazo de Benedita, que se las veía y se las deseaba para sostener a los dos niños. Acabó dejándolos en el suelo, rendida, e inmediatamente, uno detrás de otro, los dos hermanos improvisaron una marcha triunfal alrededor del cuarto, levantando sobre sus cabezas una sábana enrollada y cantando una canción compuesta en aquel momento cuyo motivo principal era su madre. En las variantes, entraba Benedita como aguafiestas.

Entonces, la aguafiestas se llevaba las manos a la cabeza, aturdida con el griterío, e imploraba silencio:

—¡Callaos, niños, callaos! ¡Que vuestra madre está durmiendo y, si la despertáis, empeorará!

Al oír decir que su madre empeoraría, los niños pararon y, tirando la sábana al suelo, se acusaron mutuamente de todo el jaleo:

—¡Has sido tú, Júlia!

La pequeña lo negaba con vehemencia, agitando su melena rubia, que le caía en tirabuzones hasta los hombros:

—¡No he sido yo, de eso nada! —Y volviéndose hacia Benedita—: ¿A que no, Benedita?

La criada sonrió y dijo:

—¡No ha sido ninguno de los dos, ya está, vale! ¡Id a lavaros, deprisa, si no, le cuento a vuestra madre que habéis montado este tinglado!

Los pequeños corrieron al lavamanos, en un rincón de la habitación, y en un segundo el agua escurría por sus cuellos finos y torneados y salpicaba el suelo, mojando de paso las faldas de Benedita, que los ayudaba, con sus manos vigorosas, a lavarse.

Una vez limpios, la criada los peinó rápidamente, sin acceder a los ruegos de Júlia, que le pedía el flequillo más atusado. Dionísio se metía con su hermana, llamándola creída y boba, mientras la pellizcaba.

Salieron. Los niños, agarrados a la falda de la criada, saltaban de pura alegría. Dionísio, de repente, se quedó clavado, se volvió hacia Benedita y le dijo que quería ir a ver a su madre. Que si ya estaba buena, podían ir a verla. Benedita se negó, alegando que estaba descansando y que no debían molestarla. El pequeño se resignó de mal grado y, soltando la falda de la criada, bajó solo las escaleras. Júlia también se marchó detrás de él, con la cabecita orgullosa bien levantada, fingiendo no reparar en Benedita, que, al verlos caminar hacia la puerta de la calle, les recomendó:

—¡No, no os vayáis todavía! ¿Queréis iros sin comer? Id a la cocina y decidle a Joana que os dé leche. ¡Media vuelta!... Hoy no se come en el salón.

Los pequeños se miraron, indecisos, con ganas de desobedecer la orden, pero, como sentían ya un agujero en el estómago, volvieron atrás y fueron a la cocina.

Joana, gorda y colorada, se movía entre cazuelas humeantes. Al ver entrar a los niños, mostró su dentadura con una sonrisa radiante y los saludó con la voz aflautada que le había dado la naturaleza:

—¡Buenos días, mis queridos niños! Queréis leche, ¿verdad? Esperad un momento. Es solo un segundo, mientras se calienta.

Llenó la lechera y, volviéndose a Dionísio, quiso saber:

—Entonces, ¿tu madre ya se ha levantado?

El pequeño arrugó la expresión y respondió con malos modos:

—¡No sé! Benedita no nos ha dejado ir a verla. Es muy mala... Cuando sea mayor, la voy a obligar a hacer todo lo que yo quiera...

Escupió a un lado y refunfuñó:

—¡Qué asco!

Joana, escandalizada, le miró y preguntó, reprendiéndole:

—Niño, ¿qué estás diciendo? ¿Dónde has aprendido eso?

—Se lo he oído a Manuel da Barca. ¿Qué pasa?

—¡Es muy feo!...

Júlia había ido a la puerta de la cocina y seguía, con los ojos extasiados, a una gran bandada de palomas que volaba muy alto, agitando las alas bajo el esplendor de la luz del sol. Dionísio se acercó a su hermana y, los dos, con los ojos muy abiertos y el cuello torcido, siguieron con atención las amplias curvas que las aves trazaban en el cielo.

Joana retiró de la lumbre la leche caliente y los llamó. Se sentaron a un extremo de la gran mesa de la cocina, donde raramente comían. Repitieron el gran placer de contar las manchas de vino que había en la madera y los agujeritos de las puntas de las navajas que clavaban los trabajadores mientras comían y bebían. Una vez que se bebieron la leche, saltaron de los taburetes y corrieron hacia fuera, dando saltos, gritando cuando se resbalaban en la tierra mojada. El sol se reflejaba en los charcos y secaba los surcos de barro rojo. Cuando pasaron por el sitio donde estaba el pajar, que habían visto el día antes, grande y pesado, rezumando la tentación extraña de sus paredes enormes abarrotadas de paja hasta el tejado, se detuvieron asombrados, mirando con terror los muros negros, las traviesas carbonizadas, la gruesa viga maestra de la que apenas resistía una punta clavada en lo que quedaba de una pared.

Un muchachito descalzo que se había acercado dijo, al preguntarle Dionísio, que había sido algo caído del cielo lo que había quemado el pajar. Júlia miró hacia arriba y volvió a ver muy alto la bandada de palomas agitando las alas en un movimiento constante e incansable. Se puso de puntillas y susurró al oído de su hermano:

—Nísio, ¿habrán sido las palomas?

El pequeño se encogió de hombros, cortado, sintiendo que peligraba su prestigio ante la hermana. Fue el muchachito el que, aunque inconscientemente, lo salvó. Intentando dar más información, añadió:

—Fue de noche...

Dionísio se volvió hacia su hermana, decidido, y concluyó:

—¡Ahí lo tienes! ¡No han sido las palomas, porque las palomas no vuelan de noche!

Júlia no se mostró satisfecha e insistió:

—Entonces, ¿quién ha sido?

El hermano hizo un gesto de impaciencia y replicó, pensando que su hermana era una pesada:

—¡No sé! ¿Cómo quieres que lo sepa, si estaba dormido?

—Pregúntalo...

Dionísio no encontró mejor respuesta que volverse de espaldas a su hermana y al pajar, lanzando de paso una mirada furiosa al muchachito descalzo, causante inocente de aquella situación. Júlia lo siguió, sin ganas, dándose la vuelta de vez en cuando para mirar los restos del pajar.

Caminaron callados durante algún tiempo hasta que Júlia, incapaz de contenerse, cortó el silencio para decir que seguro que habían muerto todos los ratones. Su hermano, contento por poder dar una respuesta definitiva, respondió que sí y que solo ella podía hacer una pregunta semejante. La pequeña se enfurruñó y, cuando Dionísio echó a correr detrás de una mariposa, no lo siguió. Pero cuando volvió, con los dedos manchados del polvo blanquecino de las alas del insecto, que había aplastado, se enfadó. ¿Qué le había hecho la mariposa? ¿No podía correr detrás de ella, sin matarla? ¿Y después era Benedita la que era mala? Que ella supiese, Benedita no había matado nunca a una mariposa, y mucho menos blanca.

El hermano se defendió diciendo que la criada, en Navidad, había ayudado en la matanza, y que eso debía de ser peor, porque el cerdo se quejó mucho, mientras que la mariposa no había dicho nada.

Ante la lógica terrible de aquella respuesta, Júlia se calló y dejó que su hermano fuera delante. Atravesaron un rincón del pomar donde habían plantado naranjos, que se alzaban, firmes, en el suelo mojado. Por una pequeña cancela fijada en el muro salieron a campo abierto. Entre matorrales serpenteaba hasta la aldea una vereda tímida que, a veces, se ahogaba en los charcos que la interrumpían.

Dados los primeros pasos, Dionísio, de repente, dejó el sendero embarrado y tiró por entre la maleza. Júlia se quedó, pateando para sacudirse el barro, sin atreverse a seguir a su hermano, que ya iba lejos, llevado por el entusiasmo de la carrera, saltando los arbustos bajos de taray, detrás de los cuales desaparecía por instantes, para volver a aparecer enseguida. Miró alrededor, indecisa.

Detrás de ella se alzaba un vallado verdoso, con pequeños olivos espaciados. Delante, el campo sin fin, resplandeciente por las gotas de agua suspendidas de las plantas bajas y los árboles, con grandes placas luminosas en los sitios inundados. Júlia se sintió abandonada. La aldea congregada alrededor de la iglesia quedaba a su derecha. Más allá de las últimas casas, una hilera verde de chopos esbeltos y de sauces achaparrados denunciaba la presencia del río. Allí era adonde corría su hermano, seguro: en aquel lugar había un barco casi podrido, anclado, con las tablas del casco verdosas y escurriendo humedad, donde pasaban las mañanas viendo nadar en el agua transparente a los peces pequeños y brillantes que Dionísio insistía en pescar con un hilo que escondían en un agujero, entre dos maderas descoyuntadas.

Gritó. La voz, clara y fina, se elevó en el aire límpido, voló por encima de los arbustos y se dispersó en la distancia. Su hermano ya estaba demasiado lejos como para poder oírla. Su cabeza rubia brillaba todavía, pero iba a desaparecer por detrás de los oteros que, a este lado del río, protegían de las crecidas a la aldea y los campos.

Júlia se sentó sobre una gruesa raíz de olivo, llorando amargamente por el abandono de Dionísio. No quería volver a casa, pero estar sola, en medio de aquel desierto, la asustaba. Un golpe de viento que agitó las ramas de los árboles le tiró encima unos goterones de agua que le provocaron un escalofrío. Miró con tristeza los zapatos embarrados, pensando que por entonces su hermano ya habría llegado al río, subido por el tronco inclinado del fresno cortado que colgaba sobre el barco y, tras dejarse caer dentro, habría metido la mano entre las dos maderas y sacado el hilo y el anzuelo para pescar. ¿Quién sabía, incluso, si no habría cogido ya uno de aquellos peces más bonitos, que nadaban despacio, con lentos movimientos de la cola, pasando bajo el barco, ocultándose en la sombra de la quilla para aparecer al otro lado, nadando siempre y manteniéndose, a veces, inmóviles contra la fuerza de la corriente?

Ante esta idea, se levantó de un salto y, tras un instante de indecisión, delante de los matorrales agresivos, donde crecían con una abundancia amenazante grandes macizos llenos de espinas, ensayó los primeros pasos, reprimiendo el dolor que le causaban los tallos gruesos y los agudos pinchos de las plantas.

En medio del campo, las piernas repletas de arañazos presentaban un aspecto lamentable. Pero siguió caminando, tirando vigorosamente de los pies, que se enredaban con las raíces a ras de tierra.

Al llegar, por fin, a las primeras elevaciones del terreno, desnudas de vegetación, las subió de un tirón y, arriba, mientras miraba el río que se deslizaba al fondo del pequeño valle, entre los árboles, se frotó las piernas doloridas y arañadas. Buscaba el fresno inclinado donde estaría el deseado barco. No había ido nunca por ese sitio y estaba desorientada. Acabó descubriendo el árbol y bajó hasta la orilla corriendo. Al acercarse, aflojó el paso y, con pies de plomo, llegó al rugoso tronco del fresno. Los sauces que llenaban la orilla no le dejaban ver el barco; solo oía el continuo chapoteo del agua que se deslizaba entre las tablas sumergidas. Se abrazó al tronco del fresno y, agarrándose a las ramas, empezó a trepar. Pasó entre la amplia enramada de los sauces y, tras apartar las últimas que formaban, delante de ella, una cortina larga y verde, vio, abajo, el barco. Unida por una cadena oxidada a la orilla y sujeta a una estaca clavada en el fondo del río, la vieja embarcación se mantenía inmóvil.

Tumbado sobre la proa, y con los ojos fijos en la profundidad, estaba Dionísio. No había reparado en la llegada de su hermana. Júlia, escarranchada en el tronco, vio en el agua cristalina un pez, blanco y brillante, nadando hacia el anzuelo. Las piernas de Dionísio se estiraron, nerviosas, y los ojos se le pusieron como platos con el ansia de ver al pez lanzarse a la trampa, menear desesperado la cuerda para intentar huir y clavarse el anzuelo cada vez más, en las agallas, hasta que lo sacasen, agitándose.

Pero el pez no se decidía. Nadaba alrededor del cebo,

dándole un coletazo cuando se alejaba, pero volvía enseguida, mordisqueándolo ligeramente, haciendo que se moviera la boya de corcho. Júlia, arriba, se impacientaba. Quería saltar al barco, pero el ruido de la caída ahuyentaría al pez y Dionísio se enfadaría. Pensándolo bien, le pareció que no era una mala jugarreta hacer que el pez se escapase. ¿No la había dejado su hermano sola entre los matorrales?

Abajo, el pez seguía mordiendo el cebo sin decidirse a tragárselo de una vez. Las piernas desnudas de Dionísio temblaban de impaciencia. Si el agua no estuviese tan clara, la pesca funcionaría siempre. Pero ver los peces en el fondo, alrededor del anzuelo, le hacía perder la cabeza y le obligaba a moverse, furioso.

Después de una vuelta lenta, el pez se acercó al anzuelo, con toda la pinta, según parecía, de ir a morderlo. Inmediatamente, Júlia se deslizó por el tronco y, tras quedarse suspendida durante unos segundos, balanceándose sobre el barco, se dejó caer. Con el peso, el barco se sumergió un poco, las viejas tablas crujieron. El pez escapó.

Sobresaltado, Dionísio se volvió y, viendo a su hermana, que lo miraba desafiante, con la barbilla petulantemente levantada, las piernas llenas de heridas, el vestido mojado y arrugado, iba a enfadarse, a reñirla, pero ella se le adelantó:

—¡Me has dejado sola y yo te he espantado el pez! Estamos en paz.

El hermano, en silencio, le dio la espalda y tiró del hilo. Se sentó en el borde del barco y empezó a redondear entre las palmas de las manos una bolita de pan como nuevo cebo. Las puntas de las ramas de los sauces, sumergidas en el agua, se movían alternadamente arriba y abajo, a merced del viento. Un martín pescador de alas azules pasó casi rozando el agua con el pecho.

Dionísio dejó de lado el hilo y el pan y se sacó una navaja del bolsillo. Se inclinó sobre la popa del barco, casi en la orilla, y cortó una verdasca de uno de los sauces. La peló entera, dejando solo, en la punta, dos hojas pequeñas de un verde herrumbroso y tierno, y se la dio, tímidamente, a su hermana.

Era la paz. Siempre que iban al río, cortaba una rama para Júlia y, al hacer ahora lo mismo, presentaba de forma simbólica sus disculpas.

Júlia, radiante, cogió la verdasca y se quedó mirando, embelesada, las dos hojas que había dejado su hermano. En medio de ellas había otras dos, más pequeñas, casi blancas, enrolladas sobre sí mismas, condenadas a no crecer más.

Dionísio, mientras tanto, había vuelto al cebo y al anzuelo. Se tumbó otra vez en la proa y lanzó al agua el hilo, que se fue alejando en círculos cada vez más grandes hasta la orilla, de donde volvió en ondulaciones espaciadas, casi imperceptibles. Júlia se echó al lado de su hermano. En el fondo del río, el cebo de pan era una mancha blanca que brillaba como una joya. Una nube pasó bajo el sol y las aguas se volvieron sombrías. Júlia miró al cielo, donde solo aquella nube pasaba oscureciendo cada vez más el río. De repente, la boya de corcho se sumergió con una brusca sacudida. Dionísio, de un salto, se puso de pie y sacó el hilo, que emergía entre espasmos.

A ras del agua surgió la cabeza blanca de un pez que luchaba desesperadamente por mantenerse en su elemento. Un tirón más y, describiendo en el aire un trazo brillante, el pez cayó dentro del barco, saltando y agitando las aletas en el agua del fondo.

Júlia daba saltos de contenta y aplaudía, mientras su hermano arrancaba el anzuelo de las branquias del pez, un barbo largo y esbelto que se le escurría entre los dedos.

Dionísio, entusiasmado, se preparaba para lanzar de nuevo el hilo cuando, arrastradas por el viento, oyó las doce campanadas del mediodía, dadas por el reloj de la torre de la iglesia. Miró, disgustado, a su hermana:

—Tenemos que irnos, Júlia.

—¡Sí! Puede que Benedita ya nos esté buscando.

—¡Vamos!

Cortó una horquilla de una rama y colgó al pez por las agallas. Subieron al fresno y, arañándose al bajar del árbol, subieron nuevamente por la ribera, llevando el barbo ya muerto, la aleta de la cola rozando el suelo. Bajaron hasta la aldea y llegaron a la pista que conducía a la finca. Echaron a correr por el camino, porfiando por llegar el uno antes que el otro a uno de los árboles, después a otro, riéndose con alegría, con el pez colgando, maltratado, las agallas abiertas.

Cuando atravesaron la cancela, vieron al fondo de la alameda, junto a la puerta de la casa, a dos hombres. Eran Jerónimo y António Ribeiro. Se echaron encima de su tío.

—¡Mira, mira, tío António! ¡Un pez, un pez!... ¡Lo hemos pescado en el río!

Benedita, que se había asomado a la puerta, atraída por el bullicio de la llegada, se llevó las manos a la cabeza y exclamó:

—¿Así que habéis ido al río? ¡Y llenos de arañazos, y sucios!... ¡Qué bonito, sí, señor! ¡Vuestra madre preguntando por los niños y yo sin saber qué responderle!

Al oír que su madre había preguntado por ellos, los dos hermanos se sonrojaron y bajaron la cabeza por la reprimenda. ¡Que parecía imposible, su madre todavía en cama y ellos sin preocuparse! Ante semejante acusación, Dionísio soltó el pez y entró en casa corriendo, seguido por su hermana, que se esforzaba por no quedarse atrás, para que su hermano no tuviese el placer de llegar primero a la habitación de su madre.

VI

A pesar de las prometedoras esperanzas de Viegas, la convalecencia de Maria Leonor fue larga. Pasaron varias veces quince días antes de que ella, apoyada, ensayase en el dormitorio sus primeros y trémulos pasos, viendo los muebles que giraban en la habitación y la habitación con ellos, sintiendo que la cabeza le daba vueltas locamente, con la humilladora sensación de no poder mover el propio cuerpo. ¡Cuántos esfuerzos le costó satisfacer el sencillo deseo de llegar a la ventana para estirar las manos débiles y delgadas y sentir el cálido sol de junio, que inundaba el cuarto, del que, con el lento regreso de la salud, desaparecía el persistente olor de las tisanas y jarabes a los que su cuerpo fatigado debía la vida!

Sentada en una amplia butaca de enea, en la terraza de la casa que daba a poniente, pasó las doradas mañanas de aquel verano, que llegaba cálido y adánico. Desde allí, escuchaba abajo el monótono chirrido de los carros de bueyes que pasaban hacia la era, donde los mayales subían y bajaban, haciendo saltar de la espiga pulverizada el grano de trigo seco.

Y, por la tarde, cuando el campo se llenaba de sombras y el verde oscuro de los árboles se transfiguraba, poco a poco, en negro, se levantaba de su butaca junto a la ventana del dormitorio, a donde iba a descansar cuando el calor apretaba, y, con pasos inseguros, atravesaba el aposento y se dejaba caer, exhausta, sobre la cama, con una angustia indefinida que le pesaba en el pecho y un temblor de miembros que la hacía desfallecer con languidez, hundirse en el colchón suave y blando. En el dormitorio, de donde se iba escapando la luz del sol, tocaba, entonces, la campanilla, que sonaba mansa por el pasillo. Benedita venía a acostarla. Se desnudaba despacio, deseando vagamente caer al suelo y quedarse allí, medio desnuda, sintiendo avanzar sobre los hombros la sombra de la noche, verlos solo como una mancha blanca e indecisa, que desaparece poco a poco.

Probaba con los pies desnudos la dureza de la alfombra, tumbándose casi en ella, rozando la piel con los gruesos hilos como con un cilicio. Y cuando se tumbaba, sola en la habitación, porque no consentía que Benedita la velase, levantaba los brazos delgados e, inconscientemente, se quedaba contemplando los surcos blanquecinos que trazaban en la oscuridad, abriendo y cerrando las manos como si la quisiese tocar. De todos los rincones de la habitación surgían, después, formas confusas, que se movían y caminaban hacia el lecho, girando sobre sí mismas y volviéndose hacia ella siempre con el mismo aspecto, rayas negras sobre un fondo amarillo. Todo esto se transformaba, con rapidez, en cruces que llenaban el cuarto de arriba abajo y desaparecían en silencio, como fantasmas.

De madrugada, se despertaba con un sudor frío que le humedecía la piel. Y, de nuevo, por todas partes, veía surgir las manchas amarillas con rayas negras, girando y subiendo hasta los pies de la cama, desde donde caían sobre las sábanas como una cascada silenciosa. Era siempre la misma pesadilla. Cuando las cruces le caían sobre el estómago se sofocaba, como si la apretaran unas manos gigantescas, y soltaba un débil grito mitigado por los dientes cerrados con furia en el pliegue de la sábana. Entonces, sentía el tacto de las sábanas y suspiraba.

Al nacer el día, claro y alegre, entraba en un sueño profundo, inmóvil como una piedra, con unas amplias ojeras que le ensombrecían la cara, el pelo suelto sobre la almohada, destapada, fría, con el pecho descubierto, donde brillaba una gota de sudor. Así era como Benedita la encontraba todas las mañanas. La vestía y ella retomaba su rutina de enferma, recibiendo al médico, oyendo el palique de su cuñado, viendo jugar a sus hijos, dormitando bajo la calma silenciosa y cálida de la tarde, sin ánimo para hablar, perezosamente despeinada, enrollando y desenrollando en los dedos un rizo del pelo.

A veces se acordaba de las palabras de Viegas, recordaba la tranquilidad que había sentido al oírlo y las enormes ganas de reaccionar que le habían provocado. Cuando pasaba esto, se le crispaban las manos en los brazos de la butaca, como si quisiera poner a prueba la rigidez de los músculos, pero enseguida las dejaba caer en el regazo, indiferentes, agotadas por el esfuerzo. Sentía a su alrededor los cuidados de Benedita, el cariño de sus hijos, la atención de su cuñado, que a veces se ensimismaba mirándola, abstraído, pero todo esto confusamente, como en un sueño.

A Viegas, cuando iba a visitarla, le asombraba esa insensibilidad, esa indiferencia que se conformaba con contemplar los objetos inmóviles, como si estudiase sus formas o la razón de ser de la inmovilidad. Se desesperaba con su impotencia para arrancarla de la apatía que la desgastaba y se preguntaba a sí mismo, perplejo, qué extrañas fuerzas la habían salvado de la enfermedad y la arrojaban ahora a un estado casi embrutecido, sin chispa de espíritu que la animase.

Ya se oía por la finca que la señora «no estaba bien», que estaba embrujada. Y había quien aseguraba que el rayo caído en el pajar había sido la señal del demonio para que entrara en aquel estado. Benedita se enfadaba al oír tales supersticiones susurradas en la cocina, a la hora de la cena, entre las criadas, que dejaban de comer migas para responder que esas cosas le pasaban a quien no creía en ellas. Teresa y Joana les llevaban la contraria con timidez, se ponían de parte de Benedita, pero las otras las asfixiaban citando casos sucedidos a mucha gente, con una frecuencia tal, en tal abundancia, que se diría que todos sus conocidos estaban poseídos por almas en pena o por demonios con rabos y patas.

Mientras en la cocina las criadas discutían la influencia del diablo y de las brujas en las mortales vidas humanas, Maria Leonor, en su dormitorio, luchaba desesperadamente con sus pesadillas y sus fantasmas. Quiso tener una luz encendida, pero después pidió que se la apagaran, porque las sombras de los muebles la asustaban y, entonces, se levantaba, con una vela en la mano, para alumbrar todos los recodos sombríos, como si quisiera llenar el cuarto de luz. En cuanto pasaba de un rincón a otro, el anterior se cubría de sombras de inmediato, y ella daba vueltas sin parar por el aposento, alumbrando aquí y allá, hasta que la vela se consumía en sus dedos. Se quedaba yerta en medio de la habitación oscura, viendo de nuevo cómo salían del suelo, del techo, de las paredes, las manchas amarillas con rayas negras, que se alzaban transformadas en cruces y caían sobre ella en una lluvia continua de vigas gruesas y sombrías. En ese momento corría a la cama, aterrada, gimiendo, y escondía la cabeza entre las sábanas, como una niña.

Una tarde, cuando Maria Leonor estaba sentada, como hacía habitualmente, junto a la ventana y con la cabeza mustia, las manos apoyadas en el regazo, mirando, abstraída, la línea marrón del rodapié del dormitorio, se abrió la puerta y entró Benedita. Maria Leonor levantó los ojos hacia ella, pero los bajó enseguida, con indiferencia. La criada se detuvo a pocos metros de la señora y, de pie, se quedó parada, mirándola con atención. Maria Leonor alzó otra vez la mirada, atravesada por una expresión interrogativa, a la que la criada respondió con el mismo silencio obstinado. Ya inquieta, se movió en la butaca, contrajo nerviosamente las manos. Le preguntó:

—¿Qué quieres?

Benedita despegó los labios y replicó, muy fría y tranquila:

—¡Nada, señora! ¡Nada, a no ser recordarle que hoy hace tres meses que murió el señor Manuel!...

Maria Leonor se enderezó, activa, dando con el pie en el suelo:

—¡Cállate, cállate, mujer! ¿Qué tienes tú que ver con eso?

—¿Qué tengo yo que ver con eso? ¡Anda! ¡Lo mismo que todo el mundo en esta casa!... ¡Lo que tengo es que fue una desgracia que se muriera, porque esta casa va de mal en peor y cualquier día estaremos todos en la calle, sin tener donde caernos muertos, porque a nadie le importa el trabajo, puesto que la señora de la casa se pasa los días mirando a las nubes, sin preocuparse por saber si los trabajadores cumplen su función o gandulean! ¡Fíjese usted cómo están los niños! ¡Han perdido la alegría, la salud, están tan ensimismados y pálidos que dan pena! Si les pregunto qué les pasa: «¡Es que mi madre está enferma!», y de ahí no salen. Fíjese en lo que gastan las horas los trabajadores: si voy a la huerta, ya sé que me voy a encontrar al hortelano flirteando con Rita Branca, con un tonteo en condiciones. Les doy unas voces y me responden: «¡La señora no nos ve!». ¡Claro! ¡¿Cómo va a verlo si no sale de casa, si cede a los demás el trabajo que solo ella puede hacer?!...

Se detuvo, respirando ruidosamente, casi sin aliento, pero retomó enseguida, cortando a la mitad el gesto de la señora:

—¿Y todavía me pregunta la señora qué tengo que ver con la muerte del patrón? Pues aquí está: ¡ya lo he dicho!...

Se calló de nuevo, ahora impresionada, con los ojos llenos de lágrimas, retorciendo el pañuelo entre los dedos, que temblaban. Después, en voz más baja, continuó:

—¡Cuando murió el señor Manuel, pensé que la señora iba a ser una mujer trabajadora, que se dedicaría a la finca como había hecho su marido!... Pero me he equivocado, ya lo veo... Y ahora, ¡esto está a la vista de todos!

Inspiró profundamente y remató, jugando su última carta:

—Pues sí, señora, si tiene intención de seguir así, soy yo la que no puede más. ¡Me marcho!...

Se calló y permaneció, por unos momentos, espiando por el rabillo del ojo el efecto de sus palabras. Enseguida se alarmó: Maria Leonor se había levantado de la butaca, muy pálida, con la melena rubia sobre los hombros. Corrió hacia ella, que se desmayaba, la cogió en brazos, la acostó. Dos lágrimas grandes brillaban entre las pestañas de Maria Leonor, dos lágrimas que saltaron y cayeron por sus mejillas descoloridas.

Benedita, inquieta, iba a llamar a alguien cuando Maria Leonor, con esfuerzo, balbuceó:

—¡Espera, no llames a nadie!... Ven, acércate más. Escucha: ¡sal, déjame sola, quiero descansar! ¡Tú no entiendes lo que me pasa! Aunque tienes razón, tienes razón... Vete, vamos... ¡Déjame!...

La criada, molesta, salió, pero se quedó detrás de la puerta, escuchando, dispuesta a irrumpir en la habitación al más mínimo ruido extraño. De dentro, sin embargo, solo venía el rumor sofocado de los sollozos de Maria Leonor. Dos intentos que hizo para entrar los anuló con un gesto firme. Esperó, entonces, de pie, apoyada en el quicio de la puerta, con dolores en las piernas y agarrándose a los batientes para no caerse, mareada. Pasó media hora y los sollozos de Maria Leonor se fueron espaciando poco a poco, hasta dejar de escucharse. Entonces, Benedita empujó despacio la puerta y se asomó. Viendo a la señora inmóvil sobre el lecho, tuvo una horrible corazonada, aunque después, al acercarse, comprobó con un suspiro de alivio que se había dormido.

Ante la sospecha de que pudiera estar disimulando, se inclinó sobre Maria Leonor, Su respiración, siempre igual y calmada, la tranquilizó. Retrocediendo, con pies de plomo, salió del dormitorio, que estaba completamente a oscuras. Fue a acostar a los niños, que jugaban abajo, y entró en la cocina, pensativa, reprochándose la forma casi maleducada como había respondido a la señora y preguntándose si no habría hecho mal. Pero había sido el doctor Viegas quien le había recomendado que lo hiciera y, a pesar de lo que había pasado, tenía confianza. ¿Quién sabía si el médico no tenía razón cuando le dijo que solo un choque violento y brusco, inesperado, la podría, tal vez, arrancar de aquella atonía?

Durante la cena se mantuvo en silencio, respondiendo con monosílabos a las interpelaciones de las criadas sobre el estado de la señora. A Joana, que le había preguntado si seguía sin querer comer, le respondió que no tenía apetito, esto con voz seca y desapegada. Fue lo suficiente como para que la cocinera entrase en largas consideraciones sobre las consecuencias de la falta de apetito, deteniéndose con todo lujo de detalles en la grave eventualidad del decaimiento general. Teresa la apoyó con descripciones continuas de aprensiones de espíritu y sus curas.

Benedita, contrariada hasta el límite, ni ánimo tenía para mandarlas callar. Pensaba de nuevo en Viegas, que la había convencido de dar aquel paso. Había sido un gran sacrificio para ella, pero ¡lo había hecho! Y la pobrecilla estaba arriba, ¡Dios sabía cómo! Con este pensamiento, no pudo evitar levantarse y subir la escalera corriendo para ver al ama. Encendió una cerilla y prendió la vela de la palmatoria; miró dentro de la habitación. Maria Leonor aún dormía.

Aquella noche fue la primera, después de muchas noches pavorosas, en que Maria Leonor durmió tranquilamente, de un tirón, sin pesadillas, sin aquellas cruces horribles que caían inexorables sobre su cabeza, como destinos cumplidos.

Al día siguiente, el sol apuntaba ya en lo alto cuando se despertó. Junto a la cama, Benedita la esperaba con la comida. Miró la bandeja humeante y olorosa y también a la criada, que seguía sus movimientos, vigilante. Después le apretó las manos con cariño.

Benedita estaba exultante. Y mientras se secaba los párpados húmedos con el dorso de la mano, dirigió mentalmente un agradecimiento a Viegas. Tenía razón. La señora estaba ahora allí, animada, diferente del cadáver vivo que se había arrastrado durante meses.

Cuando el médico, alrededor del mediodía, saltó del caballo en la puerta de la casa acompañado por António, vio que Benedita se dirigía a él radiante, con las mejillas sonrosadas y el gesto ligero. Adivinó que la idea había resultado:

—¿Y la señora?

—¡Parece un milagro, santo Dios! ¡Parece que no ha estado enferma!...

António, que aflojaba la cincha del caballo en que había venido montado, se volvió, sorprendido:

—¿Cómo es posible que esté bien? ¿De un momento para otro?

Viegas replicó, irónico:

—¡Hombre, António!... ¿No crees en la medicina? ¡No pareces médico!

—Lo sé. Un médico que no nació para serlo... ¡Ya lo sé! Me lo han dicho muchas veces. Pero lo que Leonor necesita no es un médico, es un cura.

—¿Para absolverla?

—No. Para curarle el espíritu, que siempre ha necesitado más cuidados que el cuerpo.

—Pues parece que esta vez no tiene motivo de queja conmigo. Le he curado el cuerpo y, con la ayuda de Benedita, creo que también el espíritu. ¿No es verdad, Benedita?

Atusándose las puntas del bigote, subió la escalera, seguido por António y la criada, y se dirigía al dormitorio cuando la criada lo llamó, señalándole la puerta de la terraza. Se quedaron clavados, sorprendidos. Junto a la barandilla, sentada en su butacón de enea, Maria Leonor oía la cháchara de sus hijos, que revoloteaban a su alrededor, muertos de risa, contándole cualquier historieta graciosa, que la hacía también sonreír.

Al ver a los recién llegados, se levantó de la butaca y atravesó la terraza, llevando detrás a sus hijos, que se lanzaron a los brazos de Viegas y de António, obligados a recibir en sus mejillas toda la exuberante alegría que irradiaban.

António, liberándose de Júlia, que insistía en querer colgarse de su cuello, apretó la mano de su cuñada, preguntándole, solícito:

—¿Qué tal, Leonor? Benedita dice que te encuentras mejor. ¿Es verdad?

—Es verdad, sí. Creo que esta vez sí que sí...

Se volvió hacia Viegas:

—¿No es de la misma opinión, doctor Viegas?

—Creo que sí. Te di, si no recuerdo mal, quince días para que te restablecieras del todo. Reconozco que fue poco. El médico casi nunca acierta con lo que pasa en el espíritu del enfermo, de no ser, evidentemente, en casos psiquiátricos, y, por tanto, los quince días fueron insuficientes. Han sido necesarios dos meses. De cualquier modo *c'en est fait...*

Júlia miraba al médico con los ojos abiertos de par en par, en un tremendo esfuerzo de comprensión. Cuando su madre se apartó con Benedita y los dos hombres, cogió a su hermano por la manga de la camisa, ansiosa:

—Oye, Nísio, ¿qué es lo que estaba diciendo el doctor? No he entendido nada. ¿Qué es lo que ha dicho?

Dionísio, altanero, con un aire de aplastante autoridad al encogerse de hombros, le respondió, sin mucho interés:

—Era latín. Tú no lo entiendes...

—¡Ah! —dijo la pequeña. Y se calló, sintiendo el peso de su ignorancia, sin acordarse, esta vez, de preguntarle a su hermano qué quería decir aquel latín...

VII

Desde aquel día, Maria Leonor se dedicó en cuerpo y alma a la dura tarea de dirigir su casa. En cuanto salió Viegas, mandó llamar al capataz y habló con él, a solas, en el despacho del segundo piso, durante un buen rato. Quería asumir sus obligaciones como propietaria rural, de las que se había desentendido mientras vivió su marido. Su muerte la había cogido desprevenida y ajena a todo, y quería compensar el tiempo que había perdido con la excitada prisa por adquirir conocimientos que demostraba ahora. Jerónimo, pacientemente, le explicaba lo que había que hacer y lo que sería conveniente no realizar antes de tal o cual tiempo, señalaba proyectos para el año siguiente, indicaba obras urgentes, compras necesarias. El hombre suplía su falta de cultura con la práctica de cincuenta años bajo el sol, cavando la tierra, negociando en las ferias, comprando y vendiendo ganado, viviendo su vida de campesino por los cuatro costados. Y se reía, enseñando las encías rojas y desdentadas, con el entusiasmo de Maria Leonor, aferrada a su finca, pensando que, con aquel cuerpo de pajarito, tal vez no se acordase mucho del patrón muerto.

Maria Leonor estaba excitada, casi febril, recorriendo la finca de una punta a otra, transitando los terrenos que le pertenecían más allá de los muros, aunque cansada, mirando, preguntando, dando órdenes tímidas, sintiendo gradualmente que la tierra iba siendo suya porque vivía de ella, porque la sentía como su propia carne, porque la amaba con un amor hecho de celo y de un arraigado sentimiento de posesión. Robársela ahora sería robarle la vida y el pan.

Y ese mismo amor que le brotaba en el pecho abarcaba a sus hijos, a los campesinos, a todo el mundo que giraba alrededor de la finca como satélites de un planeta. Cuando atravesaba la era hacia el lagar y veía a los trabajadores quitarse las gorras a su paso, en señal de respeto, era como si hubiese vuelto a los tiempos bíblicos de los patriarcas. Y más y más crecían sus ganas de trabajar.

Pero, a veces, cuando se encontraba sola, su pensamiento divagaba, aparecían los recuerdos, y la añoranza de su marido le llenaba los ojos de lágrimas, que escondía por considerarlas indignas de sus ganas y de su decisión. El dolor enloquecedor de los primeros momentos daba paso, con naturalidad, a una nostalgia resignada, que se atenuaba poco a poco en el fondo siempre igual de las preocupaciones cotidianas. Casi no tenía tiempo para pensar en su marido. Solamente, cuando se acostaba por la noche y estiraba los miembros cansados, un suspiro le hinchaba el pecho, sintiendo que la soledad le pesaba como plomo. El sueño venía deprisa a correr su cortina sobre el pensamiento y la sensibilidad, y se dormía, sin soñar, hasta la mañana siguiente. Se levantaba decidida y se enfrascaba en la brega diaria con el corazón aliviado, cumpliendo con lo que llamaba, bromeando, sus obligaciones de señora con tierras.

Así pasó el verano. Después del trigo, llegó el momento en que el maíz debía ir a la era. Y no fue desde la terraza de la casa desde donde Maria Leonor vio el trajín de los mayales sobre las mazorcas y desde donde oyó el alegre silbido de la trilladora cortando el aire fresco de la mañana. Fue en la era, en medio del bullicio, entre los altos conos de maíz desgranado, donde presenció aquella fiesta de la tierra, que era también su primera fiesta desde que su marido muriese.

Al llegar octubre, los niños volvieron a la escuela y su ausencia durante el día la animaba a trabajar aún más. Por la tarde, al verlos llegar a la cancela, al fondo de la alameda, bajaba las escaleras de forma precipitada e iba a darles un

tierno abrazo, sintiendo que era esclava de aquellos pequeños seres y que su vida les pertenecía más que a sí misma.
Una ternura repentina le henchía el corazón y, a veces, se
sorprendía agarrada a sus hijos llorando dulcemente, un
llanto sin pena, que le dejaba el espíritu sereno y ligero,
con una felicidad plácida e indefinible.

Sonreía al oír a Dionísio contarle, orgulloso como un
sabio al principio de su carrera, lo que había hecho en clase, lo que le había preguntado el profesor y las respuestas
que había dado.

Según él, no había en la escuela nadie que supiese más,
excepto, ¡claro!, el profesor. Y la alegría del pequeño fue
enorme cuando pudo, por fin, con verdadero conocimiento de causa, explicarle a su hermana, boquiabierta, por qué
había ardido el pajar.

Y así, educando a sus hijos y administrando la propiedad, Maria Leonor vio pasar, iguales los unos a los otros, los
meses de verano y, del mismo modo, empezar el otoño.
Estaba sola en casa, con sus hijos y Benedita. António había
vuelto a Oporto en agosto. Era allí donde tenía su clínica,
siempre dejada un poco de la mano de Dios, y solo venía al
sur cuando necesitaba cambiar de aires y de conocidos. Se
divertía en Lisboa, donde pasaba casi todo el tiempo, y
solo alguna que otra vez se metía en el tren e iba a la finca,
a jugar con sus sobrinos y pasear a caballo por los alrededores. Le agradaba viajar, pero su pobreza de médico poco
reconocido y de competencia dudosa limitaba las posibilidades de moverse entre las dos ciudades del país donde
mejor podía tener la vida que le gustaba. Esta vez había ido
a casa de su hermano un año antes de que muriese, por un
último asunto de la reducida herencia paterna, y se había
quedado todo el tiempo. Ahora se iba de nuevo, dispuesto
esta vez, como aseguraba, a trabajar con ahínco.

Maria Leonor, dedicada a su finca, casi no sintió su
falta, y las cartas que recibía de vez en cuando hacían que

no lo echara de menos. Siempre ocupada, solo interrumpía el trabajo para ir todas las semanas al cementerio. Se arrodillaba al lado de la sepultura, con sus hijos cerca, y rezaba con fervor, sintiéndose justa ante la memoria de su marido, fortalecida por el recuerdo de su ejemplo e inspirada por el deseo de seguirlo a rajatabla.

En este rosario de ocupaciones, casi se había olvidado de la misa dominical, dicha siempre por el padre Cristiano, que se alegraba enormemente al verla entrar con sus hijos por el pórtico esculpido de la iglesia. Eran contadas las ocasiones en que le proporcionaba ahora ese placer. La propia Benedita refunfuñaba siempre cuando, al arreglarse para ir a la iglesia, veía a la señora absorta consultando un montón de papeles, sin el más mínimo indicio de pretender salir. Pero no decía nada, aunque Maria Leonor le preguntase a veces qué le pasaba. Solo una vez le respondió que le parecía extraño que el padre Cristiano no apareciese tantas veces por la finca como era costumbre. A esto, Maria Leonor contestó que quizá el padre tuviera mucho que hacer y que, como la finca estaba un tanto lejos y sus piernas ya no aguantaban largas caminatas, no podría aparecer más.

Así que fue una sorpresa cuando, una de esas tardes luminosas con que el otoño despide al verano, Maria Leonor vio entrar al anciano sacerdote. Lo recibió con un beso que él aceptó, risueño, y lo invitó a sentarse. El cura dejó el bastón, echó un vistazo a un paquete de semillas de nabo entreabierto en la mesa, se acomodó en la silla tapizada y, tras preguntar por la salud de los niños, cuestión innecesaria porque los había visto en la aldea, intentó entrar en el asunto que lo había llevado allí. Carraspeó estruendosamente y miró a Benedita, que daba vueltas por el salón, haciendo tiempo para enterarse de la conversación. Maria Leonor miraba al cura, atenta, esperando a que hablase.

—Bueno, Maria Leonor...

Se paró, suspiró indeciso y volvió a empezar:

—Bueno, Maria Leonor... ¿Sabes? Tengo que decirte...

Maria Leonor se movió, inquieta. El cura, viéndola nerviosa, se lanzó:

—No, no, no es nada importante, niña, ¡no te asustes!...

Benedita se volvió hacia el cura, asombrada:

—¿Cómo? ¿No es nada importante, señor prior? No cree que...

Se detuvo, viendo que la señora la miraba sorprendida, y concluyó, con prisas:

—Bueno, yo no sé de qué se trata, claro, pero... no sé si se da cuenta de que..., sí..., el señor prior es el que sabe, ¿no es verdad?

El cura la miró con un gesto represivo y volvió a la conversación:

—Bueno, lo que tengo que decirte es esto, Maria Leonor: no critico, y Dios me libre siquiera de tal pensamiento, que te dediques al trabajo con tantas ganas, sacrificando tu reposo y tu salud, para tener esta casa como la tendría Manuel si estuviese vivo. Pero creo que, últimamente, tal vez has descuidado un poquito tus deberes de cristiana. Pocas veces apareces por la iglesia, ¡y Dios sabe cómo me alegra verte allí!, y esto con franqueza no está bien. En la aldea ya se comenta y...

Maria Leonor, que había estado escuchando, intervino:

—¡Perdone que le interrumpa, señor prior! Tiene toda la razón en lo que dice y siento que mi ausencia le haya entristecido tanto, pero créame que no ha habido en mi proceder ninguna crisis de fe. Quizá me he dedicado demasiado a esta tierra y casi me he olvidado de Dios. ¡Pero le prometo que volveré a la iglesia con la misma fe antigua y para siempre!...

El cura sonrió satisfecho mientras se frotaba las manos, y respondió:

—Pues sí, Maria Leonor, y gracias por el peso que me quitas de encima. Ve cuando quieras. ¿Sabes? Mi miedo era que la muerte de Manuel te hubiese afectado hasta tal punto que hubieses perdido la fe. Hay tantos casos así...

—Tranquilo, padre Cristiano, volveré. No me he olvidado de Dios, aunque se haya llevado a mi marido.

—Bueno, Leonorcita, no hablemos más de esto. Y perdona a este viejo tonto, que te estima mucho. ¡Adiós, Maria Leonor, dales un beso a los pequeños!

—¡Adiós, señor prior, hasta pronto!

—¡Adiós y muchas gracias!...

El cura salió y, lentamente, fue desapareciendo por detrás de los árboles de la alameda, apoyado en su bastón, gimiendo su reumatismo, que le daba pinchazos ahora que se acercaban los fríos y la humedad.

En cuanto salió, Maria Leonor se volvió hacia Benedita, que intentaba escaparse, y le preguntó, con una sonrisa:

—¿Así que ahora has decidido que alguien me controle? ¿No crees que tengo suficiente edad como para tomar mis decisiones?

—¡No diga eso, señora! Solo le comenté la situación al padre Cristiano y él me prometió que vendría a hablar con usted.

—Exacto. Los dos habéis decidido llevarme al buen camino. Ha sido una conspiración muy parecida a la que hiciste con el doctor Viegas, ¿no es verdad?

—¿Quién se lo contó, señora?

—¿Quién me lo contó? Nadie, pero lo supuse. El doctor Viegas lo planeó y tú lo ejecutaste, siguiendo los viejos preceptos del drama en casos idénticos. Ambos salisteis airosos, afortunadamente para mí...

Benedita asintió con la cabeza y se acercó a su señora. Bajó la voz, casi hablando en secreto:

—¿Y sabe, señora? Desde que pasó aquello, lo he meditado muchas veces y todavía no alcanzo a ver más de lo que veía entonces. Incluso he pensado si hablar con el señor prior, pero me he acoquinado y no me he atrevido...

Con curiosidad, Maria Leonor indagó:

—No te has atrevido ¿a qué?

—A preguntarle. Escúcheme, señora. Ahora que ya está curada de su enfermedad y de la postración que la estaba consumiendo, puedo hablarle de estas cosas. Usted tenía razón. Fue el doctor Viegas quien sugirió decirle a la señora lo que ya sabe. Se acuerda, ¿verdad? Bueno. La idea fue buena, y tanto que la señora está curada. Y aquí es donde me confundo. Si el doctor Viegas es, como dice el padre Cristiano, un hereje, un hombre condenado a las penas del infierno, ¿cómo puede el Señor haberle inspirado aquella idea? ¿No sería más normal que Dios le hubiera dado la idea a alguien que no fuera un descreído como él?

Maria Leonor sonrió ante el ingenuo razonamiento de la criada. Después la miró con atención y respondió, tras unos instantes de silencio:

—Esa es una manera muy simplista de razonar, Benedita. ¡Ya ves! Los hombres son simples instrumentos de los que se sirve la voluntad divina para cumplir los objetivos definidos en la eternidad. ¿Qué le importaría a Dios que el elegido para curarme fuese un ateo o un creyente? Dios ha entendido que debía salvarme y me salvó. No podemos rebuscar en las razones que llevaron a la providencia divina a sostenerme cuando me despeñaba por los abismos de la inconsciencia y la muerte. Fue el doctor Viegas quien me salvó, dirán los escépticos; fue Dios quien, a través de él, no quiso que muriera, dirán los creyentes; todavía no había llegado mi hora, dirán los fatalistas. Al final, todos tenemos una parte de razón. Me salvaron cuando me perdía. ¿Quién me salvó? ¿Fue Dios, un hombre, una idea? Fue todo y nada de esto. Las ideas que nos formamos de Dios, del hombre y de la propia idea son tan solo comprensiones imperfectas de lo que deberá ser la verdad, si es que, al final, la verdad no es del todo diferente. —Se detuvo por un momento y prosiguió, con una ligera sonrisa—: A pesar de todas estas dudas, todos, en el fondo de nuestro ser, creemos en algo. El propio doctor Viegas, con todo lo que dice y hace, cree. Creemos justamente porque no sabemos y es esta constante ignorancia la que mantiene la fe, cualquiera que sea. La verdad puede ser tan horrible que, si la conociésemos, tal vez destruiría todas las creencias y haría del mundo un enorme manicomio. Lo que nos vale, lo que nos mantiene en esta indiferencia de animal atado, es la imposibilidad del conocimiento absoluto, y entonces nos contentamos con simples apariencias, con las que tejemos la vida entera. ¿Quieres un ejemplo? ¿Qué sabemos de Joana? Que vive aquí casi desde que nació, que cocina bien y poco más. Cuando nos reímos y nos hacen gracia sus respuestas tontas, ¿pensamos, por casualidad, por qué será así y no de otro modo? ¿Pensamos que la mano que la hizo cocinera podría haberla hecho princesa? ¿Que detrás de sus carnes abundantes hay algo parecido a lo que hay en nosotras mismas, que nos creemos mejores que ella? Y ahora viene la pregunta final: ¿quiénes somos y qué somos, en verdad? ¿Qué hubo antes de nosotros? ¿Qué vendrá después? Tal vez algún día lo sepamos, pero entonces será demasiado tarde.

Suspiró, se agitó como si se despertase de una abstracción y continuó, tomándole las manos a Benedita:

—Después de todo esto, creo que no he respondido a tu pregunta. Perdona. Y me parece que no te puedo responder. Habla con el padre Cristiano: él te dirá lo que necesitas para resolver tu duda.

Benedita, mientras Maria Leonor hablaba, la miraba boquiabierta, pendiente de sus labios y de sus gestos armoniosos, siguiendo las contracciones de su rostro con contracciones idénticas, y, ahora que se había callado, la miraba aún como si no fuese su señora quien estuviese allí, sino una desconocida, una mujer a la que no estaba vinculada por ningún lazo. Más aún. Involuntariamente, se alzaba en su espíritu la convicción de que aquella mujer a la que tenía enfrente, derecha, misteriosa en sus ropas negras, no era una mujer. Era algo indeterminado, indefinible, contrario a la razón y al sentimiento, imposible como todas las imposibilidades, pero, al mismo tiempo, definida, segura, inamovible como el destino. En su interior se abría un velo y por la ranura pasaba un rayo de luz vivísima, que la cegaba. Respiraba hondo, como si un nuevo aire le entrase en los pulmones; sentía que corría por sus venas una sangre diferente, más llena de vida, pero demasiado fuerte y espesa para su corazón. Y no lo entendía.

Maria Leonor, sorprendida, la miraba. Benedita continuaba en silencio, observando también a su señora. Las sobresaltó el sonido de una campanilla.

Enseguida entró en el salón Viegas, sacudiéndose las solapas de la chaqueta. Le seguía un magnífico perdiguero de largas orejas caídas y mirada comprensiva que, después de olisquear toda la casa, se echó bajo una ventana, con los ojos entrecerrados.

Benedita salió saludando al médico, que fue tras ella con una mirada de interés.

—¿Cómo estás, Maria Leonor? Oye, ¿qué le pasa a Benedita, que llevaba una cara como si hubiera visto a un enemigo?

Maria Leonor se rio con ganas y, sentándose en el sofá, señaló una silla al médico.

—No ha visto al enemigo, no, doctor. Pero casi ha sido peor. Ha oído una pequeña lección de metafísica. ¡La dosis debe de haber sido algo fuerte, porque se ha quedado sin poder pronunciar palabra!...

—Pero ¿qué es lo que le has dicho? No habrá surgido así porque sí...

Los gestos de Maria Leonor se serenaron y, con un ligero tono de melancolía en la voz, respondió:

—Me preguntó por qué le había escogido Dios a usted para curarme. En su opinión usted, como hereje que es, no puede recibir ninguna inspiración divina.

El médico se recostó en la silla, sonriente, y tras mirar, pensativo, al perro, tumbado en el suelo bajo la luz del sol que entraba por la ventana, contestó:

—Creo tener la respuesta que Benedita parecía desear. Es que Dios no tenía a mano a otro médico que no fuera yo. Bueno, tenía a António, pero ese... Y tú, ¿qué le has respondido?

—No lo sé ni yo, doctor. Me he acordado de mi padre, de su ansiedad espiritual, de sus divagaciones metafísicas, de su insatisfacción moral, que acabaron llevándolo al suicidio, y le respondí amparada en mis recuerdos. La he asustado y hasta creo que yo también me he asustado. Hacía años que no me acordaba de estas cosas y no sé por qué las he recordado ahora. Mientras le respondía, pensaba en la frase que le escuché a mi padre pocos días antes de morir: «En nuestra familia siempre morimos por grandes cosas». Y pensaba si yo también seguiré la regla...

Viegas se levantó, se metió las manos en los bolsillos y habló, mientras atravesaba el salón con pasos largos que hacían que temblasen los vasos del aparador:

—Solo el futuro lo podrá decir. Pero entiendo que todas las suposiciones son absurdas y, a menos que quieras ir preparando en vida una muerte correcta y digna, con algún leve toque de heroísmo o sacrificio, para que hablen de ti con admiración cuando siete palmos de tierra te separen de la vida, debes dejar de lado esa preocupación y pensar únicamente en lo que haces ahora bajo el sol. Si empiezas otra vez a enredarte en esos líos, ¡perdona la expresión!, te olvidas de que tu misión en el mundo no es de filósofa con las manos atadas a la cabeza llorando por la fugacidad de la vida o deseando una apoteosis para la muerte, sino de madre, única y exclusivamente de madre, y madre tanto más responsable cuanto es verdad que... Pero no hablemos de cosas tristes... Ya sabes lo que te iba a decir... Por consiguiente, y recapitulando...

Se detuvo delante de Maria Leonor, brazos cruzados sobre el pecho, el rostro enfurruñado.

—Vivir, ya te lo he dicho, es una operación sencilla, que la sociedad, las convenciones, la maldad de los hombres complican a diario con emociones, sentimientos, disgustos, esperanzas, desilusiones y tristezas. Por desgracia es así y no puede dejar de serlo. Pero nos queda el consuelo de que, muchas veces, de nuestras tristezas nacen las alegrías de los demás. Somos como un escalón en el que apoyan los pies aquellos a los que ayudamos a vivir. A los médicos los llamaban los sacerdotes del fuego sagrado de la vida. Quitando lo que la frase tiene de polvorienta y pomposa, tenemos que reconocer que es verdad, ¿no te parece? Del mismo modo, casi puedo definir a la madre...

Maria Leonor lo interrumpió, con una sonrisa disimulada por su aire pensativo:

—¡No la defina, doctor! Joaquina la de los Cien Hijos, que es la mujer más prolífica de la aldea, seguro que no querría otra definición más allá de la que le toca por derecho propio: la de madre. Tenemos que volver al origen, doctor. Llamar a las cosas por su nombre y nada más. Soy madre, y ya está. Madre, sin complicaciones innecesarias...

Viegas se rio con gusto y respondió:

—No se le puede hablar a una mujer halagándola, cuando es madre. Para halagarla, le bastan los hijos... —Miró el reloj y gritó—: ¿Qué? ¿Ya son las siete? ¡Maria Leonor, adiós, adiós, niña! ¡Con tanto como tengo que hacer y me he quedado aquí charlando! Vamos, Piloto...

El perro abrió los ojos soñolientos y levantó la cabeza. Saltó afuera y, corriendo, desapareció en la polvareda que levantaban en la alameda las patas del caballo de Viegas.

Maria Leonor volvió adentro y, después de atravesar varias salas, abrió una puerta que daba a un pequeño patio en las traseras de la casa. Júlia y Dionísio jugaban bajo una acacia, estaban asomados a un gallinero, miraban algo. Al ver a su madre, empezaron a gritar:

—¡Mamaíta, ven, deprisa, deprisa! ¡Ya han nacido tres pollitos, ven a verlos!...

VIII

Cuando llegó diciembre, frío y seco, con sus grandes noches estrelladas y silenciosas y sus días grises y sin lluvia, Maria Leonor se preguntó a sí misma, indecisa, qué debería hacer por Navidad. ¿Festejarlo como todos los años anteriores o mostrar una discreción reservada en la alegría tradicional de esos días? Observando a los trabajadores, veía en ellos la misma indecisión y el mismo apuro. Cuando alguien hablaba de la Navidad, todos lo miraban con aire reprensivo y enseguida se callaba como si hubiera dicho algo inconveniente. Benedita ya no sabía qué responder a las preguntas de Júlia y Dionísio, ansiosos por saber si su madre les había comprado algún regalo. Los días pasaban rápido y la fecha se acercaba, pero Maria Leonor no mandaba empezar los preparativos de la fiesta. Nadie le preguntaba qué iban a hacer.

Dos días antes de Navidad, Maria Leonor salió de casa sola, por la tarde, tras decirles a sus hijos que no podían acompañarla, y se dirigió a la aldea a pie, por la alameda. Corría un airecillo agreste que le hacía sentir en la cara una desagradable sensación de frío. Caminó deprisa para entrar en calor y solo aflojó el paso al llegar a las primeras casas. Saludando a izquierda y derecha a las cabezas ruidosas que se asomaban por los postigos, atravesó la aldea hasta llegar de nuevo al campo desierto y frío. Dejó el camino y cortó a la izquierda por un atajo. A ambos lados del sendero se extendía el olivar sin fin. Los troncos rugosos y retorcidos de los árboles destacaban nítidos sobre el fondo verde del suelo, cubierto por una capa de hierbas finas y rastreras, solo interrumpida por las líneas claras de las veredas que atravesaban el campo.

Maria Leonor jadeaba ligeramente por el esfuerzo de la subida. Tenía delante el cementerio. Entró. El sábulo del suelo crujía bajo sus pies, quebrando el silencio. La arboleda central finalizaba en la tapia del recinto. Desde fuera, un olivo inclinaba sus ramas sobre el muro, de un blanco resplandeciente, recién encalado. En uno de los enramados volaba un gorrión. El rumor de las alas era el único ruido en el silencio que se había hecho por momentos en el camposanto. Después, un golpe de viento que venía del pueblo arrastró por los aires sonidos de cencerros del ganado, ladridos de perros y un sordo rumor de voces de las mujeres que lavaban en el río. Se oía el chapoteo de la ropa en las piedras, con un sonido claro que repercutía entre los árboles. El gorrión huyó. Una nube empujada por el viento dejó el sol al descubierto. El cementerio se llenó de luz. Las cruces de cada sepultura, que parecían la materialización del silencio, se proyectaron en el suelo en sombras deformadas de brazos muy largos. Inconsciente de lo que hacía, Maria Leonor retrocedió al ver que pisaba una de las sombras. Se volvió lentamente y salió del cementerio. Sobre el arco de la entrada estaba la calavera de piedra. Por el camino, Maria Leonor se volvió varias veces para verla. Allí estaba, en el muro, lanzando al campo una risa muda y sin labios, indiferente al sol que le entraba por las órbitas de los ojos, alumbrando el interior del cráneo vacío.

Cuando llegó a la finca, subió a la habitación y allí se quedó el resto del día, pensativa, sentada en el mismo sitio donde había pasado sus días de convalecencia. Casi de noche, bajó y fue a la cocina. Ante la amplia mesa, las criadas preparaban la cena. Joana, en la chimenea, vigilaba las ollas. Al ver entrar a la señora, interrumpieron el trabajo. Maria Leonor, con voz alta y clara, llamó:

—¡Benedita!

La criada acudió, corriendo:

—¡Señora!...

—Este año la Navidad será igual que todos los años. Prepara las cosas para que no falte nada.

Salió. Benedita la siguió. En la cocina, las criadas murmuraban, sorprendidas. Ninguna se había atrevido a hacer observaciones en voz alta, pero casi todas sintieron el deseo repentino de criticar la orden de la señora. Pensaban que era una falta de respeto a la memoria del patrón la fiesta que se iba a hacer.

Al día siguiente, cuando Maria Leonor le repitió la orden a Jerónimo, creyó ver que pasaba por sus ojos una sombra de reprobación. El viejo arqueó las cejas grises en un gesto de admiración. Abrió la boca, pero se calló. Maria Leonor le preguntó, entonces:

—¿Qué iba a decir, Jerónimo?

—¡Nada, señora! No iba a decir nada.

—¡Me está engañando! ¡Quiero saberlo!...

Jerónimo, sin saber qué decir, negó con el gesto, incapaz de hablar. Maria Leonor lo miró, en silencio, y le dijo que se podía retirar.

Durante todo el día, sintió en los trabajadores la misma reprobación muda, expresada con claridad en las miradas de extrañeza que le dirigían. Al llegar al pajar, nuevamente construido, para presenciar la descarga de una carreta de paja que había comprado, vio que los hombres se callaban a su paso. La descarga continuó en silencio, solo interrumpido por el ruido de los fardos lanzados al suelo. Se retiró, pensando si no se habría equivocado al dar aquella orden. Pero no le parecía mal su proceder. Ellos no entendían su intención. Solo veían falta de respeto, frialdad aparente y nada más. ¿Cómo convencerlos de que estaban equivocados? Quizá Benedita... Pero hasta ella estaba callada y esquiva. Solo le quedaba esperar.

A pesar de la resistencia de los trabajadores, al empezar a caer la noche todo estaba listo para la fiesta. Contaban para cenar con el doctor Viegas y el padre Cristiano. Pero aún era pronto. El día se ocultaba por detrás de la línea de las sierras de poniente, que se alzaban como brocales de un pozo inmenso.

Maria Leonor había subido a su habitación a prepararse para la cena. No encendió la luz. La última claridad del día entraba aún en una penumbra huidiza, que iba desapareciendo poco a poco. Después de vestirse, abrió la ventana y se apoyó en el alféizar. De abajo llegaba el rumor alegre de la servidumbre en la cocina. Oía el tintineo de los platos, el sonido acompasado de los cuchillos en las tablas al cortar los trozos de carne de cerdo, que iban a la lumbre en sartenes enormes.

Cruzó el cielo una estrella fugaz. Maria Leonor sonrió, acordándose de la estrella de Belén, y, bromeando consigo misma, empezó a buscar en el campo, casi por completo inmerso en sombras, a los Reyes Magos.

Miró por encima de las casas casi invisibles, donde brillaban las luces mortecinas de los candiles, hasta una colina que todavía recibía en su cima los últimos rayos de luz. Allí, los muros blancos del cementerio, recién encalados, resplandecían bajo la claridad dorada del sol, que desaparecía rápidamente.

Cayó de rodillas y, con la cabeza apoyada en el alféizar de la ventana, lloró un largo rato, como no había vuelto a llorar tras su enfermedad. La colina desapareció de repente, fundida en la oscuridad. Maria Leonor se secó los ojos, se levantó y, al dirigirse a la puerta, retrocedió asustada ante una sombra oscura. Iba a gritar, pero la sombra se movió. Era Benedita. Respiró aliviada:

—¡Ay, mujer, qué susto me has dado!

Viendo que la criada no respondía, le preguntó:

—¿Qué haces?

Benedita respondió con la voz temblorosa por el llanto:

—¡Oh, señora, perdone mi maldad! Ahora entiendo por qué ha querido hacer la fiesta de Navidad...

Encendiendo con una cerilla la lamparilla de petróleo de la cómoda, Maria Leonor contestó:

—¿Seguro que lo entiendes? Es preferible que no lo entiendas a que lo entiendas mal.

—¡Lo entiendo, sí, señora! Y le aseguro que no me equivoco. Voy ya a decirles a esas locas de la cocina que no es nada de lo que creen...

—Pero ¿qué es lo que creen?

—¡Bah! Tonterías que no vale la pena decir.

—¡En efecto! ¿Y qué les vas a decir tú?

Ante esta pregunta, el entusiasmo de Benedita se suspendió. Sí, ¿qué les iba a decir? ¿Que había visto a la señora llorando? ¿Y después? ¡Bueno! Ellas también lo entenderían...

Salió casi corriendo y, por la escalera abajo, Maria Leonor escuchó el sonido de los tacones. Se sentó al borde de la cama y se quedó un rato pensando, hasta que el ruido de las ruedas de un coche de caballos la avisó de que habían llegado sus invitados. Bajó para recibirlos. Viegas ayudaba al cura a subir los escalones de la puerta mientras Benedita alumbraba, levantando la lamparilla todo lo que le daba el brazo. Entraron al comedor.

En la mesa, cubierta por un mantel muy blanco, había cinco cubiertos. Brillaba una bandeja de plata. Se sentaron. En la atmósfera había una sutil indisposición y los propios objetos parecían tener un aspecto diferente y ajeno. La luz brillaba con una claridad cruda que no animaba ni era cálida, y los cuadros, en las paredes, tenían una apariencia hostil y fría, que molestaba.

Cuando Benedita salió, Maria Leonor se levantó y dijo con voz firme, esforzándose para dominar la emoción:

—Mientras llegan los niños y empezamos a cenar, quiero decirles unas palabras, amigos míos. A mis trabajadores les ha parecido extraño que mandase que la fiesta de este año fuese igual que la de los anteriores. Quizá mis amigos pensarán lo mismo. Déjenme que me explique. Mi marido murió hace más de seis meses y, de esta manera, la Navidad no debe ni puede festejarse con la misma alegría de antes. Falta su presencia. Pero este año la Navidad se festeja. Por eso, igual que siempre, hemos matado un cerdo, están haciendo los buñuelos, por la noche tiraremos el tradicional cohete. Todo esto lo he mandado hacer a pesar de las murmuraciones. Ayer estuve en el cementerio. No recé. Había demasiada paz como para que necesitase rezar. Mi espíritu estaba lo suficientemente sereno. No oí voces interiores, ni me pareció oír la voz de Manuel en el rumor de los árboles, pero, cuando salí de allí, pensaba que no podía hacer otra cosa que lo que estoy haciendo. ¿Me entienden?

Al mismo tiempo, Viegas y Cristiano se levantaron y, en silencio, cogieron las manos de Maria Leonor. El cura se sonó la nariz con estruendo. Viegas se volvió hacia la pared y se limpió los ojos con el dorso de la mano. Cuando se giró, colocándose las gafas en la nariz, ya estaba tranquilo. Se inclinó hacia el cura y soltó su frase de todos los años en Nochebuena:

—¡Entonces, reverendísimo padre, vamos camino de los dos mil años del nacimiento en Belén, en Galilea, de un niño al que pusieron por nombre Jesús y que, no sé con qué artes, a tanto tiempo de distancia, todavía le hace perder la cabeza!

Acostumbrado a aquella gracia, el cura respondió, como siempre que la oía:

—¡Exactamente! ¡Que me ha hecho perder la cabeza y que le hará perder la suya cuando llegue el momento oportuno, no se preocupe!

Maria Leonor, también como siempre, intervino:

—¡Bueno, se acabó! En mi casa no se discute en Nochebuena. El padre Cristiano se alegra por un año más de cristianismo; el doctor Viegas se da un homenaje con la pieza de carne de cerdo que le voy a poner delante dentro de poco. ¡Vamos a la cocina!...

Salieron sonrientes, Viegas dándole el brazo al cura y hablando sobre la plantación de los olivos y Maria Leonor abriendo la marcha. Por la puerta abierta de la cocina salía una claridad rubra y cálida mezclada con un delicioso olor a frituras.

Teresa, sentada al lado de la chimenea, con un tenedor largo en una de las manos, les daba vueltas regularmente a los buñuelos que flotaban en el aceite hirviendo de una enorme sartén. Júlia y Dionísio, acurrucados a su lado, muy colorados por la cercanía del fuego, seguían atentos la trayectoria de los fritos en la punta del tenedor, chorreando aceite y cayendo en un gran barreño de barro, donde se quedaban chiflando hasta que se enfriaban.

Joana pasaba de la cazuela a una bandeja, ya cocido, un gallo casi entero, y con un cuchillo de punta lo trinchaba, con los rollizos brazos temblando por el esfuerzo.

Por toda la cocina había un ajetreo prodigioso. Y Benedita, sudando, sofocada, gesticulaba en medio de la casa, dando órdenes que nadie oía y oyendo preguntas a las que no respondía. El bullicio bajó un poco con la entrada de los visitantes, pero enseguida siguió, enorme y apresurado.

En un rincón, Jerónimo, flemático, con una nieta sentada en las rodillas, preparaba con un grueso cordón blanco una mecha larga que encendía y apagaba, probando su combustibilidad. Viendo que se acercaba la señora, puso a la nieta en el suelo y, con una amplia sonrisa que le encrespaba las patillas grisáceas, dijo:

—Es para pegarle fuego al cohete, cuando Teresa acabe los buñuelos. Dios quiera que no tarde mucho...

Maria Leonor sonrió y le respondió:

—Deje, Jerónimo, que ha de ser el primero este año.

—Vamos a ver, vamos a ver, señora...

Volvieron al comedor. En la cocina, Júlia y su hermano se habían escondido detrás de Teresa para no tener que salir de allí, y la madre pasó a su lado haciendo como que no los veía. Volvieron a su sitio, para seguir mirando la fritura de los buñuelos.

Por poco tiempo, sin embargo, porque muy pronto se servía la cena y, tras lavarse las manos llenas de harina y arreglarse el pelo despeinado, entraron en el comedor, Júlia detrás de su hermano, parándose cuando él se paraba y andando cuando él andaba.

Subieron a las sillas, sobre las que había dos cojines para que pudieran llegar a los cubiertos.

La cena empezó en silencio, después de que el padre Cristiano rezase una breve oración. Maria Leonor y sus hijos, con las manos juntas, siguieron el rezo en sordina, con los ojos clavados en el plato y la cabeza baja. Mientras rezaban, Viegas tamborileaba con los dedos, un poco nervioso, en la mesa.

Cuando se levantaron las cabezas y las manos se dirigieron a los cubiertos, el médico buscó la mirada de Maria Leonor. Algo pálida, en la cabecera de la mesa, dirigía el servicio, indicando los platos que había que colocar y retirar en su debido momento.

Benedita, con un delantal blanco bordado, daba vueltas alrededor de la mesa, levantando los platos y cumpliendo las órdenes que le daba en voz baja Maria Leonor. Le echó una mano con los cubiertos a Dionísio, que se hacía un lío, tembloroso, al coger el tenedor y el cuchillo. La hermana, con más soltura, lo miraba con aire de profunda conmiseración, lo que le incomodaba más todavía.

Benedita evitó la tempestad, a punto de estallar, pero el gesto le valió una mirada furiosa de Dionísio, que no quería quedar mal en la competición con su hermana. El maldito cubierto le había liado lo suficiente como para saber que, al día siguiente, la hermana le molestaría con observaciones ingenuas, que tenían el don de ser irritantes y, ¡afrenta suprema!, pretender enseñarle a comportarse en la mesa.

Viegas, que había interrumpido la conversación que mantenía con Maria Leonor y el cura, no pudo evitar la risa al ver el aire despechado de Dionísio. Intentó animarlo:

—¿Qué te pasa, Dionísio? Mira que no saber comportarse a la mesa no entra en la lista de delitos que impiden que los zapatos de la chimenea, por la mañana, estén llenos.

El pequeño sonrió, más tranquilo. La conversación se hizo general. El padre Cristiano le preguntó al médico si estaba plantando perales o manzanos. Y presumía de un melocotonero que tenía en el patio, que daba los melocotones más jugosos en dos leguas a la redonda. El médico respondió, sonriente:

—¡Eso debe de ser por el agua bendita, padre Cristiano! ¿No los riega con agua bendita?

El cura hacía una mueca de ligero enfado pero, viendo la mirada risueña que le lanzaba Viegas por encima de las gafas, respondió, intentando mantener el mismo tono:

—No creo que sea por el agua bendita, porque, cuando el árbol es malo, no hay agua bendita que funcione, y mi melocotonero es bueno con cualquier agua que le eche...

El médico fingió molestarse y, frunciendo el ceño, respondió:

—¡Padre Cristiano, padre Cristiano! En materia de enfermos y de pomares, no consiento que nadie me rechiste. Y mire que prefiero que me diga que soy malo con los frutales antes que en la medicina.

El cura gesticuló con las manos delante de la cara, negando:

—¡Eso no, eso no, doctor! Puedo desconfiar de sus dotes con los frutales, pero de sus cualidades de médico no dudo. ¡Y que lo diga aquí Maria Leonor, que tiene más motivos para hablar!...

Maria Leonor, que había oído la conversación con una sonrisa distraída, aprobó lo que había dicho el cura, añadiendo:

—Sí, realmente pocos podrán mejor que yo decir quién es el doctor Viegas. Un hombre que podría hacer fortuna en Lisboa y que vino a enterrarse aquí, en esta aldea, para...

—Bueno, bueno —interrumpió el médico, malhumorado—, era lo que faltaba, que me invitasen a cenar y encima hablasen bien de mí. El estómago se queda satisfecho con la cena, pero la vanidad puede prescindir del elogio. ¡Se acabó!...

Maria Leonor sonrió para tranquilizar a Viegas, que acabó riéndose cuando Júlia le preguntó, inocentemente, si tampoco sabía comportarse a la mesa.

La cena estaba acabando. Una vez servido el café, Viegas pidió permiso para encenderse un puro y, mientras el cura daba las gracias, se acercó a la ventana. Apartando las cortinas, miró hacia fuera. Daban en ese momento las once y media. Todos se levantaron de la mesa y fueron hasta la ventana. Después de que Maria Leonor la abriese, se arrimaron al alféizar, temblando un poco de frío y mirando el cielo, por donde pasaban nubes grandes que tapaban el brillo de las estrellas, centelleantes en el azul oscuro del espacio. Hablaban en voz baja, Maria Leonor con sus hijos apretados contra las faldas para abrigarse del frío y el médico soltando largas humaredas del puro, cuya punta brillaba en la oscuridad con intermitencias luminosas. El cura, apoyado en el umbral de la ventana, cerraba los ojos, pensativo.

De repente, se abrió la puerta de la cocina. Delante de la casa se extendía un rectángulo de luz. Y ante los trabajadores irrumpió Jerónimo, con la mecha encendida en la mano derecha y el cohete en ristre con el cartucho hacia arriba en la izquierda. Viendo a Maria Leonor en la ventana, se volvió, risueño, y exclamó:

—¡Vamos, señora! ¡Hemos acabado! ¡Ahí va el cohete! ¡Esta vez somos los primeros!...

—¡Tírelo, tírelo deprisa, Jerónimo! —gritó Maria Leonor, entusiasmada.

El viejo capataz sopló nerviosamente la mecha, que soltaba chispas, y la acercó a la pólvora ya picada en el canuto. Mantuvo por un momento el cohete en la mano, aguantando el impulso ascendente que le imprimía la combustión de la pólvora, y cuando el fuego salía con más fuerza soltó el cohete, ayudándolo a subir estirando el brazo hacia arriba.

El cohete subió, silbando, mientras dejaba a su paso una estela de fuego, que rayaba la oscuridad del cielo con un surco brillante, y explotó muy arriba en una lluvia de estrellas amarillas, verdes y rojas, dando, al mismo tiempo que alcanzaba la cúspide de la subida, tres estallidos potentes que despertaron los ecos de la finca. Mientras el cohete, en lo alto, vivía intensamente su vida fugaz, los ojos de los trabajadores, de los niños, de todos lo seguían extasiados. Los dos hermanos veían, con el corazón henchido de entusiasmo y admiración, la lluvia de estrellas que caía con lentitud del cielo hasta transformarse en unas lucecitas amarillentas que se extinguían deprisa.

Cuando cayó el cohete, todos empezaron a aplaudir con la alegría de haber sido los primeros en acabar, esa Nochebuena, las tradicionales frituras. Aún gritaban satisfechos cuando, por la zona de la aldea, subió una raya luminosa que explotó en el aire. Era un modesto cohete de tres tiros.

Empezaron enseguida las apuestas sobre el sitio desde donde lo habrían tirado. Mientras unos aseguraban que era de la casa de Joaquim Tendeiro, otros afirmaban que provenía de la zona del río y que, por consiguiente, era de los Pinto Barqueiro.

Un nuevo cohete acabó con el debate e, inmediatamente después, otro. Y vinieron más. Como si se llamasen los unos a los otros, los cohetes subían sobre las casas, trazando una trayectoria luminosa que terminaba en relámpagos sucesivos que casi no se veían en la oscuridad.

Durante algún tiempo, decenas de cohetes subieron al cielo. A cada uno, los trabajadores y los niños, que habían bajado, aplaudían con entusiasmo, ajenos al frío. Después, los cohetes empezaron a escasear. Solo uno que otro rayaba el cielo, aburrido por la falta de compañía, con pereza, y tras las clásicas tres explosiones bajaba melancólico, ardiendo mortecino.

Los trabajadores entraron de nuevo a la cocina. Se había acabado la Nochebuena. Los niños subieron. El cura se despedía: tenía su misa del gallo y no podía acostarse muy tarde quien dentro de poco debería estar de pie. El médico lo acompañaría hasta la puerta de su casa. Subieron al coche de caballos. Se encendió la luz junto a la manivela del freno y el médico, empuñando las riendas, atizó al caballo, que salió en trote ligero con un alegre cascabeleo.

Maria Leonor subió al piso de arriba, acompañando a los niños, mientras Benedita daba las últimas órdenes en la cocina. Por las salas desiertas y silenciosas, Maria Leonor, con sus hijos pegados a ella y con los ojos soñolientos y el paso torpe, se dirigió a la habitación de los pequeños. Los acostó, abrigándolos amorosamente. Les dio un beso en los ojos, que se cerraban consolados, y, tras contemplarlos un buen rato, salió. Al encontrarse a Benedita, que venía también para acostar a los niños, le dijo:

—Ya están acostados. Y tú ve también, Benedita. ¡Buenas noches!

—¡Buenas noches, señora! ¡Hasta mañana si Dios quiere!

—¡Adiós!...

Sola, los brazos caídos con desaliento, Maria Leonor

recorrió las salas oscuras hasta llegar a su habitación. Encendió la luz. El aposento silencioso, familiar, habitual, la sorprendió. Miró alrededor. De la casa, envuelta en la oscuridad exterior, no venía ningún ruido. Solo oía su propia respiración, sibilante, apresurada. Juntó las manos, apretó con fuerza la una contra la otra y, arrastrando los pasos, se dejó caer en la cama, entre sollozos, sintiendo con una angustia deprimente el aplastante peso de su viudez.

IX

Cuando acabaron las vacaciones de año nuevo y de Reyes, los niños volvieron a la escuela. Maria Leonor se quedó sola otra vez. Sus días siempre iguales se sucedían monótonos, sin grandes placeres ni grandes aburrimientos, días que la envejecían lentamente, sin dejar recuerdos, ni alegres ni tristes. Los trabajos del campo ya no le proporcionaban aquel entusiasmo, aquella animación sin límites de los primeros tiempos. Su iniciación estaba concluida y ya no pasaba nada que no supiera. Dentro de casa, casi siempre en silencio por la ausencia de los niños durante la mayor parte del día, pasaba las horas que sus ocupaciones le dejaban libre.

Benedita hablaba siempre en voz baja y la casa se revestía de un aire conventual, resignado y solemne que intimidaba, poniendo un cuidado especial en los pasos y recato en las palabras. Cuando Viegas, tras librarse del pesado capote alentejano, se entretenía allí unos minutos en el intervalo entre dos visitas a enfermos, toda la casa adquiría un brillo acogedor y doméstico que era una alegría. Pero en cuanto salía, las mujeres se miraban las unas a las otras con indiferencia, como si no se conociesen, y cada una se iba a sus tareas.

El invierno, que había tardado y solo se había manifestado por el frío seco de diciembre, empezó por fin a deshacerse en una lluvia fina y ligera que caía durante horas, dando al día un tono parduzco e indefinido que envolvía el campo en una penumbra estática y melancólica, en un frío húmedo que hacía crecer con vigor la hierba en los prados.

Por entonces, los campos alrededor de la finca se presentaban, cuando por la mañana temprano los bañaba el sol, cubiertos por una alfombra infinita, que se amoldaba a las ondulaciones del terreno, una alfombra de un maravilloso color verde, que durante las horas del amanecer resplandecía por el rocío y la humedad.

Después, paró la lluvia y el frío fue más intenso. Las noches se volvieron claras y profundas, de una limpidez transparente, refulgente de incontables estrellas, que solo desaparecían a altas horas, cuando la luna surgía del horizonte con rubor de sangre, que se iba aclarando a medida que subía por el cielo hasta transformarse en un disco pálido que flotaba en la frialdad de la noche, de camino al otro lado de la Tierra. En estas noches serenas y frías, cuando en casa todo era silencio y todas las criadas dormían, extenuadas por el cansancio de los días de trabajo, Maria Leonor se levantaba de la cama, sin hacer ruido, metiendo los pies descalzos y fríos en unas pantuflas. Se abrigaba con una capa, se tapaba el pelo con un viejo pañuelo de lana y abría la ventana de su dormitorio de par en par, temblando de frío y de una emoción indefinible.

Se sentaba en una silla, encogía las piernas bajo una manta, entre escalofríos, y se quedaba inmóvil durante mucho tiempo bajo la amplia luz de luna que entraba por la ventana. Cuando, tras algunas horas, la luna se escondía por detrás del alero del tejado, dejando la habitación inmersa en la sombra, Maria Leonor se levantaba entumecida, frotándose las manos agrietadas por el viento, y se acostaba tiritando. No se dormía enseguida. Se quedaba con los ojos muy abiertos, intentando penetrar en la oscuridad, oyendo el sonido del reloj del salón, con su cadencia monótona de cuartos de hora siempre iguales.

Poco a poco, las frías sábanas se iban calentando y ella estiraba los hombros perezosamente, con una voluptuosidad leve y perturbadora, dándose la vuelta de un lado al otro, sin poder dormir. Bajo el peso de las mantas, se tumbaba de espaldas y sentía un escalofrío largo y dulce que le recorría el cuerpo hasta la nuca, vibrando entera, sintiendo que la garganta se le hinchaba, que casi le dolía ante el esfuerzo de tragar saliva.

Al levantarse por la mañana, estaba pálida y fatigada, como si no hubiera dormido nada en toda la noche.

Cuando sus hijos le daban el beso matinal, los miraba con indiferencia, y en el momento de irse a la escuela, bajo la lluvia, en el carromato conducido por Jerónimo, envuelto en una manta pesada y con las piernas protegidas por gruesos zahones de piel de carnero, los despedía distraída con una caricia y se quedaba mirándolos hasta que desaparecían por el camino.

Volvía dentro, pensativa, casi sin oír a Benedita, que le preguntaba qué había que hacer en el día. Después de decírselo, vagaba por la casa, perpleja, enredando con cualquier objeto, mirándolo como si no lo hubiera visto nunca, hasta que lo soltaba.

A veces salía de su ensueño y, en una decisión importante, se movía por la casa como si tuviese en mente algo que ejecutar, pero enseguida recaía en la misma distracción, sonriendo vagamente, mirando de soslayo la finca a través de las ventanas, como si esperase a alguien. Otras veces, y sin ningún motivo, se impacientaba con las criadas, gritando irritada, dándoles órdenes intempestivas para desahogarse, e iba por la casa con prisa, en una agitación absurda, pletórica de vida, sintiendo que la sangre le corría con ímpetu por las venas y le llegaba al corazón, excitándola con palpitaciones desordenadas que la ahogaban, latiéndole en las sienes y en la garganta.

En la cocina, después de cenar, mientras borboteaba en las cazuelas la sopa que se comerían al día siguiente los mozos de la finca, las criadas, sentadas alrededor del fuego, abrigándose las piernas con las faldas, hablaban de la «disposición» de la señora. Mientras hacían punto, desenrollando sobre el regazo el hilo de algodón, murmuraban sobre la señora, sobre los malos modos de la señora, sobre la aburrida vida de la casa. En un extremo de la chimenea, sonriendo de forma significativa, Joaquina, la criada más joven, admitida para la vendimia y que todavía seguía en la finca, escuchaba las conversaciones de Joana y de Teresa, conversaciones en las que Benedita intervenía solo de vez en cuando para censurarlas por el atrevimiento de hablar de la señora de esa manera. Que no era atrevimiento, era la verdad, respondían las dos, irritadas.

Una noche en que se discutía la forma particularmente airada en que la señora había reñido todo el santo día ante el silencio de Benedita, que, muy a su pesar, reconocía que tenían razón, Joaquina soltó una carcajada alta y deliberada:

—¡Qué tontas estáis! ¡Todas mujeres hechas y derechas y no sois capaces de ver lo que le pasa a la señora! Yo lo sé y no he necesitado mucho tiempo para saberlo. ¿Cuánto me dais si os lo digo?

Todas las faldas se juntaron con el mismo movimiento de curiosidad. Hasta Benedita se inclinó hacia delante, esperando las palabras de la criada, que disfrutaba del momento, mirándola de reojo. Joana y Teresa preguntaban, ansiosas:

—¿Qué es, qué es? ¡Dilo, Joaquina! ¡Venga, mujer!...

La criada, risueña, las miró y, tras un breve silencio, respondió, bajando la voz, sin querer:

—¡Pues es muy sencillo! ¡A la señora le hace falta un hombre!...

Las criadas echaron atrás las cabezas, estupefactas, soltando un «¡oh!» escandalizado, mientras sentían en su interior un sofoco delicioso. Solo Benedita, muy colorada, balbuceó, atropellando las palabras con la prisa de expresarse:

—¡Escucha bien, Joaquina! ¡Ya sabía que no eras una buena pieza, pero aún no había descubierto que eras tan mala! ¡Si te atreves a decirlo otra vez delante de mí, te juro por las llagas de Cristo que te tragas estas tenazas!

Y echó mano a unas tenazas de hierro enormes, con grandes garras en las puntas curvadas. Joana y Teresa la agarraron, angustiadas, llorosas, mientras Joaquina retrocedía atemorizada, con expresión de susto en la cara alba y redonda.

Benedita tiró las tenazas al suelo y, esforzándose por contenerse, continuó:

—¡Si no estás agradecida a quien te da el pan, gitana de mala muerte, te vas a la calle! Bellaca, que no sabes quién es mi señora, fíjate bien que solo te lo voy a decir una vez: ¡te mato como quien mata un piojo si te atreves!... ¡Fuera de mi vista! Si yo fuese otra, mañana mismo estabas de patitas en la calle, y ya veremos si no lo hago. ¡Sinvergüenza!

Joaquina salió de la cocina silenciosa, temblando.

En el silencio que se hizo después, el bullir de las cazuelas sonó más alto y claro. Benedita, nerviosa, partía con un palo un trozo grande de carbón incandescente, que había caído bajo unas trébedes. Con los golpes, la brasa se deshacía en centellas fulgurantes que iban a morir al suelo.

Joana suspiró levemente y dijo, con miedo:

—¡Esta Joaquina está loca! Se inventa unas cosas...

Benedita acabó de deshacer el carbón y respondió, todavía exaltada:

—¡Está loca porque se las inventa y vosotras sois tontas porque os las creéis!

Las dos protestaron:

—¡Benedita, francamente!... ¿Eso crees?...

—¡Sí, sí, lo creo! ¡Creo que estáis tontas!

—¡No digas eso! ¡Parece imposible!... ¿Quién te crees que somos?

—Ya lo he dicho: unas tontas. Pero tened cuidadito, porque si no ¡acabo con vosotras! ¡Tan claro como que me llamo Benedita!

Arrojó el palo al fondo de la chimenea y salió también, mientras Teresa y Joana se quedaban en la cocina, comentando lo que había dicho Joaquina y el enfado de Benedita. ¡Era ella bien capaz de hacer lo que decía! Hasta ese momento había sido buena persona, como quizá no hubiera otra, pero cuando le pisaban el callo era mala y vengativa. Pues ¿no dejó de hablarle a Chico Ferrador porque le había dicho, para hacerse el gracioso, que ella no se había casado porque estaba esperando a un propietario? Sí, porque ella, que vino ya con la señora, había rechazado a todos los buenos partidos que le habían surgido. Y de los mejores. Joaquim Tendeiro, que después se casó, se lo pidió a base de bien. Siempre lo rechazó. En el fondo, era natural; siempre había estado con la señora y no la iba a dejar así. Pero podía haberse casado, si hubiera querido; y Joaquina... Benedita tenía razón: era una loca y una ingrata, que haría mejor dejando la casa. Falta no hacía. La señora, con su buen corazón, había dejado que se quedara. Sí, porque la señora era una santa. Ahora estaba enfadada, pero debía de ser cosa del tiempo. Se le pasaría pronto. Y, cuando se le pasara, todas volverían a estar contentas. Vivir en aquella casa estaba muy bien, sin duda...

Mientras tanto, Benedita había subido al piso de arriba y, tras comprobar que los niños estaban dormidos, se dirigió a su cuarto. Al pasar por la puerta del aposento de Maria Leonor, aguzó el oído. La señora dormía, seguro. A aquella hora...

Entró en su habitación y empezó a desnudarse a oscuras. Se puso un camisón, blanco y áspero, y se metió en la cama. Sintió un escalofrío al entrar en contacto con las sábanas heladas y tiró de las mantas hacia arriba. Se dio la vuelta e intentó dormirse. Le vinieron a la cabeza las palabras cínicas y malintencionadas de Joaquina. ¡Que le hacía falta un hombre! ¿Cómo se atrevía aquella desvergonzada? Y una furia tremenda la hizo darse la vuelta en la cama, bien despierta. ¡Qué tonta había sido de no arrancarle la lengua, que era exactamente lo que merecía! ¡Tenía que echarla sin falta! Bajo el mismo techo en que vivía la señora no podía estar aquella indecente. Al día siguiente daría a entender a la señora que Joaquina no podía seguir en la casa. ¿Por qué? ¡Bueno! Soltaría una mentira y no pasaría allí ni una hora más. ¡Era pecado, eso era verdad, pero aunque fueran necesarias mil!

Y, de repente, se acordó de que, con el enfado, ni siquiera había rezado antes de acostarse. Se levantó con prisa y, de rodillas, a los pies de la cama, oró, intentando concentrar el espíritu en el significado de las palabras rituales. ¡En vano! No se le olvidaba la carcajada de Joaquina. Dejó de rezar y se metió de nuevo en la cama. Colocó nerviosamente los almohadones para acostarse, pero se quedó sentada, con las rodillas dobladas y encogidas sirviendo de apoyo a la barbilla y los brazos apretando los pies contra los muslos, protegiéndose del frío.

Los primeros impulsos de su ira se iban desvaneciendo como humo y ahora pensaba, procurando encontrar la razón que había llevado a Joaquina a decir aquello... ¡Que a la señora le hacía falta un hombre!... Pero ¿por qué, santo Dios? ¿Por estar de mal humor y enfadada con las criadas? ¿Estaba obligada a poner siempre buena cara a aquellas presumidas? ¡No! ¡No podía ser solo por eso! Seguro que Joaquina tenía otras razones. Pero ¿cuáles? Ella, Benedita, la conocía desde niña y podía hablar mejor que nadie, la conocía más que nadie. ¡Que viniese ahora una presumida, con pinta de mosquita muerta, a decir esas cosas, no podía consentirlo! ¡Tenía que pagarlo!...

Y su irritación renacía al recordar la carcajada cínica y miserable que había soltado. ¡Atrevida! ¡Ingrata! ¡Y el tono con el que lo había dicho!... ¡Si la pillase, la estrangularía! Dejándose caer sobre los almohadones, le daba puñetazos al colchón, furiosa. ¡La mandaría a la calle, vamos si lo haría! Cuando se levantase, lo primero que iba a hacer era decirle a la señora que aquella desvergonzada no podía seguir en la casa.

Y, de repente, sin que pudiese explicarse a sí misma la razón del movimiento, se sentó rápidamente en la cama. Acababa de recordar la época en que fue a la casa de la señora, cuando ella aún era soltera. La familia estaba constituida por tres personas: el señor Melo, con su aire distraído y absorto, paseando por el despacho, con los brazos cruzados, fumando incontables cigarros, hojeando grandes libros que leía hasta la madrugada. Solo entonces se iba a acostar, caminando por el pasillo, en dirección a su cuarto, encorvado, con aquel aspecto que siempre le conoció; la señora Júlia, la madre de Maria Leonor, resignada, hablando siempre en voz baja, que se movía como si fuera una sombra, en silencio, escuchando a su marido con atención y cuidado, preocupada siempre que lo veía más melancólico y meditabundo. Estaba, finalmente, Maria Leonor, que por entonces era una niña de unos quince años muy raquíticos, el pelo rubio con el flequillo sobre la frente, sin dejar adivinar, ni de lejos, la preciosa mujer en que se convertiría más tarde.

Se recordaba con el delantal blanco muy limpio, sirviendo la mesa, con una sonrisa alegre que se le borraba en cuanto el señor Melo, tras tomar dos bocados, desaparecía detrás de la puerta del despacho. ¡Lo que había llorado al principio, pensando que no le gustaba la comida! Después, por medias palabras y nunca del todo, fue sabiendo lo que le preocupaba. Y eran cosas raras que la intranquilizaban y le hacían preguntarse a sí misma si también ella estaría sujeta a quedar un día en aquel estado.

En un salto brusco de quince años se acordó de las palabras que le había dicho la señora cuando le habló de curarse. ¡Qué susto se dio! Y volvía atrás, otra vez, siguiendo el pensamiento hasta aquella noche en que, al subir la escalera, tras buscar un medicamento para los dolores de cabeza del patrón, se había sentido apretada entre los brazos de un hombre que la besaba brutalmente, en la oscuridad. Gritó despavorida, hasta que, agarrándose al pasamanos, en el descansillo, apareció la señora Júlia con una luz. Cuando le preguntaron qué había pasado no fue capaz de responder, temblando como una hoja. Y cuando se explicó, delante de los patrones y de la niña, vio al señor Melo encogerse de hombros y darle la espalda, mientras la señora gesticulaba indignada, hablando de la maldad de los hombres. La niña Maria Leonor la miró con los ojos dilatados por la curiosidad.

Era esta la mirada que ahora recordaba Benedita, sumergida en un estado de casi inconsciencia cercano al sueño, debatiéndose, aferrada a aquella idea fija: la mirada de Maria Leonor, llena de curiosidad, que parecía querer quitarle de la boca las palabras con que había contado lo sucedido.

Era ya noche cerrada cuando Benedita se durmió. Por la mañana, al recordar lo que había pasado, se reprendió por las tonterías que había evocado antes de dormirse y, enfadada por su propia actitud, pensaba que había sido como Joaquina.

Al llegar junto a la señora, abrió la boca para contárselo, pero se calló. Se justificó ante sí misma preguntándose dónde iba a ir la otra si la echaban. La respuesta era sencilla: a trabajar al campo. Y la contemplación del día lluvioso y frío le hizo sentir pena por Joaquina. Cuando la encontró en la cocina, soplando con vigor los tizones de la chimenea, la llamó. La criada se acercó, cabizbaja, las manos juntas bajo el delantal oscuro.

—Al final he decidido no decirle nada a la señora. He pensado que si salieses de aquí tendrías que ganarte el pan trabajando en el campo, con más sudor que aquí. Pero te advierto que no vuelvas a decir una cosa semejante, porque si no te vas a la calle, tan seguro como que me llamo Benedita. ¿Has oído?

Levantó la voz, irritada con su propia benevolencia y esperando de parte de Joaquina una respuesta áspera. Si lo hiciese, despertaría de nuevo el recuerdo de su furia de la noche anterior y, entonces, daría rienda suelta a la rabia que la invadía otra vez.

Pero Joaquina respondió con un hilo de voz que la perdonase, que había sido mala y que no volvería a ocurrir. Le juraba que no volvería a pasar y que sería siempre muy amiga de la señora. Benedita le dio la espalda y respondió rudamente que estaba bien y que tuviese sentido común.

Se sintió furiosa al oír a la criada decir que sería muy amiga de la señora. Muy amiga. ¿Cómo que muy amiga suya? ¿Se atrevía a tener el descaro de afirmar algo semejante? ¡Amiga de la señora era solo ella, Benedita! Nadie más, excepto los niños, el padre Cristiano, el doctor Viegas, Jerónimo y, quizá, el señor António Ribeiro. Pero estos eran hombres...

Limpiaba el polvo de los muebles del comedor cuando la asaltó este pensamiento. Eran hombres... Pero era justamente de ellos de los que Joaquina decía que... Dio un golpe con el pie en el suelo, colérica, intentando no pensar en el resto de la frase. Y de nuevo le entraron ganas de coger a la criada del brazo y echarla a la calle, cerrarle la puerta en la cara y dejarla bajo la lluvia hasta que se fuera para siempre.

Pero, enseguida la invadía una enorme indolencia. Y también un vago recelo de que repitiese fuera, en la aldea, lo que había dicho. ¿Y después? El nombre de la señora estaría en boca de todos en tabernas y portales, cuchicheado, entre malvadas risitas de burla, por las cotillas del pueblo. La salpicarían impunemente en el «se dice» con que deshacían honras y ensuciaban reputaciones. Harían lo mismo que habían practicado con Joaninha Benta y su novio. Una tarde en que la fue a ver a través del postigo de su puerta, a él se le soltó un botón de la camisa, mal cosido. Enseguida la chica fue a buscar aguja e hilo y en pocos segundos el botón estaba de nuevo en su sitio. Más allá del rubor acentuado en las mejillas de Joaninha y del aire de satisfacción del chaval, no pasó nada. Ocho días después ambos se ahogaban en la poza de la boca del río, tras haber sido difamados por todas partes.

¿No iba ella, Benedita, a evitar que el mismo escándalo, avivado por aquella malvada Joaquina, llegase a la señora? Era verdad que la señora Leonor no era Joaninha Benta, tenía amigos y sería más difícil que los afilados dientes de las cotillas del pueblo la trincasen, pero siempre era bueno tener precaución. Se callaría de manera que la voz no se corriera y avisaría a Joana y a Teresa para que no abrieran la boca. Le costaba soportar aquella cara de luna llena, floja y estúpida, pero había que hacerlo: era la tranquilidad de la señora lo que estaba en juego.

Rumiando estos pensamientos, Benedita terminó de limpiar los muebles. Abrió una de las ventanas que daban a la finca y sacudió el paño que había usado. Después se quedó apoyada en el alféizar, con un brazo hacia fuera. Otra vez llovía. Se entretenía oyendo el agua precipitarse por el tejado y caer al suelo en hilos largos y seguidos cuando sintió que la tocaban por detrás al mismo tiempo que le sonaba en los oídos un «uuuuuhhhh» prolongado y lúgubre. Dio un grito, asustada, y se dio la vuelta rápidamente. Delante de ella se agitaba un extraño animal blanco con cuatro patas morenas y delgadas que avanzaba y retrocedía al compás del gemido tristón. Recomponiéndose del susto, Benedita fue hacia el animal y, con dos buenos azotes por encima de cada par de patas, las espantó, cada cual para su lado. Las patas corrían ahora alrededor de la mesa, preocupadas por los pliegues de la sábana y con Benedita detrás, empuñando un plumero. Acorraladas en un rincón del salón, las patas acabaron por rendirse, cansadas por la carrera. La criada jadeaba.

—¡Pero estos niños no tienen cabeza!... Cuando les da por las bromas, hay que aguantar todas las tropelías que quieran hacer. ¡Un susto semejante!... ¿No sabéis que me podía haber dado algo?

Las patas avanzaron despacio y en línea recta y se pararon a dos pasos de Benedita, que se secaba una lágrima nerviosa, poniéndose la mano temblorosa sobre el pecho.

El dueño de las patas más altas se movió, abochornado, y murmuró con una leve agitación en la voz:

—¡Benedita, no llores, por favor! Ha sido sin querer... Si hubiésemos sabido que te ibas a asustar tanto, no lo habríamos hecho...

Cogió el brazo de Benedita para animarla y obligarla a escucharlo, y siguió:

—La culpa ha sido mía. Júlia no quería, pero yo insistí y ella también ha ayudado, pero la culpa es toda mía... ¿Me estás oyendo, Benedita?

Y sus labios temblaban también para reprimir el llanto. Júlia ya estaba llorando. Benedita se sentó en una silla para descansar y tiró de los dos niños hacia ella. Los acarició e intentó tranquilizarlos:

—Bueno, niños, no lloréis, tranquilos... Pero tenéis que saber que ya voy siendo mayor y no puedo llevarme estos sustos. Calmaos. Venga, ¡ya se acabó!

En ese momento entró Maria Leonor. Había bajado y venía al comedor a buscar unos papeles que había dejado en un cajón del aparador. Se sorprendió al ver a los niños llorosos, entre los brazos de Benedita, que los acariciaba. Y con voz enojada preguntó qué había pasado.

Benedita se levantó, respetuosa, sintiéndose vagamente ofendida, aunque sin poder decir por qué, y respondió con dulzura:

—No es nada, señora. He sido yo, que les he contado un cuento a los niños. Era una historia triste y han empezado a llorar...

Maria Leonor arrugó la frente provocando un pliegue acentuado entre las cejas y respondió, con rispidez:

—A ver si dejas de contarles tonterías, para que no se pongan a llorar como estúpidos. ¡Niños, venid!...

Los niños se acercaron con miedo, intentando reprimir las lágrimas. Maria Leonor, al ver la forma tímida con que se aproximaban, se impacientó y, con voz estridente, les gritó:

—¡Callaos!

Los pequeños retrocedieron, asustados. Ese movimiento la exaltó aún más. Sin pensarlo, le dio una estruendosa bofetada a cada uno. En los ojos de los niños se secaron las lágrimas de golpe y los párpados se abrieron con asombro y miedo: era la primera vez que su madre les pegaba así. Se quedaron mirándola, con un espanto mudo, sin lágrimas, sintiendo en sus pequeñas gargantas un espasmo doloroso que les impedía gritar.

Maria Leonor, aturdida, miró a los niños y, con un movimiento brusco, salió de la sala. En aquel momento, los niños empezaron a llorar. Se sentaron en el suelo, abrazados el uno al otro, sollozando en sordina, como si el disgusto sufrido hubiese sido demasiado grande para expresarse en gritos.

La criada, estupefacta, todavía miraba la puerta por la que había salido la señora. La invadía un deseo de pegarle, de estrangularla, de traerla arrastrando a los pies de sus hijos, para obligarla a pedirles perdón. Y en el fondo de su alma sentía crecer, poco a poco, un odio inmenso a Maria Leonor, una rabia que le palpitaba en el corazón y le hacía clavarse las uñas en las palmas de las manos hasta hacerse sangre. Y, llegadas no sabía de dónde, las palabras de Joaquina resonaron de nuevo en sus oídos, frías, calculadas, certeras. Ya no podía más y, oscuramente, empezaba a pensar que a lo mejor «aquello» era verdad...

Levantó a los niños del suelo y, con ellos en brazos, llorando apoyados en su pecho, subió las escaleras hasta la habitación. A medio camino se encontró con Teresa, que se inclinó sobre las caras angustiadas y congestionadas de los niños, preguntando, ansiosa:

—¿Qué ha pasado, Benedita? ¿Qué les pasa a los niños? ¿Se han caído?

—¡No, mujer! ¿Dónde está la señora?

—La señora ha salido a la finca. Se ha envuelto en la capa y se ha marchado. ¡Me ha impresionado el aire que llevaba! ¡Iba como despavorida, como si hubiera visto algo malo!...

Benedita dejó a su compañera y abrió la puerta de la habitación de los niños. Las camas aún no estaban hechas y guardaban en las sábanas algo de calor. Los acostó. Sollozaban, pero los ojos ya no lloraban. Solo una enorme tristeza se extendía por sus rostros, donde los dedos de su madre habían dejado marcas lívidas. Y cerraban los ojos despacio, como si quisieran dormirse para no pensar, con un aspecto angustiado pero sereno, que emocionaba infinitamente. Benedita salió limpiándose los ojos húmedos.

Fue a la habitación de la señora. El desaguisado que tenía que arreglar la hizo temblar de rabia. La colcha arrastraba por la alfombra. Un hálito tibio salía de las sábanas cuando Benedita tiró de ellas. Sintió un ligero mareo. Le temblaron las aletas de la nariz, palpitantes. Tiró la ropa al suelo, irritada, y empezó a murmurar por lo bajo mientras miraba el hueco que el cuerpo de Maria Leonor había dejado en el colchón.

—Con que entonces le hace falta un hombre, ¿eh? ¡Le hace falta un hombre y lo pagan sus hijos!... ¡Zorra!

Se dio la vuelta y salió hacia el pasillo. Allí, llamó a Teresa a gritos. Cuando vino, sorprendida por aquella extraña actitud, le dijo:

—¡Haz tú la habitación de la señora, que hoy no estoy en condiciones!

Mientras la otra se encogía de hombros, resignada a no entender el motivo de la orden, Benedita volvió a la habitación de los niños. Se sentó en una silla al lado de las camas y allí se quedó, pensativa, moviéndose solo de vez en cuando, con cuidado, hasta que se despertasen.

Al mediodía, la comida fue servida en el salón. Júlia y Dionísio, con sus trajes de domingo, esperaban, detrás de las sillas en que debían sentarse, a que llegara su madre. Benedita también esperaba, de pie, junto a la cabecera de la mesa.

Cuando entró Maria Leonor, en silencio, hizo un ligero amago de retroceder al notar que los tres estaban inmóviles. Era el mismo espectáculo en cada comida. Esta vez, sin embargo, había algo diferente. Una atmósfera gélida, un silencio extraordinario llenaban el comedor. Sobre la mesa, los vasos y los platos brillaban fríamente en una hostilidad severa.

Rodeó la mesa, se sentó y enseguida Benedita empezó a servir la comida. Los niños también se sentaron y la ayuda de Dionísio a su hermana para subirse a la silla, que era siempre motivo de bromas, fue prestada con seriedad, sin una sola risa.

La comida transcurrió en silencio, solo interrumpido por el leve tintineo de los cubiertos. Maria Leonor miraba a sus hijos asombrada, sintiendo una cierta vergüenza mezclada con una irritación sorda ante las caras serias de los niños, inclinados sobre los platos, como una protesta muda contra la violencia de la que habían sido víctimas. Y durante todo el tiempo que duró la comida, no sintió la necesidad de hacer la más mínima advertencia. Los niños se comportaban con la mayor compostura, rechazando o aceptando la comida con los modales comedidos de un adulto.

Ante las maneras retraídas de sus hijos, Maria Leonor se sorprendió a sí misma sintiéndose vagamente humillada, incómoda, como si estuviese ante dos jueces severos y justicieros. Antes incluso de acabar la comida, se levantó y salió del comedor, cruzándose en la puerta con Benedita, que entraba con el postre. Para dejar pasar a la señora, la criada se arrimó a la pared con los párpados bajos, velando la mirada, clavada con obstinación en la alfombra. Maria Leonor sintió el rechazo. Vio a Benedita contraer los labios en un gesto de desprecio, en una contracción horrible que la hizo temblar, llena de ira. Esforzándose por no perder el control, la llamó cuando la criada ya estaba entrando en el comedor:

—¡Benedita!

La criada, que iba a servir el postre, se volvió lentamente y se acercó a la puerta. Allí se paró y, levantando los ojos hacia la señora, le dijo, con serenidad:

—Señora...

Maria Leonor pensó, de repente, si la criada no se estaría burlando de ella, pero la manera dócil en que aguardaba sus palabras la dejó confusa, y respondió, brusca:

—¡Nada! ¡Cuando te necesite, te llamaré!...

Subió sin prisa al piso de arriba. De abajo, llegaba el rumor confuso de la conversación entre Benedita y los niños. Se inclinó sobre la barandilla para escuchar, pero no pudo entender nada. Solo distinguía la aguda voz de Júlia, punteada de vez en cuando por la voz algo más grave de Dionísio y por el tono maternal de Benedita.

En medio de la escalera, apoyada en el pasamanos, se quedó escuchando. Cuando sonó una risotada de Júlia, fina como un cristal que se hace añicos, puso un pie en el escalón inferior, para bajar. Se detuvo, indecisa. La carcajada se había suspendido bruscamente y la había sucedido un momento de silencio. Maria Leonor sintió que el corazón la oprimía con una angustia repentina, pero enseguida respiró, aliviada. Volvieron las risas y ahora era también Benedita la que se reía muy animada, con una alegría espontánea y viva. Oyendo aquello, una oleada de celos le subió desde lo más profundo de su alma y tuvo la sensación clara de que la estaban despojando de algo que formaba parte de sí misma, que tenía raíces en los rincones más íntimos del ser. Bajó con decisión algunos escalones, pero se detuvo al ver salir del comedor a Benedita y a los niños chistosos. Pasaron por debajo sin verla. Entonces, Maria Leonor empezó a subir de nuevo, con una enorme tristeza en el alma y los ojos llenos de lágrimas.

Se sentía extraña dentro de casa y miraba alrededor, como si viese por primera vez aquellos muebles y aquellos cuadros, el color ya desteñido de las alfombras y el brillo apagado de las puertas lisas. El peculiar aroma de la casa le despertaba sensaciones nuevas y la agobiaba con una opresión indefinible y amarga.

Entró en el despacho. Se dejó caer en la butaca de detrás de la mesa y, con el rostro apoyado entre las manos, se quedó pensando mucho tiempo.

En las ventanas repicaba la lluvia empujada por el viento, que silbaba en la esquina de la construcción, pero enseguida volvía el ruido monótono de las gotas, que llegaban al suelo tan solo con la fuerza de su propio peso. El día se estaba poniendo gris. Los pensamientos de Maria Leonor se iban impregnando de la melancolía del ambiente. ¡Qué sola se sentía en aquella casa, aunque supiese que abajo había vida, que fuera la lluvia preparaba incansablemente vida y que más allá de la lluvia había, aún, vida, siempre vida!... A aquella hora estaría Viegas montado en su yegua baya por largos caminos transformados en atolladeros, buscando un chozo perdido en un yermo, donde un viejo se debatía con la enfermedad y con el miedo a la muerte. A aquella hora, el padre Cristiano, en una carreta destartalada, se encaminaría hacia otra casucha inmunda, llevando el viático salvador para la larga caminata que alguien iba a emprender hasta el fin de los siglos.

Maria Leonor levantó los ojos y los clavó en la pared. Una estantería alta y oscura, con las puertas abiertas, dejaba ver las baldas cargadas y generosas. Eran sus libros, que habían sido antes de su padre, encuadernados en colores sombríos y formales; eran los libros de su marido, más claros, de una ligereza que contrastaba con el tono casi negro del mueble. Libros con apariencias tan diferentes como los dos hombres a quienes habían pertenecido. Uno, inquieto, incomprensible a fuerza de buscar comprensión, torturado por una angustia íntima, tirana y absurda; el otro, práctico, sereno, que había trazado un camino en su vida, un camino claro, iluminado por el sol de los campos y las cosechas. Dos hombres que habían dejado de existir, pero cuyas diferentes concepciones de la vida la hacían dudar, en una búsqueda constante de sí misma, demandando algo que le faltaba y que sabía le daría la tranquilidad redentora que tanto necesitaba.

Su vida era una oscilación permanente entre dos conceptos de existencia distintos. De soltera, había vivido bajo la influencia deprimente de su padre, con una terrible impresión de vacío a su alrededor y la angustiosa convicción de que todo esfuerzo era inútil; de casada, había recibido la vívida sugerencia de una existencia determinada por la voluntad y el deseo de andar hacia delante, sin perder el tiempo en lamentos o glorificar lo que ya estaba hecho.

Su paso de niña a mujer le había proporcionado la alegría loca y deslumbrante de una salida al aire libre tras permanecer mucho tiempo en una penumbra húmeda y fúnebre. Había vivido en la contemplación de su transformación física y psíquica, en un embobamiento constante del misterio genésico. El embarazo fue para ella un motivo de espanto, como si nunca a ninguna mujer le hubiese pasado algo semejante. Y se sorprendía a sí misma preguntándose qué méritos habría hecho para que se produjera en ella la manifestación más perfecta de la vida. Vigiló con ansiedad el crecimiento de sus hijos, como si temiese que una bruja se los llevase. Y este olvido de todo aquello que no fuesen los niños casi la hizo olvidarse también de todo lo que la rodeaba. La muerte de su marido la había despertado brutalmente a una vida que ya no era la suya y, temblando de miedo, sentía que volvía al pasado lleno de terrores y de sombras, al pasado estéril e inútil que creía muerto. Y se debatía, buscando dónde agarrarse, en una ansiedad de salvación que la agotaba.

De repente se levantó de la silla, con ímpetu, con los ojos alucinados, abiertos como si quisieran fulminar el pensamiento que le había atravesado el cerebro en un relámpago veloz.

Salió del despacho corriendo, como si la persiguiesen todos los fantasmas de la tierra, feroces y atormentados. Se detuvo fuera y, haciendo un gesto vago, sonrió tristemente. ¡Qué pensamientos, santo Dios, qué pensamientos! ¿Debería llorar o reír? Era el maldito tiempo, que la hacía desvariar. Sin poder salir de casa, le venía ahora a la cabeza una serie de tonterías imposibles. ¡Lo que hace el ocio, cielo santo! Tierra dañina donde crecen los malos pensamientos, que son la fuente de las acciones condenables. Y, pensando en estas cosas, una sombra aprensiva le atravesaba el rostro, cambiándole la sonrisa en una expresión de asco que le alteraba las facciones.

Sacudió la cabeza con un gesto violento y bajó rápidamente. Atravesó las salas que precedían a la cocina. Cuando entró, aspiró deleitándose el olor a leña quemada en el horno. Fuera, bajo el porche, iban a cocer el pan de maíz para los trabajadores. Joana, con un escobón de hierbas mojadas, barría el horno, empujando hacia el agujero las brasas pequeñas que se metían en las hendiduras de los ladrillos. Júlia y Dionísio, junto al barreño de la masa, cogían trocitos que se metían en la boca a escondidas. Benedita y Teresa raspaban con un cuchillo el tablero donde se pondrían los panes ya cocidos.

Todos se volvieron, sorprendidos, hacia Maria Leonor, extrañados de verla allí. Los niños se miraron el uno al otro, confusos. Su madre, con una sonrisa que forzaba para que fuese natural, exclamó:

—¡Chicas, quien va a formar hoy el pan soy yo! ¡Joana, dame el cuenco!

Se arremangó el vestido hasta los codos, mostrando unos brazos albos y redondos. Tras espolvorear de harina el fondo del recipiente, introdujo la mano ahuecada en la espesura de la masa fermentada y sacó un trozo grande. Lo metió de nuevo, lo hizo saltar hasta darle una forma redondeada. Con los brazos ligeramente flexionados, acompañaba el golpe del pan.

Cuando la masa adquirió la forma deseada, le dio la vuelta sobre la pala que sostenía Joana. El pan se extendió en el hierro, abriéndose. Un poco más de harina y la criada, con un brusco movimiento de vaivén, deslizó el pan sobre la pala hasta depositarlo en los ladrillos calientes del horno.

Las mujeres se asomaron, con curiosidad. La masa se doraba rápidamente y los bordes de las hendiduras se oscurecían como los bordes de una herida abierta. Enseguida, metieron otro pan en el horno. Y, hasta que se terminó, fue siempre Maria Leonor la que los formó.

El hielo entre los niños y ella parecía deshacerse, allí, al calor de la boca negra del horno. Y eran ellos los que ayudaban cuando había que sostener la pala para poner encima la masa. Al final, Dionísio quiso sustituir a Joana. Apretando los dientes, muy rojo, aguantando todo el peso de la larga vara, pudo imitar el movimiento de la cocinera. Pero quedaba ya poco sitio, y el pan quedó aplastado contra la bóveda, humeando.

Cuando Joana, una vez concluida la faena, tapó la entrada del horno con una vieja lata encalada, Maria Leonor agitó el pelo que le caía sobre la frente, se bajó las mangas y, sonriente, exclamó:

—Ahora no pueden decir que no trabajo, ¿eh? El primer pan que salga es mío. ¡Me lo comeré en la cena!

Entró en la cocina, contenta al notar que sus hijos la seguían. Eran de nuevo suyos.

X

Y nuevamente acabó el invierno, dejando sobre los campos los surcos fangosos de su paso y bajo el barro rojizo las raíces embebidas de humedad. Con la llegada de la primavera comenzaría un nuevo ciclo del crecimiento de las plantas verdecidas. De la tierra mojada salía, jadeante, el aliento del trabajo creador de la naturaleza. Pisando los terrones blandos de los campos cultivados se sentía la energía latente de la tierra, en un desdoblamiento infinito de fuerzas ocultas y misteriosas, en una llamada muda a todos los músculos humanos. Las gruesas patas de los bueyes se ensanchaban en el suelo con un surco severo y honesto, como determinaciones razonadas de un cerebro vivo. Y había en aquella sucesión de señales, unas tras otras, la inflexibilidad digna de los buenos pensamientos.

Los brotes verdes de trigo rompían de la tierra roja en una profusión que se extendía por los campos, subiendo y bajando leves colinas, en un asalto continuo, con un hambre insaciable que iba devorando poco a poco el color chillón del suelo. Las últimas nubes, ya más blancas que pardas, atravesaban el cielo llevadas por un viento fresco, en una carrera constante hacia otros parajes. A veces, se juntaban todas en un punto del espacio, formaban una gran mancha grisácea y dejaban caer en la tierra las últimas lluvias del invierno. Pero era por poco tiempo. Un golpe de viento más fuerte y, como cabras montesas ligeras e inquietas, se esparcían por el suelo, dejando tras ellas, más y más ancho, hasta el horizonte, el espacio por donde se despeñaba el sol, deslizándose por los colores mojados del arcoíris.

Y el trigo verde iba creciendo. El sol empezó a salir más a la izquierda para quien lo veía salir del horizonte en un salto rosa sanguíneo. Era como un globo soltado repentinamente por unos dedos misteriosos que se escondían por detrás de los últimos cerros que mostraban al cielo sus lomos azulados, que casi se deshacían en la distancia.

El suelo fue perdiendo la humedad y las huellas de los bueyes ya no se marcaban en el barro; ahora esparcían a los lados un polvo que se quedaba suspendido en el aire a pocos centímetros del suelo y que caía levemente sobre el camino, bajo el peso abrasador del mediodía.

Fue entonces cuando, entre el trigo, empezaron a surgir manchas de sangre, que sangre parecían las grandes corolas de las amapolas que subían derechas en sus delgados tallos, con su cápsula solitaria en el centro, grave y majestuosa como si dirigiese la armonía de los trémulos movimientos de los anchos pétalos.

El trigo amarilleaba y, sobre el oro derramado por los campos, resplandecían siempre las gotas de tinta roja de las amapolas. Pero hasta estas perdieron la lozanía y el color. Y eso sucedió cuando las curvas dentadas de las hoces empezaron a cortar los tallos del trigo, con su soniquete continuo de la mañana a la noche, desde que el sol burbujeaba en el horizonte hasta que se hundía por detrás de los segadores, proyectando sobre el trigo por segar sus delgadas sombras deformadas.

Cuando las últimas gavillas fueron a la era, murieron en las mieses las últimas amapolas que la hoz había dejado vivas. Las cápsulas secas crepitaron con un ruido ligero, esparciendo a su alrededor las semillas, que nadie quería y que no servían para nada. Y, entonces, el tallo de las amapolas se doblaba lentamente hacia la tierra, más y más reseca y ardiente, y moría entre el rastrojo duro, todavía agarrado al suelo agrietado y polvoriento.

Era por esta época cuando Dionísio dejaba de aparecer en la finca con su hermana. Las deliciosas subidas a los altos fardos del pajar, con el alborotado incidente de la persecución a un ratón flaco y asustadizo, las pescas maravillosas en el barco descoyuntado en la orilla del río, las cazas de mariposas por entre las coles de la huerta y los naranjos del pomar eran sustituidas por las tristes horas de esfuerzo sobre las páginas impasibles y serias de cuadernos y libros escolares.

Con los ojos entrecerrados, Dionísio balbuceaba, dubitativo, volviendo constantemente al principio, los nombres de los cabos de la costa de Portugal. El cabo de Roca era su Bojador: hacia abajo todo era confusión y misterio y, casi siempre, señalaba el de San Vicente cuando quería decir el Espichel.

Se desquitaba recitando los afluentes del Tajo, empezando por la derecha para no equivocarse. Se los sabía todos. Cuando llegaba el turno del río que pasaba junto a la aldea, pronunciaba el nombre con voz clara y nítida, orgullosa, como si tuviera el honor de ser el primero en decirlo.

Ante su hermana, que lo observaba mientras deletreaba humillada su pobre cartilla, empezaba a declamar las dinastías de la historia de Portugal y los nombres de los reyes, y le daba a la voz un tono profundo y significativo para decir los apodos del Conquistador, del Poblador, del Labrador, del Magnánimo, hasta Don Manuel II. Al pronunciar el apodo de Don Afonso II hinchaba los carrillos para probar la enorme gordura del rey; y la batalla de Aljubarrota ganaba en su voz resonancias épicas: la Historia era su fuerte, la materia en que más destacaba.

Este año, sin embargo, tendría más dificultades. Le tocaba el examen de graduación, el presidente del tribunal estaría mirándolo por encima de las gafas, en un fusilamiento constante e inquieto. Era el mayor espectáculo que presenciaba desde que iba a la escuela. Pero esta vez le tocaba a él un papel de actor y, durante media hora, debería representarlo encima del estrado, de aquel estrado tan alto de cuyo borde se había resbalado el año anterior el hijo del boticario. Y todo su miedo era resbalarse también y ver a la clase riéndose, mientras él, en el suelo, sentiría que sus conocimientos, trabajosamente acumulados y retenidos, huían, espantados por las burlas. Ese era su miedo.

Para no pensarlo, se lanzaba a la Gramática, a la Geometría, a la Aritmética, refunfuñando en medio de los predicados y los complementos directos, agitándose entre grandes hojas de papel llenas de quebrados y de decimales, sufriendo con intensidad para distinguir una tangente de una secante. Y cuando no podía aprenderse de memoria todas aquellas frases que tendría que repetir en el examen, se ponía a llorar, apoyado sobre los libros, mientras su hermana lo miraba entristecida, como ante un mal del que se desconociese la cura.

Cuando llegó el día del examen se levantó muy temprano, aún había en la habitación una penumbra suave cortada por las finas láminas luminosas que entraban por las rendijas de la ventana. Abajo, junto a la casa, sonaba el fino chirrido de un carro de bueyes. Y la voz del boyerizo, hablando a los animales, tenía un sonido consolador, que llenaba la habitación de ruidos lentos que apaciguaban.

Con las piernas colgando fuera de la cama, la cara apoyada en las palmas de las manos abiertas como una flor de la que los dedos fuesen los pétalos, Dionísio meditaba, inmóvil, tan concentrado que le salían arrugas en la frente. Sobre la mesilla de noche reposaba, envuelto en su encuadernación oscura, un volumen de Geometría Elemental. En el suelo, boca abajo, con las tapas abiertas como las alas de un tejado, la Aritmética, la pavorosa e inútil Aritmética.

Y Dionísio reflexionaba, con los pies desnudos rozando la alfombra. Empezó a balancearlos, primero levemente, después describiendo un arco con el círculo cada vez mayor, hasta casi rozar el libro caído en el suelo. Y, de repente, con un impulso que le hizo estirar los pulgares de los pies, le dio una patada al libro, que cayó más allá, abierto, con las páginas volteadas.

Dionísio saltó al suelo e intentó abrir la ventana. El cierre se resistía y se cortó, haciéndose un tajo profundo en la mano derecha. Gimoteó mientras buscaba un trapo para parar la sangre que le saltaba de la herida, escurriéndose por los dedos, hasta el suelo. Empezó a asustarse. Apretó el trapo con fuerza y pudo impedir que saliera más sangre. Entonces, se sentó en una silla baja, cerca de la ventana, llorando, infeliz y abandonado, en aquella habitación enorme que era suya desde que acabara el invierno. Dormía allí solo, en su cama, que, en otro tiempo, había estado siempre donde estaba la de su hermana. Había oído decir a su madre que ya era tiempo de hacerse un hombre y que, por lo tanto, debería dormir solo para perder el miedo al hombre del saco que se ocultaba durante el día en los desvanes de las casas, para salir por la noche, envuelto en una gran capa negra que arrastraba por el suelo, por encima de los muebles, subiéndose a los percheros, donde se quedaba acechando toda la noche. Pero él nunca había tenido miedo. Veía, era cierto, al hombre del saco, pero, a pesar de los gestos feroces que le hacía, siempre le había quedado coraje para animar a su hermana, que se encogía amedrentada en la cama, poniéndose la almohada delante de los ojos, tapándose al final la cabeza con las sábanas.

Tenía que haber, seguro, otra razón para que lo apartaran así de su hermana. ¿Cómo se las iba a ver ahora con el hombre del saco? Era verdad que Benedita se había mudado a su cuarto, pero no le parecía que la criada fuese una buena compañía para ahuyentar al hombre del saco.

Suspiró, mirando la mano envuelta en el trapo blanco, y se lo quitó. La herida se había cerrado, obligada por la presión realizada, pero, al descubrirla, una gota de sangre afloró y se deslizó veloz por el dorso de la mano. Volvió a liarse el trapo y salió al pasillo desierto y silencioso. Pegó el oído a la puerta de la habitación de su hermana. No se oía nada. Iba a preguntarse a sí mismo qué hora sería cuando el reloj del salón tocó, sin prisa, siete veces. ¡Las siete! Pero ¡ya deberían estar todos en pie! ¿Por qué no se oía a nadie?

Se disponía a volver a su habitación cuando oyó voces que venían del lado de la escalera. Era su madre, acompañada de Benedita. Corrió hacia allí, con la mano escondida a la espalda. Benedita se sorprendió al verlo levantado:

—¡Qué temprano te has levantado!...

Dionísio se puso de puntillas para dar un beso a su madre y a la criada. Con el movimiento dejó ver la mano vendada, con el paño ya lleno de sangre.

Inquieta, Maria Leonor le preguntó, mientras deshacía la atadura:

—¿Qué te ha pasado, hijo? ¿Cómo te has cortado así?

Con un nerviosismo que no le dejaba hablar, tartamudeando, Dionísio les explicó el accidente: que había tirado del pestillo, pero se le escapó la mano y fue a dar contra un clavo de la ventana. Y se hizo aquel corte.

Benedita fue a buscar tintura de yodo y gasas y le hizo una cura apresurada, temblando entera, diciendo que la herida se le podía infectar.

Dionísio, bajo la mirada de su madre, aguantó el ardor del medicamento con valentía, mordiéndose los labios para no llorar. Las lágrimas le venían a los ojos, hirviendo, pero él los cerraba apretando los párpados con fuerza, mientras Benedita iba pasando la venda entre los dedos y por encima del corte, cuidadosamente, con un cariño tierno que le servía de consuelo.

Cuando la criada acabó, miró la mano. Ya se le había pasado el dolor y sintió un cierto placer íntimo al ver la mancha blanca de la venda sobre la piel morena.

Bajó con su madre mientras Benedita iba a despertar a su hermana. En el comedor, el desayuno estaba en la mesa.

Maria Leonor se sentó en una silla y pidió a su hijo que se sentara a su lado. Él lo hizo, inclinando la cabeza sobre el regazo de su madre. Y así se quedó un poco, sintiendo cómo los párpados se le cerraban con dulzura en un descanso enorme, como si, dos horas después, no tuviese que enfrentarse a aquellos tres hombres con barba que le harían preguntas aterradoras. El tictac del reloj sonaba en sus oídos como una melancólica nana, que lo iba durmiendo. Las manos de Maria Leonor recorrían su pelo en una caricia suave, cálida como una cuna y tibia como las alas de una paloma.

Unos pasos precipitados en la escalera lo despertaron de aquel remanso de paz. Júlia, con el pelo mojado y descalza, irrumpió en la sala, perseguida por Benedita, que empuñaba un peine.

Dionísio dejó el regazo de la madre para atender a su hermana, que se le tiró a los brazos, casi derribándolo. No paró de hacerle preguntas sobre el corte, sorprendiéndose con la venda manchada, queriendo a la fuerza saber si le dolía, si lo había pasado muy mal, en qué ventana había sido...

Benedita pudo por fin arreglarla y todos se sentaron a la mesa. Comieron deprisa y sin ganas. Dionísio masticaba con resignación su pan con mantequilla, levantando de vez en cuando los ojos hacia el reloj, que seguía con su tictac, moviendo las agujas con ligeros y lentos arrebatos. Júlia miraba a su hermano con unos grandes ojos asombrados, al verlo tan serio, con la nariz caída sobre la taza de leche que quedaba en medio.

Cuando dejaron la mesa vieron a Jerónimo con la gorra en la mano, que inclinaba la cabeza desde la puerta del comedor, anunciando que el coche de caballos estaba listo. Cuando el niño quisiera...

Dionísio subió a su habitación con Benedita. Iba a cambiarse de ropa y peinarse, que ni siquiera eso había hecho. Y a coger los libros...

Cuando bajó la escalera, Maria Leonor ya lo estaba esperando en la puerta. ¡Júlia insistía en que también quería ir a ver el examen de Nísio! Y lloraba porque su madre le decía que se quedaría en casa...

Subieron al coche. En el umbral de la puerta, Benedita sujetaba a Júlia, que daba patadas, furiosa, gritando que tenía que ir.

Jerónimo se encaramó a su sitio y preguntó:

—¿Podemos irnos, señora?

—Vamos... —suspiró Maria Leonor.

El capataz dio un tirón a las riendas sobre el lomo del caballo y, con una sacudida lenta, el coche empezó a moverse. Detrás, Júlia lloraba, pidiéndole a Benedita que la soltase, por favor...

A punto de salir por la cancela, Dionísio se dio la vuelta y saludó. Su hermana le correspondió, a lo lejos, con un adiós precipitado y ansioso, y enseguida se escondió, llorando, entre las faldas de la criada.

El coche avanzaba al trote cadencioso del caballo por el camino blanco de macadán, entre los campos segados, amarillentos por el rastrojo, más acentuado y vivo bajo la fuerte luz del sol. En el asiento de delante, Jerónimo, con la borla de la visera caída sobre la frente, para protegerse los ojos de la luz, acariciaba las orejas del caballo con un látigo. A cada vergajazo, el animal sacudía la cabeza con un cascabeleo estridente y apresuraba el trote. De vez en cuando, al pasar bajo los plátanos, que se perfilaban al borde del camino, relinchaba, disfrutando de los retazos de sombra, salpicada de manchas luminosas. Bajo el pelo castaño, el juego de los músculos ponía ritmo al esfuerzo de la carrera. Y el carromato, con ruedas engomadas, saltaba ligeramente y casi sin ruido sobre las pequeñas piedras del camino, en un deslizarse constante e infatigable, dejando atrás la distancia.

Tocaban en el reloj de la torre las nueve menos cuarto cuando el coche entró en el pueblo. El caballo alzó la cabeza, levantó las rodillas como para martillear el suelo e irrumpió en la plaza, jadeante, en un alarde de energía que hacía brillar de alegría los ojos de Jerónimo. Solo Dionísio no le daba importancia al meneo del caballo. Absorto, iba rumiando los cabos de la costa de Portugal...

Maria Leonor mandó parar el coche junto a la tienda. Quería encargar algo de pasta y saber si habían llegado las semillas de apio. Joaquim Tendeiro acudió presuroso, frotándose las manos en un gesto de radiante satisfacción, y sacudió una silla con la solapa del guardapolvo para que Maria Leonor se sentara. Pero la clienta tenía prisa. Y, una vez hecho el encargo, salió y subió al carromato con la ayuda de Dionísio, que había bajado para estirar las piernas y acariciar al animal. Joaquim llegó a la puerta, haciendo reverencias y, al ver al pequeño, preguntó, abriendo los labios en una sonrisa que olía a adulación:

—Al examen, ¿no, Dionísio?

Dionísio lo miró de reojo y respondió, sin mucha educación:

—Sí...

Y el otro siguió:

—Como debe ser, así es como debe ser. Que esta tierra necesita a grandes hombres y Dionísio va a ser...

El resto de la frase se perdió con el trote del caballo, que arrancaba sobre las piedras redondas de la plaza. Y cuando Dionísio se dio la vuelta, el guardapolvo gris del tendero todavía se agitaba en el umbral de la puerta, con su despedida respetuosa.

Cuando el coche se paró delante de la escuela y Dionísio saltó con su madre, estaban llamando a los alumnos

para el examen. Se abrieron camino para llegar a la pequeña sala de espera, donde se amontonaban, mezclados con
los niños, los parientes que los acompañaban. En el silencio de la sala, en medio de aquella gente apiñada que olía a
tierra y sudor, se oía la voz aflautada de uno de los profesores, un hombrecito bajo y delgado con una enorme calva
reluciente, que se ponía de puntillas siempre que repetía
los nombres que iba leyendo en una gran hoja de papel de
barba, toda llena de rayas.

—¡Bento Simões!

Y después, más alto, empinándose:

—¡Bento Simões!

—¡Sí!

Un chico moreno, con el largo pelo negro cayéndole
sobre la frente, sorteó a los que allí se congregaban y entró
en el aula de los exámenes.

—¡Carlos Pinto!

Era uno de los chicos de la familia Barqueiros. El padre, un hombre grande y fuerte, con una gruesa camisa de
lana y la piel oscura y agrietada bajo la barba cerrada, se
agachó rápidamente y se despidió de su hijo con un beso.
Y el chico entró también.

El profesor seguía:

—¡Catarino!

Era un inclusero. No tenía apellidos. Trabajaba en casa
de Faustino Barbeiro, que lo había recogido por caridad, y
con el salario de las barbas iba a estudiar a la escuela.

Después el profesor levantó la voz, con un esfuerzo
que le sonrojó la calva lisa, y llamó mientras sonreía con
deferencia:

—¡Dionísio de Melo Ribeiro!

Hubo un murmullo en la sala. Y Dionísio, sintiendo el
rubor en las mejillas y las piernas temblando como los
mimbres del río, se despidió de su madre, que sonreía, nerviosa. Y allá fue...

Llamaron a unos cuantos chicos más. Y una vez que hubo entrado todo el mundo para ocupar los sitios vacíos, empezó el examen. En una sucesión lenta, fueron pasando por el estrado ante los ojos del señor inspector todos los muchachitos de las primeras filas. Apretados en su ropa nueva, reservada para aquel momento, balbuceando respuestas entrecortadas por la necesidad constante de tragar saliva, mostrando los tímidos rostros a los señores del tribunal, los bisoños muchachitos fueron dejando prueba lentamente de lo que sabían del mundo y de la vida, ellos, que no habían salido nunca del estrecho horizonte del pueblo apocado y pobre. Todos sabían de sobra lo que costaba ganarse el pan, todos conocían el calor del sol y el frío de la helada, pero ninguno entendía el sentido de las frases que decía, intentando reconstruir las palabras del compendio tan aburrido y, a esa hora, tan deseado.

En cierto momento, entraron en el aula el doctor Viegas y el padre Cristiano, y de inmediato dos aldeanos que se habían sentado al lado de Maria Leonor se levantaron comprensivamente para cederles su sitio. El médico y el cura no lo permitieron. Y los hombres se sentaron de nuevo, incómodos.

Dionísio, cuando vio entrar a sus dos amigos, se murió de miedo. ¿Cómo podía ahora quedar bien, teniendo allí, casi a su alcance, a su madre, a su padrino, al médico, a toda aquella gente que lo quería, pero cuya presencia era en aquel momento infeliz un suplicio?

Miró con timidez hacia atrás y vio todas las caras atentas en el inclusero, que estaba en el estrado, y sintió un miedo enorme al pensar que también lo mirarían así, dentro de poco. Apartó la mirada y la dirigió a su madre. Maria Leonor le sonrió y él, ante su aspecto tranquilo y confiado, se sintió de repente seguro y sereno. Y cuando Catarino acabó, con el sacramental «Puede sentarse», casi no le palpitó el corazón. Sabía que era su turno, que nada podía evitar que fuese su turno.

Cuando su nombre sonó en el aula, con un ruido que le pareció igual que el desplome de un techo, se levantó y caminó hacia el estrado. Por el corto trayecto iba recordando los cabos de la costa de Portugal. Y, de repente, se paró, aterrorizado. Le faltaba uno. Recordaba perfectamente que eran once y ahora no conseguía contar más que diez.

Respondió con corrección a las primeras preguntas que le hicieron. Después, poco a poco, fue recobrando la confianza. Y estuvo brillante. Solo se mantenía el punto negativo de su olvido y, entre una respuesta y otra, intentaba recordar sin demora los malditos cabos: empezaba de norte a sur y de sur a norte, pero el resultado era siempre el mismo: le faltaba uno. Se debatía con este tremendo problema cuando el presidente del tribunal, satisfecho, le mandó sentarse. En su profunda alegría, casi ni lo oyó: se quedó mirando al profesor, dispuesto a agradecerle que no le hubiera preguntado los cabos. Tuvieron que decirle que podía sentarse. Volvió a su asiento temblando de alegría y, cuando miró a su madre, la vio hacerle un gesto cariñoso. Se sentó, con los ojos llenos de lágrimas, muy colorado, sin atreverse casi a mirar a su alrededor.

El resto fue rápido, pero a Dionísio la espera le pareció de siglos. Cuando acabó, por fin, salieron todos al patio, donde, durante el curso, los chicos saltaban al burro y jugaban a luchar.

Dentro, el tribunal deliberaba.

Dionísio, al lado de su madre, que lo acariciaba, charlaba con ella y con el médico y el cura. Estaba excitado, febril. Le brillaban los ojos con una enorme animación, con un entusiasmo impetuoso. La madre y los dos hombres lo dejaban hablar, sonrientes, ligeramente emocionados.

Casi a su lado, Pinto Barqueiro, padre, con los brazos

cruzados sobre el pecho amplio y valiente, escuchaba a su hijo, con seriedad, dándole largas caladas a su cigarro de liar. Llevaba los pantalones remangados hasta las rodillas, mostrando las canillas lisas y morenas. Con los pies descalzos dibujaba en el polvo del suelo, nervioso, amplios surcos.

En un rincón del patio, el inclusero se enredaba en los bolsillos, inquieto. Y todos los chavales iban de un lado a otro con la nariz levantada, olisqueando los ruidos que venían de la escuela. Dos mujeres discutían los méritos de sus hijos, que jugaban implacablemente a la peonza.

De repente, todos se callaron. Se abrió la puerta y, por ella, se asomaba el profesor calvo. Tenía una sonrisa de satisfacción cuando anunció los resultados. Fue un día feliz: todos aprobados. Tres o cuatro distinciones, una de ellas para Dionísio.

Cuando el profesor acabó de leer, todo el mundo rompió en risas y saludos. Las madres besaron a los hijos, llorosas, ahora que había pasado el peligro. Los padres dieron un pescozón amigable a los muchachos, que se encogían bajo la caricia algo exagerada. Y todos salieron a la calle, hablando alto y riéndose. Los chicos iban primero, radiantes, los pechos erguidos, un aire de importancia precoz en el balanceo de los hombros y unas ganas irreprimibles de saltar furiosamente y de gritar de alegría.

Dionísio, cuando oyó su distinción, se agarró a su madre entre llantos y risas, con la misma alegría de sus compañeros pescadores y aldeanos. El médico y el cura sonreían. Y fueron a saludar al profesor, que estaba todavía en el umbral de la puerta, observando, risueño, cómo se disolvía el grupo, con el papel de los resultados.

Maria Leonor le dio la mano:

—Le agradezco, profesor, su bondad y todo lo que le ha enseñado a mi hijo...

Sonrojándose, el profesor le respondió:

—¡Oh, señora!... No he hecho más que cumplir con mi deber y Dionísio siempre ha sido un buen alumno. ¡Pero hoy estoy, realmente, contentísimo! ¡Imagínese, señora, que el inspector me ha dado la enhorabuena por el comportamiento de los chicos!... Estoy radiante...

Se despidieron, dejando al buen hombre apoyado en la puerta hablando con Catarino el inclusero, que también le quería dar las gracias. Y el cura observó después:

—No quiero enmendarte la plana, Maria Leonor, pero creo que ningún agradecimiento complacerá hoy más al maestro que el de Catarino. —Y mirando al médico—: Esto, si aún les queda a los hombres de mi tiempo una pizca de ese sentimiento que hace la vida más dulce...

El médico sonrió.

—No será difícil encontrar en un profesor de primaria ese tipo de sentimiento. Viven entre niños y siempre acaban teniendo algo de infantil. Lo peor para la humanidad es que no todos los hombres son profesores de primaria... Por lo demás, si fuese así, no habría nadie que quisiera aprender.

Llegaban al coche de caballos. Y desde lo alto de su asiento, el capataz se asomaba, ansioso:

—¿Qué tal, señora, el niño?...

Y Maria Leonor, con una sonrisa:

—Al niño le han dado una distinción, Jerónimo. ¿Sabe lo que quiere decir?

El capataz hizo una mueca de suficiencia y respondió, mientras quitaba de debajo del hocico del caballo el cesto de la paja:

—Lo sé, sí. Ha quedado bien, ¿verdad?

Fue Dionísio quien le respondió, siguiéndolo alrededor del animal. Entre tanto, Maria Leonor se despedía:

—Bueno, entonces los espero por la noche. Después de cenar, ya que no pueden antes...

Se subió al coche, apoyándose en el hombro de su hijo.

Una vez que estuvieron todos sentados, Jerónimo floreó el látigo sobre los flancos del solípedo, que arrancó con un trote triunfal. Dionísio, al lado de su madre, cantaba. Delante, el capataz, silbando, animaba al caballo, que recorría el camino con los golpes claros de las patas lanzadas hacia delante, con brío.

Entraron, así, en la finca, seguidos por los ladridos de dos perros. Se abrieron las ventanas de la casa. Benedita apareció en una de ellas, con Júlia. Los de abajo saludaron y Júlia, dejando la ventana, se precipitó por la escalera, echándose en brazos de su hermano. Ella «sabía» que le iba a ir bien. No podía ser de otro modo...

Los trabajadores también acudieron. Y todos festejaron la llegada del niño. Dionísio entró en casa, aclamado como un pequeño rey. Benedita le dio un beso, llorando, y él, al notarlo, se quedó observando a la criada con un asombro mudo y agradecido. Se sentía diferente e importante y, mirando alrededor, vio la casa y a los trabajadores con otros ojos, con los ojos de quien tiene el poder del conocimiento y la ciencia.

XI

Por la noche, después de la cena, llegaron el médico y el cura. Y tras nuevas enhorabuenas y felicitaciones, entraron al salón. Se sentaron alrededor de la mesa grande de caoba, donde destacaba un ramo de vistosas dalias rojas. En una de las paredes había un retrato de Manuel Ribeiro. Y ninguno de los presentes pudo evitar echarle un vistazo rápido. El médico, con las manos apoyadas en la empuñadura del bastón, se quedó con la mirada pensativa, y el cura movió lentamente los labios como si fuese a decir algo. Pero ambos se callaron. Y fue Maria Leonor quien empezó a hablar:

—¿Saben qué ha sido lo primero que ha hecho Dionísio al llegar a casa?

—¿El qué? —quisieron saber, con interés.

—Ha subido la escalera corriendo, como un loco, y se ha metido en su habitación. Palabra que me he asustado al oírle gritar arriba, poco después: «¡San Vicente, San Vicente!».

Dionísio se rio. Y el cura le preguntó, con curiosidad:

—Pero ¿qué era?

—Después me ha contado que en el examen se le había olvidado uno de los cabos de la costa de Portugal y que, por más esfuerzos que hacía, no se acordaba del nombre. En cuanto llegó fue a buscarlo en la *Geografía*. Era el de San Vicente...

El médico se rio con gusto. Y la conversación prosiguió, pero ligera. El cura quiso saber con un «¿Y ahora?» lo que iba a hacer Dionísio. Fue Maria Leonor quien respondió:

—En primer lugar, como es natural, irá a la escuela secundaria. Después, que elija la carrera que quiera. Todo a su tiempo. Lo que no sé aún es a casa de quién lo mandaré. —Se volvió hacia el médico—: La verdad, doctor, es que había pensado en su hermano Carlos. Me gustaría que me echara una mano, ¡si no tiene inconveniente, claro!...

Viegas frunció un poco las cejas y respondió, acatarrado:

—Hum... No creo que haya ningún inconveniente. Y si Dionísio va a Lisboa no encontrará mejor casa, eso seguro. Por lo demás, tendrá un compañero algo mayor que él y que le ayudará: mi sobrino João...

Maria Leonor iba a darle las gracias, pero el médico continuó, apresurado:

—Sin embargo, quiero avisarte de una cosa en la que pareces no haber pensado. Puede que Dionísio lo pase mal con el cambio de ambiente. Esto podría ser lo menos importante, pero la verdad es que iría a una casa en la que se usan métodos educativos muy diferentes a los tuyos. Somos muy parecidos, mi hermano y yo. Nadie le va a exigir que dé gracias a Dios por el pan que come. Al contrario: si lo hiciera, le recordarían, seguramente, a aquellos que no las pueden dar, porque no tienen qué comer. ¡Así que mira dónde vas a meterte!

El padre Cristiano sonreía con dulzura oyendo al médico y, observando el rostro soñoliento de Dionísio, que había empezado a dar cabezadas, ajeno a los graves problemas que zumbaban sobre su cabeza, consideró:

—Ay, doctor, doctor, esa preocupación va a acabar con usted. Qué abismos está abriendo delante de nuestro Dionísio. Maria Leonor decidirá, pero, en mi opinión, no creo que haya ningún peligro. Su hermano Carlos no tiene derecho a imponer sus ideas a quien acoja. Fíjese, yo no lo conozco, pero no tengo esa imagen de él... ¿No le parece?...

El médico hizo un gesto malhumorado y parecía que

iba a dar una respuesta larga. Maria Leonor se preparaba para intervenir, pero él solo respondió:

—Sí, puede ser... ¡Debe de tener razón!...

Maria Leonor interrumpió el silencio que se hizo tras las últimas palabras de Viegas, diciendo:

—De todos modos, hable por favor con su hermano, para poder saber con qué puedo contar. Después veremos la parte material del caso... Y en cuanto al peligro que mi hijo pueda correr en materia religiosa, tengo confianza. No me da miedo correr ese riesgo. —Cambiando de tono, prosiguió—: Y ahora, los voy a echar de aquí. ¡Van a dar las doce y no quiero abusar de su paciencia y su amistad!

Se levantaron arrastrando las sillas y se dirigieron a la puerta. Benedita, que había acudido de la cocina a la llamada de Leonor, alumbraba. Y mientras los niños permanecían en el salón apoyados en la mesa, ya dormidos, y el cura se quedaba atrás, por su reumatismo, Viegas se acercó a Maria Leonor y le susurró:

—No sé qué demonios de escrúpulos son estos, pero te pido que recuerdes que Dionísio crecerá, que los libros y la vida le darán perspectivas diferentes a las actuales y que sus creencias infantiles sufrirán grandes sacudidas. Y no las resistirá, seguramente...

Maria Leonor lo escuchó, callada, y respondió, también en voz baja:

—Doctor, ¿quiere que le hable con franqueza? Ni yo misma sé si desearía que resistiese. ¡Lo único que sé es que no sé nada! ¿Se acuerda de quién dijo esto?

El médico, que había puesto ojos de asombro ante las primeras palabras, sonrió y respondió:

—¡Vaya referencia clásica!... Pues claro que me acuerdo, fue el viejísimo Sócrates. Y desde entonces no hemos avanzado ni siquiera un paso. ¡Adiós, Maria Leonor!...

—Y volviéndose hacia el cura—: Vamos, amigo mío, mi sembrador de ilusiones...

El sacerdote se rio, mansamente:

—¡Vamos, segador de las ilusiones que siembro!...

Salieron sonrientes, discutiendo. Y se marcharon.

Mientras Benedita colocaba en la puerta la pesada tranca de hierro, Maria Leonor subió, despacio, al piso de arriba, llevando un candelabro de tres velas que propagaba una claridad mortecina alrededor y le proyectaba grandes sombras en la cara. Al pasar por delante del espejo, no pudo reprimir un susto al verse reflejada en el cristal, la cara pálida, destacada como una mancha blanca en la oscuridad de los trajes y del aposento. Benedita subió detrás de ella con los niños, ya dormidos, en brazos. La madre les dio un beso.

Entró en el despacho. Puso el candelabro sobre la mesa, inmovilizando las sombras que se agitaban en las paredes y en el techo. Se sentó en una silla de respaldo alto y se recostó. La cabeza echada hacia atrás le estiraba los músculos del cuello y le daba a su fisonomía un aspecto duro, fatigado, envejecido. El pelo le caía a ambos lados de la cara formando un marco dorado y brillante, que contrastaba aún más con el rostro. Un suspiro lento, doloroso, le hinchó el pecho.

Se levantó de la silla y se acercó a la mesa. En un pequeño cesto de mimbre estaba el correo del día. Con la animación que se había apoderado de ella desde bien temprano ni se había acordado de leerlo. Enredó distraídamente con un periódico, abrió dos sobres de los que sacó algunas facturas que metió en un cajón y cogió después un sobre largo y estrecho, el único que quedaba. Buscó el sello: «Oporto». Lo abrió con lentitud y empezó a leer. Era de su cuñado:

Leonor: salgo para allá el fin de semana. Voy tarde y quiero pasar en tu casa todo el tiempo que he robado a mis obligaciones para disfrutar de vacaciones. Me empieza a aburrir Oporto y estoy pensando en cambiarme. Los clientes no abundan y mi talento para curar tampoco es mucho. Dudo, sin embargo, si hacerme un médico de pueblo, como nuestro Viegas, porque estoy convencido de que me falta su persistencia de apóstol barbudo. Tengo la moral bastante baja. Espero que estas vacaciones me mejoren, ya que yo no consigo mejorar a mis pacientes.

Adiós, hasta pronto. Dales un beso de mi parte a los pequeños. Un abrazo afectuoso. António.

Maria Leonor dejó la carta a un lado con una vaga sonrisa y, cogiendo de nuevo el candelabro, salió al pasillo de camino a su habitación.

Durante una buena parte de la noche intentó dormir, sin conseguirlo. Caía sobre la casa una atmósfera tibia y molesta como la respiración de las tejas quemadas por el calor del día. Abrió las ventanas de par en par, ávida de la brisa fresca que le llevase la madrugada, pero por ellas entraba tan solo el aliento cansado de los campos secos. Desde la cama, veía las rayas verdosas de las luciérnagas que surcaban la oscuridad y, de vez en cuando, el aleteo silencioso y suave de los murciélagos, que pasaban a ras de las ventanas. Y, una vez más, su corazón palpitó, asustado, al oír fuera los breves gritos y las carcajadas de las lechuzas.

Los ruidos nocturnos del campo tenían la virtud de despertar en su intimidad todos los terrores de la infancia. Contra los razonamientos de su mente de mujer instruida, se alzaban los pávidos miedos nacidos del misterio de la naturaleza inmensa, sumergida en las tinieblas, encubriendo en su profundidad ignorada las fuerzas inconscientes e irreprimibles de la creación. A veces, caminando de noche por el campo, le parecía sentir bajo los pies el jadeo convulso de la tierra. El viento que soplaba sobre los ramajes, lanzándose contra las espinas y rozándose con la suavidad de la hierba, era el jadeo cansado de la tarea continua del suelo. En su asombro mudo ante el trabajo ciego de la naturaleza estaba el miedo a lo desconocido, el terror absurdo y total de los primeros hombres ante la primera tormenta y el primer temblor de tierra. Y su alma se comprimía, aterrada, subyugada e inerme, cuando veía caer del cielo en un rápido vuelo las alas negras de un chotacabras solitario.

Con los ojos clavados en la abertura de las ventanas, traspasando la oscuridad, analizaba, con la mayor frialdad posible, los miedos que sentía y su inmenso absurdo. Cuando un sonido o una imagen exterior iban a originar un pensamiento en su cerebro, de donde surgía inmediatamente un susto, lo sujetaba con firmeza y solo lo soltaba cuando, por la fuerza de su especulación, lo dejaba vacío y sin significado.

Estaba ya flotando entre el último pensamiento y el sueño, a punto de cerrar los párpados cansados y velar la razón que brujuleaba cerca de la inconsciencia, cuando el chirrido tímido de una puerta la hizo sentarse en la cama, vigilante. Escuchó con atención. El sonido continuaba entrecortado, desapareciendo para volver enseguida, más fino y atrevido. Al mismo tiempo, desde la alameda, llegaba el crepitar de la arena pisada por unos pasos precavidos. El chirrido de la puerta se paró de repente y, en el silencio que se produjo, Maria Leonor oyó con claridad el chasquido sordo de la tranca. Saltó de la cama a punto de gritar.

Fuera, la arena ya no sonaba, pero Maria Leonor estaba segura de que junto a la puerta había alguien que quería entrar, alguien a quien una persona de dentro permitía entrar. Y dominando los nervios, presionándose los labios con las palmas de las manos crispadas, fue, alta y blanca en su camisón, por la oscuridad del cuarto, hasta la ventana.

Se asomó. Apoyado en uno de los pilares del porche había un hombre. Tenía el rostro vuelto hacia la puerta, inmerso en la sombra, y, sobre la camisa blanca que llevaba, la luna creciente dibujada claridades lívidas.

Con un chirrido grave y decidido, la puerta se abrió. Y cuando Maria Leonor, temblando del susto, esperaba que el hombre se precipitase ansiosamente al interior de la casa, vio que abría los brazos a alguien que salía, una mujer.

Maria Leonor contuvo la exclamación que le iba a salir de los labios y se quedó estupefacta mirando a los dos, abrazados e inmóviles. Pero enseguida se movieron, rápidos, y atravesaron la alameda, perdiéndose por momentos entre las sombras de las acacias, apareciendo más adelante, en el espacio limpio e inundado de luz de luna que se extendía hasta el pajar. Desaparecieron por la ancha abertura de la puerta.

De nuevo el silencio amortajó la casa. Y las estrellas brillaron en el cielo, al oeste, como si se mirasen en el espejo que surgía por detrás de los montes del otro punto cardinal. Poco a poco, los ruidos del campo volvían con la misma cadencia y con el mismo misterio. Había un palpitar voluptuoso, una cálida dulzura que atravesaban envueltos en las brisas templadas de la noche. Y todo, ruidos y brisas, parecía venir de la enorme luna, que iba subiendo lentamente, con un enorme esfuerzo que la dejaba cada vez más pálida.

Una luciérnaga entró por la ventana y casi se enredó en el pelo de Maria Leonor. Sobrevoló la habitación, subiendo y bajando, con el resplandor trémulo y ansioso del abdomen, y volvió a salir al aire libre. Maria Leonor ni siquiera se fijó en ella. Con los ojos fijos en el pajar, por nada de este mundo dejaría de mirarlo. El caserón tenía un aspecto tranquilo e inexpresivo, como si solo encerrase entre sus gruesas paredes los restos de las cosechas del pan. Pero ella sabía lo que estaba pasando allí dentro y lo sentía en todo su cuerpo, que vibraba tenso sobre el alféizar, con un temblor irreprimible. Toda la sangre se le acumulaba en el cerebro, como un torbellino. Temía desfallecer, con las piernas blandas y débiles como trapos, listas para caer de rodillas, sofocada. ¡La razón le gritaba que saliese de allí, bajase las escaleras y cerrase la puerta, negando la entrada a la impura que ensuciaba su hogar, pero los sentidos la amarraban a la ventana, retenían sus ojos en las paredes blancas del pajar y torturaban sus nervios, intentando, con una fiebre loca, descubrir lo que estaba pasando!

Y así permaneció, pegada a la ventana, en la tortura de una sorda indignación, hasta que, de nuevo, aparecieron los dos, mirando alrededor, con miedo, bajo el arco de la puerta del pajar. Eran dos manchas vivas, claras, que se movían sobre el fondo oscuro de la puerta. Y, de repente, las dos manchas se fundieron en una sola. Se abrazaban. Maria Leonor soltó un gemido débil, sollozante, y entrelazó sus manos con furia, hasta el dolor.

Retrocedió al ver que volvían. Atravesaron de la mano la parte delantera de la casa, bajo la luz de la luna, y se detuvieron otra vez, apretados el uno contra el otro, en la sombra de las acacias. Después, lentamente, todavía sedientos, se separaron, dejando caer a lo largo del cuerpo las manos cogidas, palmas con palmas, despegando los labios del último beso. Él se marchó, protegido por la oscuridad, por detrás de los troncos arrugados que montaban guardia protegiendo la fuga, y ella se quedó como una figurita clara y resplandeciente, ansiosa, hasta verlo desaparecer en la noche. Después, despacio, dudando a cada paso, con los pies pesados en un desfallecimiento dolorido, volvió a la casa. Casi a punto de entrar, levantó la vista hacia las ventanas en un gesto de precaución inconsciente. En ese momento, Maria Leonor le vio la cara. Era Teresa.

Retrocedió hasta el lecho, aturdida, con un asombro que no la dejaba pensar. Volvió a oír, como en una pesadilla, el sonido de la tranca sobre los soportes, el chirrido de la puerta y, después, el silencio. Y, absurdamente, se metió entre las sábanas, a dormir un sueño pesado y largo como el de una hembra saciada y exhausta.

A altas horas de la noche despertó sobresaltada, con el corazón latiendo en una agonía horrible. Había tenido un sueño abominable y ahora, despierta, con los ojos desorbitados mirando el rectángulo claro de la ventana, se retorcía en la cama, con los dedos hundidos en los costados, apretándolos de forma brutal. Sentía que se estaba volviendo loca. El aroma acre de la noche entraba en olas perfumadas por la ventana e inundaba la habitación con una caricia lenta e insidiosa, como el agasajo de unos dedos suaves y fuertes. Le pasaban por la cabeza pensamientos que la hacían languidecer y llevaban a sus labios gemidos dulces, palabras inarticuladas, balbuceadas entre las lágrimas que le corrían y se secaban en las mejillas ardientes.

Y en el silencio de la casa pensativa, ajena a su martirio, Maria Leonor levantó hacia el techo los puños cerrados, en un deseo de morir en aquella agonía voluptuosa, desalentada por los perfumes nocturnos, en un ansia de disolver el cuerpo y el espíritu en el vino caliente y embriagador que le corría por las venas.

XII

António Ribeiro llegó durante el fin de semana, el sábado. Fue por la tarde, al ocaso, cuando el cielo se amorataba lentamente, pasando del naranja violento del oeste al violeta desmayado del anochecer. La carreta que fue a buscar a António Ribeiro se detuvo en la puerta, junto a la cuneta. Y cuando él saltó con agilidad del asiento donde había venido charlando con Jerónimo, Maria Leonor vino a recibirlo al umbral, dándole la bienvenida con un ligero abrazo.

Mientras el capataz, ayudado por dos trabajadores, descargaba las grandes maletas de cuero que llenaban la parte inferior de la carreta, António, al lado de su cuñada, entraba en casa. Se estiró en medio del recibidor y echó un vistazo alrededor como si buscase a alguien. Los ojos se le empañaron con una enorme emoción, pero enseguida sonrió al ver frente a él, en una formación algo desordenada, al personal de la casa. Benedita, en un extremo de la fila, lo miraba duramente, casi malévola, con un brillo irónico en las pupilas. Al otro lado, Teresa observaba, por encima de los hombros de António Ribeiro, el trabajo de los hombres que llevaban, jadeantes, las maletas dentro de la casa. Y había en su mirada negra una ternura líquida y extasiada que le colmaba el rostro de felicidad.

El ceremonial de la recepción lo interrumpió, de repente, Dionísio, que se deslizaba por el pasamanos, desde el piso de arriba. Júlia, a su lado, bajaba la escalera corriendo, procurando dirimir de forma definitiva un viejo pleito: ¿era más rápido bajar por la escalera, por el proceso natural y prosaico de quien utiliza los escalones, o recurrir a la superficie resbaladiza del pasamanos, a pesar de los pantalones cortos y de la integridad de la parte del cuerpo que los mismos pantalones protegían?

Está vez tampoco quedó claro: los dos cayeron al fondo de la escalera y fueron a darle un beso a su tío.

La formación de los trabajadores se deshizo y cada cual se marchó a lo suyo. Solo Teresa se acercó a la puerta, intentando ayudar a meter un saco de lona que traspasaba el umbral en hombros de uno de los trabajadores. La mano que llevó a uno de los pliegues del saco se entretuvo, lenta y acariciante, sobre la mano fuerte y morena del hombre. Y ambos se quedaron por unos segundos con los ojos enlazados y las manos unidas, en un abrazo de almas sólido y perfecto.

Al lado de su cuñado, mientras subía la escalera, Maria Leonor volvió la cabeza hacia la puerta, donde las siluetas de Teresa y de su novio destacaban oscuras en el fondo violeta del cielo. Le pareció ver que los labios de él se movían, quedando, tal vez, para verse en el pajar, en aquel pajar al que había ido ella el día después de descubrir la relación de la criada, llevada por una curiosidad morbosa a buscar el sitio, la paja amorosa que habían calentado los dos cuerpos jóvenes y ardientes.

Volvió a mirar hacia delante para responder a las preguntas de su cuñado, que se interesaba por su salud y la de los chicos. Respondió medio distraída que estaban todos bien, como veía.

—Y nuestro padre Cristiano ¿cómo está de su reumatismo? ¿Y el doctor Viegas, mi hermano en Esculapio?...

Que estaban bien, el uno y el otro, el padre Cristiano más aliviado con los calores del verano y el doctor Viegas muy atareado con las fiebres que arrasaban los arrozales del río y que llegaban hasta Miranda. Y Maria Leonor, en una idea repentina, recordó:

—António, ya que has venido, me parece que puedes

ayudar al doctor Viegas... Al menos, mientras las fiebres sigan tan malignas...

António frunció las cejas, contrariado, y respondió:

—Maria Leonor, yo no vengo a curar a nadie ni a ejercer la medicina. Vengo para descansar, ¿entiendes?

Con una sonrisa, ella le replicó:

—¡Lo entiendo a la perfección!... ¿Has dejado muchos pacientes en Oporto?...

António soltó una risa alegre, alta e irónica, que resonó extrañamente por toda la casa:

—¡No, Maria Leonor! Mis pacientes, por muy graves que estén, siempre tienen fuerzas para huir de mis manos... —Y después, más serio—: Compréndelo, Maria Leonor. Soy médico como podía ser tendero, viajante o saltimbanqui. ¡No me senté en los pupitres de la facultad por gusto, no memoricé los doscientos y pico huesos del cuerpo humano por placer! Fue mi padre el que quiso un médico en la familia, ya que Manuel, al que Dios tenga en su gloria, estaba predestinado a ser propietario. ¡Y doy gracias a los dioses porque no tuvo la idea de hacerme cura!... Manuel se quedó con la finca, yo, con mi título y con las acciones de la Compañía de Aguas. Él trabajó hasta lograr que el nombre de los Ribeiro fuese estimado por el pueblo, hasta conseguir la satisfacción de sentirse válido en la vida; yo traté de explotar mi carrera, matando lo menos posible, porque no quiero remordimientos de conciencia, y ganando lo máximo posible, porque tengo que comer. ¿Lo entiendes? Así que creo que no seré una gran ayuda para nuestro Viegas. Me falta la chispa, lo reconozco... En todo caso, unas fiebres siempre se podrán curar...

Maria Leonor, que había suspirado al oír hablar de su marido, respondió, sonriendo con melancolía:

—¡Eres de una franqueza infantil! Esas cosas no se dicen con tanta naturalidad, ni aunque se sientan...

—¡Anda, anda! ¿Preferirías que me pusiera con aire doctoral a darte un discurso sobre humanitarismo y vocaciones equivocadas?

Llegaban al fondo del pasillo. Y allí, Maria Leonor, abriendo una puerta, le dijo:

—Bueno, ya hablaremos de ello con más calma. De momento, aquí tienes tu habitación de cuando eras niño, lista desde tu carta. Yo me voy abajo. Te espero para cenar...

Se dio la vuelta y recorrió el pasillo mientras António la seguía con mirada distraída. Al doblar la esquina hacia la escalera, Maria Leonor miró atrás y se ruborizó al ver a su cuñado, aún desde fuera de la puerta, observándola. Bajó las escaleras con rapidez mientras llamaba a Benedita, apresurando la cena, casi feliz.

XIII

A la mañana siguiente, António se despertó con el canto de los gallos en la finca. Por la ventana que había dejado entornada, según un precepto higiénico que siempre respetaba, entraba una franja de sol que se extendía por el suelo hasta los pies de la cama. Se frotó los ojos, amodorrado con la intensidad de la luz, y miró por la ranura, apoyado en el borde del colchón. Solo percibía un rectángulo azul de cielo, donde surgía el perfil blanco y suave de una nube, muy alta y ligera, casi transparente, que pasaba con lentitud, flotando.

La belleza de aquella nube le hizo sonreír, extasiado. Hinchó la nariz con la avidez del aire fino y fresco, y enseguida saltó de la cama, de buen humor, tarareando una canción. Sacó del estuche la navaja y, tras llenarse la cara de espuma de jabón, empezó a afeitarse, silbando. De vez en cuando miraba fuera y sonreía, satisfecho, disfrutando el verde amarillento de las acacias y las tejas rojizas del pajar. Más lejos, en segundo plano, estaba el pomar, con las pequeñas naranjas y los melocotones famélicos. Detrás de los limoneros, se extendía hasta donde alcanzaba la vista la tierra de labranza, donde, ahora, solo había rastrojo. Al fondo, los montes severos donde dominaba el matorral y los conejos se multiplicaban. Pensando en futuras cacerías, António silbó con más fuerza.

El afeitado estaba casi listo. Tras una última pasada, apurando, se lavó la cara con el agua fresca de la palangana. Mientras se secaba, iba recordando la cena de la noche anterior. Se había sentado en la cabecera de la mesa, de forma natural. Maria Leonor se había puesto a la derecha y Dionísio y Júlia a la izquierda. Durante todo el tiempo supo mantenerlos alegres, atentos a sus chistes y a su palabra fácil y amable. Dos historietas que había contado hicieron que sus sobrinos se partieran de risa y ya no se separaran de él en toda la noche, queriendo a la fuerza jugar con él, divertidísimos y bulliciosos. Después, más tarde, cuando los chicos se fueron a la cama, cansados de jugar, se quedó solo con su cuñada, tomando café y charlando. Las tres ventanas que daban a la alameda estaban abiertas y, fuera, pasaban, con un rumor indiferente de voces y risas, los campesinos que volvían a Miranda después de cenar. Toda la velada transcurrió así, recordando peripecias de la infancia, juegos de los que fue, con su hermano, el protagonista heroico, mientras Maria Leonor lo escuchaba silenciosa y emocionada. Habían dado ya las doce hacía un buen rato cuando subió a su habitación.

Inclinado delante del espejo, iba pensando en todo esto, al mismo tiempo que se frotaba vigorosamente los brazos mojados hasta las axilas, cuando, de repente, se detuvo, inmovilizando en los labios la sonrisa que los animaba. Hizo un gesto de contrariedad y murmuró entre dientes:

—¡Idiota! ¡Qué tonterías se te ocurren!...

Se acercó a la ventana, con la toalla por los hombros. Y, con las manos apoyadas en el alféizar, lanzó alrededor, sobre la finca y los árboles, hasta el horizonte, una mirada admiradora y contemplativa. Se entretuvo por unos instantes viendo dos golondrinas que dibujaban en el aire, con sus cuerpecitos negros y blancuzcos, curvas de una maravillosa belleza, enredándose y desenredándose constantemente, como presas en una tela de araña invisible.

Volvió adentro y, tras acabar de asearse, salió. Bajó las escaleras canturreando una melodía popular. Por el camino se cruzó con Benedita, que se echó a un lado para dejarle pasar. Iba a saludarla, risueño, pero el saludo y la melodía murieron en sus labios al ver el gesto serio y duro de la criada. El contraste era tan flagrante, después de haber disfrutado la belleza del campo y la grandiosidad del sol, que no pudo dejar de mirar a Benedita con curiosidad, intentando adivinar qué habría detrás de aquella fisonomía grave. Y, con un tono de voz neutro y desanimado, le dijo:

—¡Buenos días, Benedita!

La criada sonrió con frialdad, entreabriendo los labios finos y secos, y respondió:

—¡Buenos días, señor António!

António se encogió de hombros con indiferencia y, en media docena de pasos, venció los últimos escalones. Se dirigió al comedor, de donde venía el olor apetitoso y fragante del chocolate que Maria Leonor servía en las tazas. La cuñada, cuando lo vio entrar, dejó lo que estaba haciendo y fue hasta él. Se apretaron las manos, mientras António la miraba fijamente, con interés. Maria Leonor se había puesto un vestido negro con un cuello gris, bordado, que formaba ondas alrededor del cuello y bajo la melena rubia con raya al medio, con las dos partes brillantes y cuidadas.

António reprimió en el último momento la palabra halagadora que iba a dedicarle y se sentó a la mesa, en el mismo sitio de la víspera. Al mismo tiempo que servía el chocolate, Maria Leonor preguntó a su cuñado cómo había pasado la noche. Él respondió:

—Fenomenal. De un tirón. Y me he despertado con el sonido de la más alegre sinfonía que he oído en los últimos tiempos. Los gallos de tu gallinero han cantado esta mañana con una afinación y un entusiasmo maravillosos. ¿Quién será el director?

—Seguro que no tienen director. Afinan y desafinan al azar. Y o entran todos a la vez como en una marcha militar, o alternan las voces y los timbres, como en una fuga...

Decían estas cosas fútiles, sorbiendo el chocolate a pequeños tragos, cuando entraron Benedita y los niños, estos todavía con los ojos y el pelo mojados por el baño rápido.

Mientras rodeaban a su tío, bromeando al recordar la noche anterior, Benedita pasaba su mirada de la señora a António Ribeiro, una mirada inquisitorial, perforadora como una barrena, una mirada que en su semblante agresivo y pálido tenía destellos de sospecha. Miró de nuevo a su señora, que volvía hacia ella la cara tranquila e indiferente, y, en el espacio que las separaba, sus miradas se cruzaron como espadas que se chocan y retroceden, temerosas del golpe final.

Hacía algunas semanas que ambas se sorprendían en una hostilidad mutua, reprimida y sorda, que aparecía y desaparecía rápidamente en cualquier momento y sitio. Habían acabado, casi sin darse cuenta, con la familiaridad íntima que tenían antes en sus largas conversaciones, serenas y fáciles. Se evitaban.

Cuando acabaron el desayuno, António susurró algo al oído de Maria Leonor. Benedita se inclinó hacia delante, pero enseguida se enderezó, tranquila e imperturbable, al oír a su señora responder:

—¿Un caballo? Sí, claro, aún tenemos. No tan buenos ni tan adiestrados como antes... —Se detuvo algo pálida y confusa, pero enseguida siguió—: ¡Te ensillamos uno!...

Elevó la voz para decir:

—Benedita, manda por favor que ensillen un caballo para el señor António...

—Como usted mande, señora...

Fue hasta la puerta y llamó:

—¡Teresa! ¡Teresa!

Cuando llegó la chica, le dijo:

—Dile a João que ensille un caballo. ¡Es para el señor António!...

Sabía que desagradaba a la señora con aquella orden.

Ya había notado que Maria Leonor había «torcido la nariz» ante el noviazgo de la criada y, por el mero placer de fastidiarla, hacía todo lo posible por acercar a Teresa y a su novio. A pesar de su puritanismo, llegaría, si fuese necesario, hasta el punto de arrojarlos al uno en brazos del otro para molestar a su ama.

António se levantó al oír el trote del caballo en el foso debajo de la ventana y dijo:

—¡Bueno, voy a empezar mis vacaciones! Una galopada y dos visitas: al doctor Viegas y al padre Cristiano. ¡Hasta luego!

Salió, despidiéndose de sus sobrinos, que se le agarraban, decepcionados, viendo los proyectos de jugar juntos deshechos por aquel paseo, totalmente imprevisto. Maria Leonor se asomó al balcón. Abajo, el criado agarraba al caballo por las riendas, mientras esperaba. Era un mozo fuerte, moreno, de hombros anchos y ágiles. Había en sus movimientos una armonía rítmica, segura y profunda. Y la mano que acariciaba las crines del animal poseía la inocencia, plena de belleza y serenidad, de las cosas puras.

Detrás del tío, los niños se marcharon a la alameda. Cuando António Ribeiro, con un salto ligero y decidido, subió al animal, metiendo los pies en los estribos, aplaudieron, contentos con el logro que era para ellos ir de paseo.

António hizo caracolear al caballo para saludar y partió al trote por la alameda inundada de sol. Al llegar a la cancela se volvió y, de pie en los estribos, se despidió con la mano, sin prisas. Maria Leonor, desde la ventana, también dijo adiós con su pañuelo blanco, entristecido por una estrecha franja negra. Volvió adentro, algo aturdida por la luz del sol, que casi no la dejaba ver la habitación y los muebles. Deslumbrada, estuvo a punto de tropezarse con Benedita, que la miraba a pocos pasos, enigmática, con los ojos brillantes. Y hasta que entraron los niños se quedaron mirándose la una a la otra, ojos clavados en los ojos, el rostro crispado, reteniendo las preguntas inevitables.

En aquel momento, feliz como un pájaro libre, António trotaba a lo largo del río, obligando al caballo a meter las patas en el agua, encantado al sentir las salpicaduras que le mojaban la cara. Iba radiante, apretando los flancos del animal entre las piernas, formando con la montura un cuerpo único, con la misma sangre, los mismos músculos, las mismas ganas de correr y saltar.

Cada vez le iban quedando más lejos las largas horas pasadas en la consulta de Oporto, atendiendo a pacientes, palpando las carnes en vísperas de pudrirse, sufriendo el hálito de los febriles y aguantando el pus de los abscesos. Ahora, por la orilla del río, con las largas ramas verdes de los sauces rozándole la cara y el aire puro y limpio del campo refrescándole los pulmones, se sentía revivir, en un ansia impaciente de disfrutar. Y todos sus sueños de chaval, todas sus ilusiones vitales avivaban en su espíritu con un revuelo repentino, como las aves despertadas, al sentir la docilidad del caballo bajo la presión de las rodillas y el mando fuerte y suave de las riendas.

Por un punto en el que el río de pronto se estrechaba, lo atravesó hasta la otra orilla con el agua rozando el vientre del caballo. Al otro lado, se detuvo por unos instantes, para orientarse. Entre dos filas blancas de membrilleros, salía un camino. El suelo era un colchón de polvo. Dudó. Pretendía visitar al doctor Viegas, era cierto, pero el Parral estaba abajo, al final de aquel camino abrasado y blanco que se contorsionaba como una serpiente cuya respiración era el polvo que se levantaba en nubes. No era nada agradable sofocarse porque sí bajo el sol que iba subiendo, chorreando llamas.

Pero, de repente, en sus treinta y cinco años gastados y desilusionados, hartos de miseria y dolor, brotó como una flor maravillosa el fuego de la mocedad, el impetuoso deseo de aventura, aunque no fuese más que galopar a rienda suelta por un camino cálido y lleno de polvo, en una radiante y fecunda mañana de sol.

Y con un espasmo de alegría casi doloroso, los ojos humedecidos de gratitud a sí mismo por sentirse todavía capaz de aquellos entusiasmos, encabritó al caballo y lo hizo correr por el camino, desapareciendo entre el polvo en un galope frenético, inclinado sobre el cuello del animal, riendo, riéndose como un loco.

Cuando se apeó en la puerta de la casa del médico, le dolía la boca de tanto reírse. Cogió al caballo por las riendas y subió por la callejuela, flanqueada por hermosas parras, que terminaba en los escalones que conducían al interior de la casa. Al final de los emparrados, al lado izquierdo, de un agujero en la pared salía un hilo de agua que venía del pozo, donde se oía el sonido pausado y regular de la noria. Y bajo el calor del sol y de la galopada, António bebió agua durante un buen rato, los labios resecos apoyados en el caño, en un chuperreteo fresco y tranquilo.

Después, se levantó y miró alrededor, escuchando. Excepto el ruido constante de la noria invisible, no se oía nada más. Iba a llamar cuando por detrás de la esquina del edificio salió un hombre en mangas de camisa, con una azada al hombro. Miró desconfiado a António y le preguntó, mientras lo escudriñaba de la cabeza a las botas polvorientas:

—¿Qué desea?

António tiró del caballo hasta la pila de piedra donde vertía el caño y respondió:

—Busco al doctor Viegas...

El hombre dijo:

—¿Está enfermo?

La inutilidad de la pregunta hizo sonreír a António.

—No, no estoy enfermo, soy un amigo suyo. Me gustaría verlo. ¿No está?

El hombre dudó, como pensando si debería llevar más lejos su curiosidad, y acabó respondiendo:

—No está, no, señor. Salió por la mañana temprano y debe de estar en Miranda...

António, molesto, lanzó las riendas por encima de la cabeza del caballo y, metiendo el pie en el estribo, se escarranchó con lasitud en el lomo. Pero el hombre parecía no haberse quedado satisfecho y volvió a la carga:

—Pero ¿quién es usted?

—Soy el cuñado de doña Maria Leonor Ribeiro, de la Quinta Seca. ¿La conoce?

El hombre se quitó la gorra.

—¡Sí, señor! Disculpe usted tanta pregunta, pero soy nuevo por aquí y no lo conocía. Como le he dicho, el doctor debe de estar en Miranda...

António le dio las gracias y, volviendo el caballo, bajó entre las parras hasta el camino. Su animación casi infantil se había evaporado y en su lugar quedó una preocupación madura, al mirar, por encima de las últimas ramas de los membrilleros, los campos secos, mientras el caballo lo conducía con un paso lento y perezoso. Ni caballo ni jinete parecían los mismos de un rato antes: a ambos los molestaba ahora el polvo, el caballo estornudaba y resoplaba, sacudiéndose; el caballero se protegía la nariz y la boca con el pañuelo.

Tras atravesar de nuevo el río, António azuzó al caballo a un trote breve hasta la aldea. Al llegar a las primeras casas, tomó un atajo que iba entre los olivos. Quería evitar encontrarse con alguien. No tenía ganas de hablar. Por el atajo saldría justamente delante de la casa del padre Cristiano, ya al otro lado del pueblo, en el camino del cementerio. A aquella hora era posible no encontrarse con nadie hasta allí. Continuó por detrás de las parcelas que daban al camino, entre los ladridos de los perros, que saltaban, furiosos, tirándose contra las vallas.

Por fin llegó a la casa del cura. Con curiosidad por el ruido de las patas del caballo, Cristiano se acercó a la ventana. Y al ver a António en el patio, desmontando con prisa, fue a recibirlo a la puerta, con los brazos abiertos, tembloroso en su senilidad:

—¡Hombre, el gran viajero! ¡Un abrazo, hijo mío!...

—¡Todos los que quiera, padre Cristiano!...

Se quedaron abrazados un largo rato. Pero rápidamente el padre se restableció de la emoción. E hizo entrar a António en un salón fresco como un oasis, donde el suelo nuevo era una mancha viva que contrastaba con el blanco de las paredes encaladas. Encima de una pequeña mesa, un gran crucifijo de palosanto y marfil abría los brazos con angustia. De fuera llegaba el zumbido grave del día caluroso.

En aquel frescor, mirando al viejo cura, António sintió que su espíritu reposaba de nuevo, se calmaba de la excitación de la galopada a casa de Viegas. Charlaron. Las palabras del sacerdote estaban impregnadas de la suavidad que los rodeaba. Entre los muebles viejos y el aroma fresco del salón, sus frases se quedaban flotando como resonancias puras de oraciones.

António salió mucho tiempo después. Una vez fuera, miró el reloj. Ya eran las once, pero, antes de volver a la finca, todavía tenía tiempo de subir, galopando, la cuesta del cementerio.

Al llegar, se apeó y sujetó el caballo a los hierros de la cancela. Se sacudió el polvo del traje y entró. El cementerio estaba desierto y silencioso. Fue por la arboleda central, con sábulo nuevo, haciendo crujir la arena bajo las botas de montar. Al final, junto al muro, estaba la tumba donde descansaba el cuerpo de Manuel Ribeiro. Al llegar a ella, António se paró. Delante, encima del sitio donde debía de estar la cabeza de su hermano, una pequeña caja de lata protegía, tras un cristal, un retrato ya descolorido. Debajo, en la tierra agrietada, dos jarroncitos de porcelana donde se secaban, por falta de agua, unas pocas flores. La sepultura tenía un cierto aire de abandono. Todavía bajo la influencia de la visita al cura y del ambiente de la pequeña casa al fondo de la colina, António bajó la cabeza y buscó en la memoria fragmentos de sus oraciones infantiles, balbuceando un rezo por el descanso del alma de su hermano.

Al acabar, cayó de rodillas en el suelo duro y seco y lloró, con una infinita melancolía. Después, se levantó y se fue, pegado al muro, donde aún se sentía alguna humedad, a cortar las pequeñas flores silvestres que habían nacido. Llenó con ellas la sepultura de su hermano, dejándola cubierta de un manto colorido, palpitante, vivo.

Salió, cabizbajo. Desató de la cancela las riendas del caballo y bajó la colina a pie, llevando al animal por la reata, en silencio, bajo la enorme luz despiadada que caía del cielo sobre su cabeza descubierta y sobre las flores que había dejado en el cementerio.

XIV

Después de comer, los niños subieron a sus habitaciones para descansar durante la hora de la siesta. Benedita recogió el servicio con ayuda de Teresa, y con ella desapareció en la cocina. En el salón solo quedaron Maria Leonor y su cuñado. Sentados cerca de una de las ventanas medio abiertas, reposaban en la penumbra suave, ya que la fuerte luz del exterior se atenuaba al filtrarse por las cortinas corridas. Había en toda la casa un silencio grave y expectante, más profundo con la modorra del día, que parecía chamuscado y seco bajo el calor implacable que caía como lluvia ardiente e invisible del cielo azul. El sonido asmático del reloj iba matando los segundos uno a uno, sin prisas innecesarias, como quien sabe que tiene la eternidad esperándolo.

En la atmósfera íntima del acogedor salón, sentados en los viejos sillones de mimbre, en cuyos brazos quedaba el tono cálido de las manos que se habían ido apoyando en ellos sucesivamente, António y Maria Leonor charlaban. Él había empezado contándole su paseo matutino, desde que salió hasta la visita a casa del cura. Un escrúpulo indefinible le impidió contar la subida al cementerio, sus oraciones y sus lágrimas, y la vuelta, a pie, triste, trayendo al caballo por las riendas. Maria Leonor, aunque estaba convencida de que había visitado la tumba de su hermano, tampoco le preguntó nada. Y se quedaron en silencio e incómodos, evitando mirarse, sabiendo cada cual lo que pensaba el otro. El recuerdo de Manuel Ribeiro ensombreció por un momento la casa. En ese silencio, el reloj continuó, incansablemente, con su camino hacia la consumación de los siglos.

Fue António quien quebró la tensión. Se levantó, fue hasta una de las ventanas y la abrió. Entró una bocanada de aire caliente, que hinchó las cortinas blancas y fue corriendo por la casa hasta el techo. Unos perros ladraron en la finca.

António se apartó de la ventana, volvió a entrar y se encendió un cigarro. Rodeó la mesa, aspirando el perfume del tabaco, y se detuvo pensativo delante de Maria Leonor, que había cruzado las manos en el regazo con su antiguo gesto de convaleciente. Llevaba el mismo vestido que por la mañana. El negro se diluía en la penumbra y solo las manos y el rostro brillaban como cristales preciosos. Un haz de sol se derramó sobre su cabeza, como la lluvia de oro en que se transformó Júpiter para seducir a Dánae.

La comparación mitológica le hizo sonreír. Pero enseguida lo reconsideró y la sonrisa se borró de sus labios. Se quedó mirando a Maria Leonor, algo incómodo con su inmovilidad. Hizo un esfuerzo para romper el silencio y le preguntó:

—Bueno, Maria Leonor, y ¿qué tal la situación económica de la finca?

De inmediato se arrepintió de la pregunta, sin saber por qué. Pero Maria Leonor, moviéndose como si se hubiera despertado en aquel momento, empezó a hablarle de las cosechas y las vendimias con una voz monótona e insípida, como si recitase un fragmento aburrido de la enciclopedia escolar. Cuando acabó, su cuñado apuraba el final del cigarro. Se quedaron de nuevo en silencio. A pesar de la aridez del tema, Maria Leonor se había animado. El pecho se le hinchaba lenta, profundamente, y en el cuello palpitaba una pequeña vena.

Esta vez, el silencio fue interrumpido por el sonido del reloj. Y, enseguida, apareció Benedita por la puerta, tan despacio que no se fijaron en ella hasta que dijo, con un susurro grave, con ligeras disonancias:

—Señora, ha venido el doctor Viegas. ¿Quiere que lo haga entrar?

Maria Leonor abrió los ojos, sorprendida. Su voz sabía a irritación cuando respondió:

—Pues claro. ¿Por qué no iba a entrar? ¿No es lo normal?

Benedita bajó la mirada y murmuró:

—Creía... —y se detuvo.

—¿Qué es lo que creías? —quiso saber Maria Leonor.

Pero enseguida se calló, perturbada. Benedita salió y volvió muy pronto con el médico, a quien acompañó hasta el salón. Después, cerrando la puerta, desapareció.

Viegas entró resoplando, acalorado, entusiasta. Y tras el fuerte abrazo que le dio a António, se volvió hacia Maria Leonor, preguntándole:

—¿Qué pasa, niña, qué tengo que hacer para llegar a tu presencia? ¿Hay que pedir audiencia para hablar contigo?

Maria Leonor se sorprendió:

—Pero ¿por qué?

—¿Por qué? ¿Qué te parece? El aire misterioso de Benedita y el tiempo que he esperado hasta que me respondió no me han hecho pensar en otra cosa. Que, además, es la primera vez que necesito que me anuncien en esta casa... ¿Es ahora necesario presentar una tarjeta de visita?...

—¿Cuánto tiempo ha esperado?

—¿Que cuánto tiempo he esperado? Déjame ver...

Sacó el reloj del bolsillo del chaleco y precisó:

—Cinco minutos.

Maria Leonor se encogió de hombros, enfadada.

—Las cosas de Benedita. Está en la luna...

El médico sonrió:

—¡Ah! ¿Estáis enfadadas? Patrones y trabajadores airados son un peligro, no tengas duda...

Se volvió hacia António y fue con él a una de las ventanas, agradeciéndole la atención que había tenido al ir a visitarlo, bien de mañana, por aquel camino tan lleno de polvo, y encima con la mala suerte de no dar con él. António le respondió, sonriendo, que le había costado más la vuelta que la ida, mientras el médico, tras dirigir un gesto interrogativo a Maria Leonor, llenaba la pipa de tabaco. Se entretuvieron en la ventana, Viegas explicándole el estado en que estaban los campesinos, con las malditas fiebres de los malditos arrozales. Se paró, de repente, y se volvió hacia Maria Leonor.

—Niña, los más elementales deberes de la hospitalidad mandan que al visitante cansado, que llega tras un largo paseo bajo un sol como este, capaz de freír huevos en una piedra, se le dé, al menos, un refresco. ¡Así que reclamo mi refresco!

Maria Leonor salió de la inercia que la había mantenido amarrada a la silla y se acercó a los dos hombres:

—Tiene razón, doctor. Discúlpeme. Tendrá su refresco.

Se volvió hacia su cuñado y le preguntó:

—Tú también quieres, ¿verdad?

—Pues sí, por favor...

—Esperen un poco, ¿vale? No tardo...

Salió del salón, ágil y elegante, con su vestido negro, que la hacía parecer más esbelta. António la siguió con la mirada hasta que desapareció. Cuando giró, de nuevo, el rostro atento hacia Viegas, lo vio mordisquear la punta de la pipa, con una expresión algo irónica. Tamborileó, molesto, con los dedos en los cristales.

—Así que, doctor, continúe. ¿Cómo cree que se acabaría definitivamente con el paludismo?

Viegas dio un resoplido y respondió:

—¡Ah, sí, las fiebres!... Acabar con los arrozales, secar todas las albercas que hay por ahí y alimentar a esa gente con quinina. Pero como no se puede hacer nada de esto, así vamos hasta el final del verano. Después, se curan por sí solos. Es verdad, me ayudarás mientras estés aquí, ¿no? ¿Eh?

—No sé si seré de gran ayuda. Además, usted no ha tenido nunca mucha confianza en mis cualidades como médico...

Viegas lo interrumpió, brusco:

—Exactamente. Pero unas fiebres las trata cualquiera...

Sonrojándose, António se preparaba para responderle, pero se calló.

Maria Leonor entraba en ese instante, llevando una bandeja con vasos grandes en los que flotaban amarillas cáscaras de limón.

Viegas dejó la ventana y se abalanzó. Agarró uno de los vasos que le ofrecía Maria Leonor y, apartándose los pelos del bigote, echó un buen trago. António se acercó también, todavía contrariado. A la mirada interrogante de su cuñada, respondió encogiéndose de hombros, displicente. Y aquella mirada y aquel gesto los aislaron, por unos segundos, del médico, que se había sentado para tomarse el refresco.

Se quedaron los tres en silencio, mientras bebían. Viegas hizo bailar el resto de la limonada en el fondo del vaso para disolver el azúcar y, echando la cabeza hacia atrás, se lo tragó. Soltó un «¡ah!» de satisfacción, apoyándose en los tacones de las botas polvorientas. Se limpió la boca con un pañuelo grande de cuadros azules que había sacado del bolsillo y se cruzó de brazos, contento, mirando alrededor.

Uno después del otro, Maria Leonor y António habían dejado en la bandeja los vasos vacíos. En el salón, entre el olor del tabaco, se quedó flotando un ligero perfume a limón.

Maria Leonor llamó a la criada y le pidió que se llevara la bandeja. Cuando se quedaron a solas, se miraron en silencio. António rumiaba, indispuesto, la ironía del médico y Maria Leonor observaba, por la ventana abierta, los campos encharcados de luz, que temblaban en el horizonte, en el lugar donde se confundían con el cielo, difuminándose el azul y el verde. Viegas sonreía, echando bocanadas de humo de su pipa.

António se levantó y dio unos pasos por el salón. El crujido de las botas sonó como un tiro en la quietud del ambiente y pareció despertar a Maria Leonor de su distracción. Iba a hablar cuando Viegas, sacando la cartera del bolsillo interior de la chaqueta, se adelantó:

—Cuando tres personas no saben qué decirse, hay que hacer un esfuerzo, y ese esfuerzo, casi siempre, acaba siendo peor que el propio silencio. Veremos lo que pasa esta vez...

Abrió un sobre y sacó una carta que desdobló sobre las piernas, con cuidado. António se sentó de nuevo y Maria Leonor se inclinó hacia el médico, apoyando los codos en las rodillas, con interés.

Viegas siguió:

—¡Bueno! No sé si tú, António, conoces los hechos. Si no los conoces puedo decirte, en pocas palabras, que Maria Leonor me ha pedido que le busque una casa en la que Dionísio pueda residir, comer, estudiar, vivir, en fin, mientras esté en Lisboa, en el instituto. Y es de eso de lo que vamos a hablar ahora.

Se volvió hacia Maria Leonor y añadió:

—Esta mañana he recibido una carta de mi hermano Carlos.

—¡Ah!...

Una leve sombra atravesó el rostro de Maria Leonor. Era el inicio de la separación que venía.

Viegas aclaró la garganta de los restos de tabaco y dijo:

—¡Bueno, voy a leer la carta! Y tú apreciarás y dirás qué te parece. ¡Allá va!

Y empezó a leer en un tono monótono y áspero, deteniéndose alguna que otra vez para darle una calada a la pipa:

Pedro: recibí tu carta hace cerca de ocho días y solo ahora me resulta posible responderte porque he andado atareado con unos negocios que, aunque al principio parecían esperanzadores, después se complicaron, hasta el punto de convencerme de que iba a perder un buen montón de dinero. Al final, todo en orden. Los negocios, unos van y otros vienen.

Después de leer lo que me escribiste, le pasé la carta a João, sin decirle una palabra. Quise que fuese él quien respondiera, puesto que en este asunto, según me parece, él es el principal interesado, sin contar, evidentemente, con ese chaval por el que te interesas y su madre. João leyó, releyó la carta, volvió a leerla y me la devolvió en silencio. Se metió las manos en los bolsillos, en un gesto muy suyo que manifiesta indecisión y perplejidad ante un suceso nuevo, de consecuencias inesperadas. Viendo que no decía nada, le pregunté qué le parecía. Se encogió de hombros y masculló algo que no entendí. Insistí y acabó diciendo que no le gustaba dormir acompañado. Lo tranquilicé diciéndole que eso no iba a pasar, porque además no creía que a tu Dionísio le gustase dormir en esas condiciones. Después de esto, se mostró satisfecho.

Así que me parece que es posible, puesto que João no puso mala cara. Por lo demás, en los días siguientes me hizo varias preguntas sobre la manera de tratar a los huéspedes en casa, qué iba a estudiar su futuro compañero, si sería más alto que él, etc. Puedes decirle a esa señora amiga tuya, doña Maria Leonor Ribeiro, según me informaste, que recibiré a su hijo en mi casa como si fuese mío y que no aceptaré de ella nada en forma de pago, si el chico puede ser, para João, el hermano que no le he dado. Te pido que presentes a esa señora mis más respetuosos saludos y que le des un beso por mí a Dionísio, futuro compañero de João. ¿Cuándo vienes a Lisboa? Te abraza, Carlos.

Viegas volvió a doblar la carta, respiró profundamente y, recostándose en la silla, concluyó:

—¡Y ya está! Es a estas personas a las que vas a entregar a Dionísio durante tres cuartas partes del año. No hablo de mi cuñada, que es, positivamente, aquello que se puede llamar un alma excelente. En casa, aparte de ellos tres, no hay nadie más, excepto las criadas, claro...

Se detuvo para sacar una cerilla y, manteniéndola encendida sobre la cazoleta de la pipa, preguntó:

—¿Qué te parece?

Maria Leonor se levantó, fue hasta la ventana, donde se entretuvo por unos momentos, en silencio, mirando la cúpula azul grisáceo del cielo abrasado. Después volvió y, parándose detrás de Viegas, le puso las manos sobre los hombros gruesos, respondiendo:

—Me parece bien. Al principio creía demasiado libre la forma como se estaba decidiendo la suerte de Dionísio. Pero el final de la carta me ha emocionado y me ha convencido. Solo tengo pena de no haber educado a Dionísio de forma que me permitiese, también a mí, poner la carta en sus manos y oír su opinión. —Suspiró y concluyó, con tristeza—: No todo lo que se hace con buena voluntad está bien hecho.

Viegas se rio, contento, y respondió, mientras se levantaba:

—Igual que las urracas de Sintra, ¿verdad?

—Exactamente. Igual que las urracas de Sintra...

António, que se había mantenido en silencio durante la lectura de la carta y en el curso de las palabras intercambiadas entre su cuñada y el médico, hizo un leve gesto de desperezarse y preguntó, bostezando:

—Entonces tenemos a Dionísio en Lisboa, ¿no?

Viegas respondió, mientras sacudía la pipa encima de un cenicero:

—Mejor dicho, tendremos. ¿Algo que oponer?

—¡No, de ninguna manera!, y mucho menos cuando Maria Leonor ya lo ha decidido. Solamente...

Maria Leonor se volvió hacia él:

—Solamente...

—Solamente... Te pido que no interpretes mal mis palabras, solamente, me parecía natural que recordases que vivo en Oporto y que en Oporto también hay institutos...

Maria Leonor se ruborizó y respondió sin dudarlo:

—No me acordé, lo confieso, pero creo que no me he equivocado al hacer lo que he hecho. ¡La cualidad de ser de la familia no me parece suficiente para suplir las que te deben de faltar, tratándose de la educación de un niño!...

António cruzó las manos por detrás de la espalda e, inclinándose en una reverencia profunda y burlona, replicó:

—¿Eso crees? Sois ambos muy amables, el doctor Viegas y tú... Con permiso.

Salió del salón y, durante algunos segundos, se oyeron sus pasos subiendo la escalera. Sonó una puerta. Maria Leonor iba a salir también, pero se detuvo y se quedó en el salón, nerviosa, dando golpes en el suelo con el pie, evitando mirar al médico, que la observaba, tranquilo y sonriente, y que acabó diciendo:

—¡Qué maleducado está el chico! ¿Qué le pasa, Maria Leonor?

—¡Qué sé yo! Estaba de buen humor, como ha visto. Y, de repente, viene con esas. Como un niño...

Viegas se rio en silencio, agitando los hombros. Se recompuso la chaqueta y, después de mirar el reloj, fue hasta la ventana para contemplar el sol.

—Todavía está bien alto y debe de hacer un calor de muerte. Pero, la verdad, prefiero los tres kilómetros hasta casa bajo esta solana que pasarme la tarde aguantando rabietas ajenas...

Golpeó con las botas la barandilla del balcón para sacudir el polvo y volvió adentro. Maria Leonor estaba sentada en uno de los brazos del canapé, pensativa, mirando los desvaídos dibujos de la alfombra, con grandes rosas mezcladas con ramas verdes y flores de peral. Viegas se detuvo junto a ella y, de repente, sin aviso, colocó dos dedos en la nuca de Maria Leonor, apretándola ligeramente. Ella soltó un gritito y miró estupefacta al médico, que sonreía, con un brillo irónico y malicioso en la mirada.

—¿Qué... qué ha sido eso? —y temblaba.

La sonrisa del médico se esfumó.

—¡Nada, niña! ¡Disculpa! No sé qué tontería me ha dado... Me perdonas, ¿verdad?... —Y cambiando de tono—: Bueno, entonces está hecho. Puedo decirle a Carlos que aceptas, ¿no?

Maria Leonor lo miraba, intrigada, preguntándose qué extraño capricho sería ese de apretarle la nuca, con tanta brusquedad que la había asustado. Respondió:

—Sí, sí. Puede decirle que acepto y se lo agradezco, pero que tendremos que hablar de las condiciones del pago de la pensión. Es demasiado que...

Viegas la interrumpió, molesto:

—No es demasiado nada... Mi hermano no busca la satisfacción material que le pueda dar tener a un pensionista. ¿No has oído lo que dice la carta?

—Sí, lo he oído, pero...

—Entonces, ¿qué más hay que decir?

Cogió el sombrero y concluyó:

—Está hecho, ¿verdad? ¡Hasta mañana!

Atravesó el salón y salió, con los hombros caídos y la espalda arqueada, encorvado. Se oyó un ruido de voces en la entrada y después la puerta que daba a la alameda. Cuando acabó el chirrido de la arena, Maria Leonor se dejó caer lentamente en una silla, se inclinó sobre la mesa, apoyó la cabeza en las manos y, sin saber el motivo, empezó a llorar muy bajito, sofocando los sollozos, con una angustia irreprimible que la llenaba por completo.

Unos pies que se arrastraban junto a la puerta la hicieron ponerse derecha de inmediato, con los ojos enrojecidos y húmedos y el corazón palpitante. Era Benedita, que entraba. Mientras la criada se dirigía a la ventana para cerrarla, Maria Leonor, manteniéndose siempre de espaldas, salió del salón.

Una vez fuera, se limpió los ojos y, tras una breve duda, subió las escaleras hasta el segundo piso. Allí arriba había un silencio de muerte. Se dirigió a su habitación y se sentó delante del tocador. Observó con tranquilidad su fisonomía, mirando al espejo. Se alisó el pelo con un peine, se retocó las mejillas ligeramente congestionadas con la borla de polvo de arroz y se echó una gota de perfume en la palma de las manos. Después, salió del dormitorio y se dirigió al despacho.

Al entrar, se sintió por un momento invadida por un pavor repentino, helada, temblando de los pies a la cabeza. En la butaca negra, inclinado sobre el libro abierto que reposaba encima de la mesa, estaba sentado António. Para Maria Leonor, aquella presencia de un hombre, allí, en la media luz del aposento, resultaba extraña, sobrenatural. Y se quedó inmóvil y silenciosa, apoyada en la puerta, mirando a su cuñado, que, absorto en la lectura, ni se había dado cuenta. Temblaba. Un fuego que parecía quemarla le subía por el cuerpo hasta la garganta, hasta los ojos, palpitándole en las sienes, trazando en su cerebro rayas luminosas, que resplandecían y se extinguían en una zarabanda orgiástica y mareante.

De repente, al pasar de página, António vio a su cuñada. Echó para atrás la silla y se levantó. Estaba pálido y nervioso. Rodeó la mesa y caminó hacia Maria Leonor, que se pegó a la pared, como si quisiera huir.

Parados el uno ante el otro, a centímetros de distancia, sentían el silbido de las respiraciones. La garganta de Maria Leonor se contraía espasmódicamente. Algo dentro de ella giraba y crecía, en una ola enorme que le llenaba el cráneo, zumbando en sus oídos, con un murmullo constante. En el silencio tibio y acariciante del despacho, António susurró, bajito, casi de forma inaudible:

—Maria Leonor..., ¿me perdonas por lo que he dicho abajo? Ha sido una tontería, sin duda... ¿Me perdonas?

Su voz era un rumor dolorido, un arrullo celoso y perturbador. Y los ojos le ardían.

Maria Leonor desfallecía en un terror delicioso, los ojos abiertos de par en par, húmedos como violetas aplastadas, y respondió, balbuceando:

—Sí..., estás perdonado.

Notaba que bajo los pies se abría un agujero enorme, profundo, donde se despeñaría en una caída que duraría toda la eternidad, rodando entre peñascos que le despedazarían el alma.

Cerró los ojos, tambaleándose. Cuando los abrió un poco, levantando los párpados cargados de voluptuosidad, vio avanzar hacia ella, entre la niebla de las pestañas, el rostro de su cuñado. Entreabrió los labios con un gemido, que fue cortado por el choque alucinado de las dos bocas, aplastada la carne en un dolor angustioso y consolador.

Las rodillas cedieron, muy lentamente, como si las fuerzas que la sostenían se hubiesen agotado muy despacio. Después, en una última contorsión, cayó sobre la alfombra, como un cuerpo muerto.

Echado sobre ella, António casi la aplastaba con su peso. Y, con la boca pegada a sus labios, le chupaba la respiración, como un vampiro hartándose de sangre. Maria Leonor, con los hombros contra el suelo, la boca sangrando, sentía que se estaba volviendo loca, y cuando las manos del cuñado la recorrieron entera, en una caricia lenta e insidiosa, un espasmo violento la sacudió epilépticamente. Era el final. Las manos, que apretaban el pelo firme de la alfombra, subieron, rápidas, hasta los hombros de António, y ahí se agarraron con fuerza, mientras dos gruesas lágrimas se le deslizaban despacio por la cara. La cabeza cedió como desfallecida y en todo su cuerpo empezó la lasitud del abandono y la renuncia.

En aquel momento sonaron pasos en la escalera. António se levantó de un salto y fue hasta la butaca. Allí se sentó con la cabeza entre las manos, mirando el libro abierto que tenía delante. Maria Leonor, con un enorme esfuerzo, gimiendo, se levantó, apoyándose en la estantería alta de caoba, en la que los libros presenciaban todo, mudos e impasibles.

Los pasos se acercaban. António intentaba dominar la agitación que lo invadía y hacía que le temblasen los hombros. Se obligaba a mirar el libro, a parecer ajeno a todo aquello que lo rodeaba, mientras Maria Leonor, amparada en la estantería, iba recorriendo con la mano inconsciente los lomos de los libros, como si buscase un volumen.

Cuando entró Benedita, ambos estaban en silencio y quietos. La criada se detuvo, sorprendida.

António alzó la cabeza, pero enseguida volvió a bajarla sobre el libro. Maria Leonor, que había cogido un volumen, lo hojeaba, trémula y ansiosa. Y cuando Benedita dio unos pasos por la habitación, los dos se aterrorizaron. En el silencio del despacho, aquellos pasos sonaban como los martillazos finales en un ataúd. Benedita se paró delante de Maria Leonor, que sentía sus ojos y su respiración quemándole la cara como brasas. Con una suprema voluntad de reaccionar, cerró el libro de golpe y observó a la criada. En sus ojos vio el brillo agudo de la desconfianza. La comisura de los labios le tembló convulsamente, y entre las pestañas destellaron dos lágrimas enormes que no caían, que se quemaban con lentitud en el fuego de los párpados.

Detrás de la mesa, António se levantó y fue caminando hasta la puerta, evitando mirar a las dos mujeres. Y salió. Sus pasos murieron en el pasillo enmoquetado, extinguiéndose con una melodía que se disipaba en el aire. Solo quedó el silencio. Por la estancia pasó la sombra fugitiva de unas alas, que volaron rozando la ventana. Y las dos mujeres siguieron vigilándose, hasta que Maria Leonor sintió la cara abrasada. Apartó los ojos hacia la alfombra, donde casi había muerto de gozo. Benedita siguió su mirada y pareció comprenderlo, inspiró profundamente y escupió:

—¡Guarra!

Fue un latigazo. Maria Leonor levantó las dos manos y la abofeteó. Y cuando Benedita, aturdida, retrocedió, le pegó más, ciega de rabia, consumiendo en aquel esfuerzo las últimas energías que le quedaban. Benedita se protegía la cara con las manos, mientras retrocedía hacia la puerta. Cuando llegó, Maria Leonor ya la había dejado, y estaba clavada en medio de la habitación, rígida, los ojos dilatados, sintiendo como si una mano de hierro le apretase la garganta. La criada la miraba, asombrada. Un sentimiento de vaga compasión le atravesó el alma, pero enseguida la absurda inmensidad de la traición la invadió y, en un arranque de odio y desprecio, le soltó:

—Y en la casa donde vivió su marido...

Echó a correr. Maria Leonor se quedó observando estúpidamente el fondo negro del pasillo por donde había desaparecido la criada. Después, se dejó caer en el suelo, a punto de desmayarse. Le pasaban por la cabeza mil pensamientos, que se chocaban entre ellos como planetas de un sistema de donde hubiese desaparecido el orden y la armonía. Tan pronto volvía a ver el funeral de su marido, bajo aquella imponente lluvia de marzo por los caminos embarrados del campo, como le parecía sentir en los labios, aún doloridos, la presión furiosa de la boca de António. Entre las nebulosidades crecientes de la inconsciencia, oyó fuera la carcajada de unos niños. Después se desmayó.

Cuando, un tiempo después, despertó del desmayo, miró alrededor, despavorida. Se levantó. Dio unos pasos dubitativos, tambaleándose. Se apoyó en uno de los extremos del escritorio y, pasándose la mano libre por la cabeza, intentó concentrar sus pensamientos. ¡Y se acordó! Entonces, una vergüenza infinita se apoderó de ella. Dentro de su alma había un desmoronamiento caótico: era como si todas las razones morales en que se puede apoyar una vida humana se vinieran abajo, dejando solo la polvareda de los escombros, el desaliento de las ruinas.

Apoyada contra el escritorio, los brazos caídos junto al cuerpo, dejó que las lágrimas se deslizasen libres por su cara. Pero eran lágrimas que no aliviaban. Cada una que le caía en el corpiño del vestido parecía perforarla a fuego lento. Se movió con dificultad y se secó los ojos, tan inútilmente como si intentase secar una fuente bebiendo un trago. Las lágrimas seguían abriéndole surcos profundos en el rostro, como ríos de lava en las laderas de un volcán.

En su angustia, sintió una gran compasión de sí misma y, cuando le vino al pensamiento la pregunta «Y ahora, ¿qué?», meneó desalentada la cabeza, mordiéndose los labios, con una tristeza enorme, con una pena impotente por su desgracia.

Iba a dirigirse a la salida, pero se paró, perpleja. La puerta estaba cerrada y abajo, en el suelo, la llave caída. Lo entendió. Benedita había vuelto y, para que nadie la viese tumbada en el suelo, había cerrado la puerta y había metido la llave por debajo. Sonrió con amargura al pensar que le tenía que estar agradecida por ello. Abrió y fue por el pasillo, casi arrastrándose, hasta su habitación. Cerró la puerta tras de sí, algo más tranquila con el aspecto familiar del cuarto. Las ventanas estaban cerradas, pero tenían las cortinas abiertas. Una claridad dorada hacía brillar las superficies de los muebles.

Al fondo de la cómoda se alzaba, blanca e inmóvil en su eterna plegaria, con los ojos de porcelana dirigidos en un éxtasis mudo hacia el techo, la imagen de la Virgen, emblema de pureza. Las cortinas de la cama caían en pliegues armoniosos formando un dosel, bajo el cual la colcha guardaba el perfume de las sábanas. La almohada, en la cabecera, tenía un pequeño hueco de curvas sosegadas y apetecibles. Atontada por la intensidad de la luz, que entraba por la ventana en un haz fino, una mosca revoloteaba con las alas brillantes cuando atravesaba la franja de sol que bajaba hasta el suelo.

Maria Leonor cogió una silla y se sentó. Escondió la cara entre las manos y, acomodándose en un gesto friolero de enferma, allí se quedó, inmóvil, en un pensamiento confuso, sobresaltada por los rumores de la casa. Se estremeció al oír la voz de Dionísio junto a la puerta cerrada, preguntando:

—¿Mi madre está dentro?

Otra voz, la de Benedita, le respondió:

—Está ahí dentro, pero no puede salir. No se siente bien. Así que no hagáis mucho ruido, ¿vale?

La voz desolada del chico se deshizo en un murmullo de pena. Después, fue cayendo la tarde. El cielo empezó a oscurecerse y la habitación a llenarse de sombras. Por una ranura de la cortina, Maria Leonor vio brillar en el cielo la primera estrella de la noche. Se levantó y la contempló a través de los cristales. En la bóveda, que se iba ennegreciendo, era la única luz que brillaba, con resplandores rojos, como un rubí clavado en el cielo. Parecía que todo el azul no tenía otro fin que no fuese hacer resaltar, por contraste, la belleza de la estrella. Pero todo el cielo poco a poco se fue llenando, aquí y allí, de puntos luminosos, como si, por detrás de la oscuridad azulada, acechase el despertar de un nuevo día, que así lograra iluminar la tierra.

Cuando la noche cayó por completo, Maria Leonor dejó la ventana. Caminó por el cuarto a tientas y se sentó en la cama. Se desnudó y se acostó. Le resultaba imposible dormir, pero se sorprendía por sentirse tan tranquila y serena. En sus ojos ya no había lágrimas. El cerebro se negaba a pensar en lo que había pasado, y no podía recriminar-se ni encontrar atenuantes que la justificaran. Entre las sábanas que la iban haciendo entrar en calor, poco a poco, se apoderaba de ella una sensación de seguridad e indiferencia que la aislaban de la realidad, como si bajo el mismo tejado que la protegía no hubiese dos personas a las que a aquella hora, es probable que lo que había pasado por la tarde, en el despacho, les provocase un torbellino de pasiones tumultuosas, refrenadas por la consciencia del secreto que había que guardar. Y era justamente saber que el secreto estaba seguro lo que le proporcionaba aquel sentimiento de tranquilidad.

El chirrido de la puerta al abrirse interrumpió su ensueño. Se encogió en la cama, asustada, esperando ver el rostro de Benedita surgiendo en la claridad de la lamparilla que traía. Pero no era Benedita. Era Teresa, que entraba con la cena.

—Señora, ¿se encuentra mejor?

¡La comedia seguía! Y Maria Leonor no tenía otra solución que no fuese desempeñar el papel que le habían asignado. Tras un instante de silencio, en el que analizó la cara compadecida de la criada, respondió:

—Estoy un poquito mejor...

Teresa dejó la bandeja sobre la cama y, mientras colocaba los platos, dijo:

—Hay que ver, señora, cómo, de un momento a otro... Cuando me lo contó Benedita ¡no podía creerlo! Estar perfectamente charlando y, de repente, sin previo aviso, desmayarse...

Ahí estaba la explicación. Benedita había sido ingeniosa, sin duda. Entre tanto, Teresa le colocaba la servilleta en el pecho, sintió una súbita angustia al pensar en el precio que tendría que pagar por aquella farsa. Toda su tranquilidad se evaporó, como un perfume olvidado al aire libre.

—¡No me apetece comer! Llévate esto, Teresa, llévatelo todo... Y sal de aquí...

La criada se inquietó:

—¿Qué le pasa, señora, se siente peor?

—¡No estoy peor! Es que no me apetece... Llévatelo,
llévatelo, venga...

—Así lo haré, si me lo manda... Pero mire que no le va
a sentar nada bien quedarse sin cenar...

—No te preocupes. Estoy bien.

Teresa cogió de nuevo la bandeja intacta y se dispuso a
retirarse. Casi en la puerta, se dio la vuelta:

—¿Dejo la luz?

Maria Leonor dudó:

—No..., ¡sí, sí, déjala!

—¿Quiere que venga Benedita?

¿Ella? Allí, solas en la habitación, forzosamente calladas, ¿por qué no habría de decir lo que tenía que decir?
Respondió apresurada:

—¡No, no quiero que venga! Cuando llame vienes tú,
¿me has oído?

—Sí, señora.

Teresa salió, cerrando la puerta. Por primera vez desde que Benedita entrara en el despacho, a punto de sor-
prenderla en el suelo, agarrada a su cuñado, Maria Leonor vio la situación clara: Benedita sabía lo que había
pasado. ¿Qué haría? Podía dominarla, esclavizarla, enca-
denarla al terror de revelar el escándalo, un día, cuando le
pareciese...

¡El escándalo! ¿Cómo había podido caer tan bajo?
¿Cómo sin amor, sin que otra pasión que no fuese la de sus
miserables sentidos la cegase, había podido echarse en los
brazos de un hombre, apretarlo contra su pecho, retorcerse
bajo su peso de animal en celo? ¡Qué miseria la suya! ¿Y ahora? ¿Qué podía hacer? En casa, siempre a su vista, una mujer que no lo había presenciado, pero que lo sabía... La

mirada clara y pura de sus hijos, la confianza de sus amigos, su trabajo, todo lo que hasta entonces había constituido su razón de ser quedaba a merced de una desconfianza, de una palabra suelta, de un gesto de denuncia. Y, en ese momento, sería la vergüenza, el insulto en la cara, la mirada apartada, la reprobación en el rostro de los demás, las murmuraciones, las insinuaciones torpes sugiriendo detalles lascivos... ¿Y él? ¿Qué haría, también? Él, que casi la había poseído, ¿qué diría?, ¿qué pensaría?

Un nuevo miedo se apoderaba de Maria Leonor: el de encarar a su cuñado, el de hablarle. ¿Cómo podría estar delante de él, solos o en compañía, viéndolo moverse, oyéndolo hablar, sintiendo en sus gestos y en sus palabras las intimidades de los seres que se conocen físicamente? Y volvía la misma pregunta, insistente, persiguiéndola como un perro de presa: «¿Cómo ha sido posible?...».

Tumbada en la cama deshecha, Maria Leonor era un harapo. No pegó ojo en toda la noche. De madrugada, la lamparilla, sin alimento, se apagó. En la oscuridad, solo aliviada junto a la ventana, por donde entraba una luz indecisa y opalina, lloró, como si en la claridad tuviese vergüenza hasta de su propio llanto. Después, exhausta de fuerzas y de lágrimas, en un desánimo que le oscurecía la razón, se quedó postrada, los ojos secos, inmóviles, fijos en el techo, que no veían.

Fuera, poco a poco iba acabando la noche. Y Maria Leonor empezó a notar con una creciente angustia los rumores del día que despertaba. Primero fue el canto claro, con una limpidez de cristal, del gallo en el gallinero. Después, el chirrido de los carros de bueyes, que pasaron junto a la vivienda, haciendo que temblasen las ventanas, y, cuando la luz ya iba iluminando los objetos en la habitación, el ruido de las puertas que se abrían y cerraban, el sonido de los pasos que resonaban en la casa. Eran, todos ellos, los sonidos habituales de sus mañanas. Pero ahora tenían un significado diferente: era el día que llegaba, los rostros que se le acercarían, las preguntas a las que tendría que responder, la verdad, ¿quién sabía?, que se desvelaría para mostrar su cara avergonzada. Tendría que levantarse y entrar en el círculo vivo de los habitantes de la casa, dejar aquel refugio donde, a pesar de todo, se sentía segura...

De repente, empezó a escuchar en el fondo del pasillo, cerca de la escalera, voces que hablaban alto. Llegaban a sus oídos ruidos de objetos arrastrados, el batacazo sordo de algo pesado que caía. Se incorporó en la cama, inquieta, intentando descubrir el motivo de aquel jaleo. Ahora, las voces pasaban por delante de su puerta, posiblemente de camino al despacho. Y de allí, enseguida, llegó el rechinar de cajones abiertos. En la escalera, movían un objeto pesado, que chocaba uno a uno con los escalones, cada vez más lejos, hasta el piso de abajo. Volvieron a oírse las voces, más fuertes, y esta vez se pararon delante de la habitación. Allí se atenuaron, susurrando, y siguieron.

Abajo, la puerta que daba a la finca se abrió y hubo en la alameda una multitud de rumores confusos, entre los que sobresalía el sonido de las patas de un caballo en las piedras de la entrada. Alguien le habló al animal y, de inmediato, se oyó el ruido de una carreta por la arena del camino.

Maria Leonor se devanaba los sesos esforzándose por descubrir la causa que obligaba, tan temprano, a semejante barullo. Agotada como estaba, ni siquiera se le había ocurrido levantarse para ver lo que pasaba. Y ahora que todo había terminado, recaía en su lasitud, indiferente sobre la almohada.

La habitación ya estaba completamente iluminada. Fuera tocaron, acompasadas, las ocho de la mañana. Maria Leonor se removió en la cama, buscando una postura más cómoda para descansar. Un dolor muy fuerte le atravesaba la espalda. Estiró las piernas, suspirando, y cerró los ojos cansados, rodeados por unas anchas y profundas ojeras.

Por unos momentos, fue la Maria Leonor de los días felices, cuando, en la tibieza de las sábanas, sintió el reposo de su cuerpo desfallecido. Los labios, curvados con amargura, se abrieron en una sonrisa triste, que le descubrió los dientes amarillentos por la fiebre.

Iba a dormirse cuando, en un estremecimiento brusco, abrió los ojos, asustada. El corazón le latía con fuerza y oía la resonancia sorda de sus costillas que vibraban. En el momento exacto en que iba a sumergirse en el sueño, el pensamiento había iluminado en el cerebro el rincón oscuro donde se escondía el fantasma que la perseguía. Mirando a la Virgen, eternamente muda y bendita, le tendió las manos suplicantes en una petición angustiosa de paz y salvación. Cuando terminó de rezar, cayó abatida, los ojos clavados en la imagen, que sonreía, en la plenitud del éxtasis que parecía desprenderla de la nube de porcelana blanca que la retenía.

Tocaron con suavidad a la puerta. El silencio en la habitación se hizo mayor tras aquel sonido. La voz de Maria Leonor temblaba cuando dijo:

—Entre, ¿quién es?...

La puerta se abrió con cuidado. Maria Leonor cerró los ojos, temiendo verlo. En la oscuridad oyó unos pasos que se acercaban a la cama. Apretó los párpados con más fuerza. Era horrible saber que, al abrirlos, vería a Benedita, su rostro impasible, su frente ríspida arrugada con severidad...

—¿Qué tal, señora, cómo se encuentra?...

No era Benedita. Era Teresa, con el desayuno. En el suspiro de alivio que entreabrió los labios de Maria Leonor había también decepción. Tenía que esperar, y el aplazamiento le deparaba nuevas torturas.

Mientras Teresa le servía, la miró de reojo y le sorprendió ver su expresión indignada. ¿También esta lo sabría?

Con un nudo en la garganta, le preguntó bajito, los ojos en la taza de leche:

—¿Qué te pasa, Teresa?

La chica soltó un suspiro y se desahogó:

—¡Parece mentira, señora!... ¡Es una vergüenza que el señor António haya venido de tan lejos para hacer lo que ha hecho!

Maria Leonor se echó hacia atrás, despavorida, y se le encogió la voz al preguntar:

—¿Cómo? ¿Qué estás diciendo?

—Lo que le acabo de decir. ¡Es su cuñado, lo sé, pero no por eso puedo dejar de decir que se ha portado como un granuja!

Maria Leonor se negaba, no quería entenderlo. ¿Sería posible que Benedita le hubiera contado a todo el mundo, tan despreciablemente, su locura, manchando su nombre? Todos lo sabían...

Insistió, incrédula, a pesar de todo:

—Pero ¿qué estás diciendo? ¿Qué es lo que sabes? ¿Quién te lo ha contado?

La criada respondió de un tirón:

—Ha sido Benedita. ¡Bien temprano, nada más levantarnos, nos ha llamado a la cocina y nos ha contado todo!

La voz de Maria Leonor era solo un soplo:

—¡Todo, santo Dios!... Qué vergüenza...

—¡Eso es, señora, qué vergüenza!... Querer quitarles el pan a la señora y a los niños. ¡Eso es de granuja!

Maria Leonor se apretaba la cabeza entre las manos, como una loca. ¿El pan? Pero ¿qué pan? No se trataba de eso. Allí había un tremendo equívoco...

La criada seguía:

—¡Un señor con formación debería ser más honrado! Venir aquí, a propósito, para exigir no sé qué, la mitad de lo que es de la señora, solo de la señora y de los niños...

¡Ah, era eso! Pero entonces... ¿qué era lo que había pasado? ¿Qué había sucedido bajo ese techo desde que se encerró en su cuarto? Empezaba a creer que se había vuelto loca cuando la criada continuó:

—Ya se marcha. ¡Y mire, señora, que Benedita le ha soltado un rapapolvo como no debe de haber oído muchos, ni de su padre!... Cuando se ha subido a la carreta, hasta llevaba los ojos enrojecidos, parecía haber llorado. ¡No, que Benedita cuando quiere dice las cosas muy claras!...

En su animación, Teresa, exaltada, daba golpes con los pies en el suelo, gesticulando. Maria Leonor se había recostado sobre el cabecero y se reía, se reía perdidamente, con una risa que se parecía a un sollozo. La criada se sorprendía ante la alegría ruidosa de su señora, que casi se quedaba sin respiración. Y empezó también a reírse.

De repente, en un jadeo estrangulado, la risa murió en la garganta de Maria Leonor. Benedita apareció por el vano de la puerta. Venía como la había imaginado durante las horas insomnes de la noche: tiesa, con el rostro duro y hostil, el andar silencioso, el aspecto de una acusación viva. Bajó la mirada hacia sus manos, que temblaban en el pliegue de la sábana. Teresa sofocaba los últimos restos de su risa.

Benedita se detuvo al lado de la cama y susurró:

—Muy buenos días, señora.

Maria Leonor levantó la mirada y respondió, con una voz débil, que parecía a punto de romperse en cada inflexión:

—Buenos días, Benedita...

La criada siguió:

—¿Está mejor? —Y sin esperar respuesta—: El señor António ha decidido, después de lo que pasó ayer, volverse a Oporto. Ha dejado una carta, que ahora le entrego...

Sacó del bolsillo del delantal un sobre cerrado. Maria Leonor hizo un gesto de rechazo, pero algo en la mirada de Benedita la obligó a coger la carta, que dejó caer enseguida sobre el colchón, como si quemase. Abrió el sobre y sacó una hoja de papel de carta, escrita deprisa. Leyó para sí misma:

Maria Leonor: me marcho a Oporto. Perdóname. Olvida lo que pasó ayer. Vine para exigirte la mitad de la finca. Benedita lo sabe... Adiós. António.

Las manos de Maria Leonor temblaban convulsamente. Levantó la cara hacia Benedita, con una expresión de humildad eterna, de reconocimiento sin límites.

La criada preguntó:

—¿Qué le parece?...

Era una orden. Era necesario ser comediante. Y Maria Leonor, sintiendo que se estaba ruborizando de vergüenza, balbuceó:

—Se disculpa...

Benedita dijo, comprensiva:

—¡Ah, sí!...

Se volvió hacia Teresa y dijo, con toda tranquilidad:

—¡Vamos, niña! Hoy hay mucho que hacer: lo primero es limpiar el cuarto donde ha estado el señor António... Abrir la ventana, airear bien...

Salió con su compañera. Desde la puerta, se volvió y le dijo a la señora, que se había quedado inmóvil, aturdida por la sencillez dramática con que se había resuelto el asunto:

—Creo que es mejor que esa carta desaparezca, señora. Puede quemarla, por ejemplo...

Maria Leonor miró la carta, que aún sostenía entre los dedos, y respondió, con humildad:

—Pues sí...

Cuando se quedó sola, dejó la carta sobre la superficie de mármol de la mesilla de noche. Después, temblando, sin atinar con los gestos que hacía, encendió una cerilla. La llamarada surgió bruscamente, pero enseguida se apagó. Encendió otra cerilla y la acercó al papel. El borde de la carta se puso negro al contacto con la llama y se retorció sobre sí mismo. La combustión empezó rápida y, en un momento, devoraba todas las letras. En unos segundos, con un resplandor más alto en el aire, la llama se apagó, dejando tan solo unos puntitos luminosos que corrían por la ceniza negra. Sobre la piedra, una vez extinguida la llamarada, la hoja de papel todavía se arrugaba, como si en sus tenues fibras se crispase un nervio oculto.

Un sollozo sofocado sacudió el pecho de Maria Leonor. Se incorporó en la cama y, al levantar la ropa que la cubría, la corriente tiró al suelo el trozo de papel quemado. En un gesto irreflexivo estiró las manos para cogerlo y lo apretó entre los dedos antes de que cayese. La ceniza se deshizo en pequeñas partículas negras.

XV

La noticia de la marcha de António Ribeiro se extendió por la finca a una velocidad increíble. Cuando el personal dejó el trabajo para comer, ya todos sabían que el cuñado de la señora había venido de Oporto para reclamar, aunque sin razón, una parte de la propiedad, que se había producido una situación tremenda entre ellos, de tal modo que la señora se había sentido abatida y tuvo que meterse en la cama, con fiebre. Según la opinión general, había sido Benedita quien lo había echado de la casa y se hablaba del aire apesadumbrado que llevaba António al marcharse.

Sentados a la sombra de los árboles, durante la siesta, mientras el sol plomizo centelleaba en la tierra reseca, los trabajadores comentaban irritados la conducta del hermano del difunto patrón. Y había quien señalaba nuevos detalles oídos de la propia boca de Benedita, que había asegurado que el señor António tardaría en volver a la finca, si es que volvía...

En la cocina, en el lagar, en la huerta se levantaba un coro de condena al mal pariente que había querido robar. Y de un lado a otro, incansable y valiente, Benedita hacía su particular viacrucis, provocando el desprecio y el odio al usurpador, que se había espantado como un cuervo miedoso ante la resistencia de dos mujeres. Y había risas de burla en aquellas bocas talladas por la vida al aire libre, y encogían desdeñosamente los hombros encallecidos por las cargas. Se ridiculizaba al cazador cazado, que viniendo a por lana había salido trasquilado.

Cuando los hombres volvieron al trabajo sintieron, al

echar mano a las azadas y palas de limpiar trigo, la seguridad de quien todavía pisa un suelo que le pertenece, de quien, tras un susto, recobra poco a poco la tranquilidad que modera las palpitaciones exaltadas del corazón. Y durante la tarde, mientras el trigo subía y bajaba en el aire como polvo de oro soltando las pajas, se oyeron en la era comentarios al suceso.

—El hidalguito, ¿eh?... No seré yo quien lo quiera como patrón.

—¡Ni yo! ¡Lo echaría corriendo!

Y alrededor del nombre de António Ribeiro se iba alzando una atmósfera de maldad. En aquel momento, todos le negarían el agua si lo viesen muriéndose de sed, todos pasarían de largo si lo viesen caer al borde de un camino.

En cierto momento, cuando Benedita atravesó la era hacia el lagar, dejaron de trabajar para seguirla con la mirada, en un agradecimiento mudo que rayaba en la veneración. Después, volvieron a la labor, mientras Jerónimo iba contando de grupo en grupo lo que había pasado hasta que António Ribeiro se subió al tren en el que se había marchado.

Cuando cayó el sol, dejaron de trabajar. Y, en grupos, con las chaquetillas al hombro y las gorras caídas sobre los ojos, el acero de las herramientas tintineando al ritmo de la marcha, salieron de la finca, de camino a casa, hacia Miranda. Cuando pasaron bajo las ventanas de Maria Leonor levantaron la vista y alzaron la voz para hacer sentir su presencia, probando la continuidad de su dedicación.

Por la noche, después de cenar, en las tabernas de Miranda se volvió a contar la historia, ahora ya aumentada, al estilo de una leyenda tenebrosa, que provocaba caras de asombro en los que aún no la conocían. En la taberna de Joaquim Tendeiro había un murmullo exaltado, una profusión de gestos que representaban la pantomima del drama con trazos artísticos. Y todos trataban de impresionar al dueño de la casa, aumentando siempre, a cada relato, la enormidad de la malvada exigencia. Joaquim Tendeiro era quien abastecía de alimentos la finca. Tenía que saber bien que aquello era todavía de doña Maria Leonor... Pero él, curioso como el gato de la historia, quería saber más y más detalles...

—Pero ¿había alguna razón legal en la que pudiese apoyar el señor António Ribeiro su exigencia?

El tabernero tenía la preocupación por las frases bien construidas, y la lectura cotidiana del periódico le había dado aquel «legal» que tanto le gustaba y que usaba a troche y moche. Los hombres, sencillos como azadas, siempre se las veían y se las deseaban para entender aquellos devaneos lingüísticos, y esta vez les costaba comprender cómo podría apoyarse en una razón legal el señor António Ribeiro. Al final, se encogieron de hombros: solo sabían lo que les habían contado y ya era suficiente... En cuanto a las razones legales, que se fuesen al diablo... El dueño de la taberna se resignó a no saber el motivo, el porqué, y en todo el grupo fue el único que pensó que debía de haber un porqué. Por lo demás, tampoco le importaba mucho, pero, mientras limpiaba la barra sucia con un paño más sucio aún, iba rumiando que si Benedita hubiese aceptado casarse con él, ahora estaría en la intimidad de la familia y podría saberlo... Era su gran pena. Había tenido aquella oportunidad de subir en la escala social del pueblo y no había sido posible.

Apoyado en un tonel, en el que había escrito con tiza el precio del contenido por litro, el tabernero soñaba, retorciendo el trapo, que era como la insignia de su profesión.

Y, en un arranque de incomprensión, odió su negocio, el vino, a Benedita, la finca, cuando, desde una mesa donde jugaban a la brisca en medio de una espesa nube de humo, alguien reclamó:

—¡Otra ronda, tío Jaquim!...

Tío Jaquim, ¿eh?... ¡Otra ronda más para aquellos borrachos!

Y mientras llenaba los vasos iba, mentalmente, mezclando veneno con vino... Al servir las bebidas, surgió una cuestión en el extremo de la otra mesa. Ya hacía un rato que se discutía la destreza de dos de los presentes podando olivos. Entre tanto, uno insistía en que, si no era a serrucho, el corte no quedaba bien; el otro gritaba, rojo, agitando los puños enormes, que podía podar un olivo dejando los cortes tan lisos como un cristal, y todo esto a podón...

—A podón, ¿lo has oído bien? ¡A podón, alma de cántaro!...

El otro lo negaba: que no, que el serrucho era más seguro y que eso del cristal era un cuento... En esto, el del podón perdió la tranquilidad por completo y, levantándose, con las piernas temblorosas por el vino, retó a su adversario a ir con él a la viña del Pato, a ver un corte que había hecho hacía más de diez años y que todavía estaba tan liso y suave como un cristal... Y a podón...

Salieron los dos de la taberna, pegados el uno al otro, con pinta de no ir más allá de la primera esquina.

El tabernero, enfadado, empezó a bostezar, y enseguida fue empujando hacia la puerta a los últimos clientes, que, despidiéndose ásperamente, se dispersaron por las calles, de camino a casa. Una vez que la taberna quedó vacía, volvió adentro para ordenar los bancos y limpiar las mesas, llenas de manchas de vino. Se limpió las manos en el delantal mojado y volvió a la puerta para cerrar. Ya había echado el cerrojo a medias cuando oyó, en la plazoleta oscura y silenciosa, el trote de un caballo. Se centró en la oscuridad para ver quién era, pero el caballero le ahorró ese esfuerzo, dirigiéndose hacia él. Al bajarse, entró en la franja de luz que se proyectaba por la puerta sobre la calle. Era el doctor Viegas.

—¡Buenas noches, Joaquim! ¿Ya ibas a cerrar?

El tabernero se inclinó:

—¡Buenas noches, doctor! ¡Ya me marchaba, sí, señor!... Pero esta casa siempre está abierta para usted. Haga el favor de entrar.

El médico entró y se sentó mientras el tabernero corría a una vitrina, de donde sacó un vaso limpio y una garrafa de vino de Oporto.

—Lo de siempre, ¿verdad?

—Sí, claro, lo de siempre...

Cuando volvía de sus visitas nocturnas, pasaba sin falta por la taberna para tomarse una copa de oporto de 1860, que el tabernero guardaba con avaricia para las personas con posibles de aquella tierra. Últimamente, solo el doctor Viegas probaba el néctar, y los momentos en que sorbía con deleite el precioso vino eran, para el tabernero, de los más agradables de su vida. Se sentía casi igual que Viegas por tener un vino que sus colegas no tenían, un vino que merecía ser bebido por médicos. En este ambiente, se sentó frente a Viegas, vigilando su sonrisa complacida y la cara alegre inclinada sobre la copa, donde el vino brillaba como una joya extraña.

Viegas le dio un trago lento, saboreándolo, y preguntó mientras soltaba la copa:

—Bueno, Joaquim, ¿qué novedades tenemos?

El tabernero se encogió de hombros:

—¡Bueno! No hay novedades... Todo igual... De no ser lo de la finca, que el doctor ya sabe, seguro...

El médico se sorprendió:

—¿Lo de la finca? ¿Qué finca?...

—¿Qué finca? ¡La de Quinta Seca, doctor! ¿Todavía no se ha enterado?

—¡No sé de qué me hablas! Pero ¿qué es lo que pasa? ¿Hay algún enfermo?...

El tabernero lo interrumpió. Nada de eso. Por lo que parecía, el doctor aún lo ignoraba. Si le daba permiso, él le contaría cómo había sido todo, según, claro, se lo habían contado a él. Por la absoluta veracidad de la historia no se responsabilizaba, evidentemente, sabido como era... Pero él se lo relataría...

Y así lo hizo. Viegas lo oyó con atención, sin interrumpirlo, pero, cuando acabó, respondió, dudoso:

—Pero ¿qué diantres de historia es esa que me acabas de referir? ¿Quién te ha contado esos disparates?

Al oír clasificar de disparate lo que había adornado con las más bellas flores de su retórica, el tabernero respondió, molesto:

—¿Disparate? ¡No me parece ningún disparate! ¡Quienes han venido con esa historia han sido los trabajadores de la finca y seguro que no se lo han inventado!...

El médico ya no escuchaba y rumiaba:

—¡Qué te parece..., qué te parece!...

El tabernero siguió:

—Está sorprendido, ¿verdad? ¡A mí me ha pasado lo mismo! Y bien creo que ahí hay alguna cosa...

—¿Qué cosa?

—No sé, algo, comprende, algo que... que...

Buscaba la palabra, agobiado por acabar la frase. Se miró el delantal mojado y concluyó, con una sonrisa de satisfacción:

—¡Algo que ha quedado en la sombra, claro!...

El médico bromeó:

—Con este sol, se antoja difícil que algo se quede en la sombra. Bueno, mañana me entero.

Fue hasta la puerta y se asomó. La luna empezaba a subir por detrás del tejado de la iglesia. La cruz se perfilaba, negra, sobre el fondo claro del cielo. La plazoleta, silenciosa, estaba iluminada por la luz de la luna. Viegas se frotó las manos y dijo hacia dentro:

—Bueno, me voy. El animal se está quedando frío. ¡Buenas noches! Gracias por el vino.

Se montó en la yegua y se marchó al trote. Al doblar la

curva del camino, se despidió con un gesto del tabernero, cuya silueta se distinguía en el umbral de la puerta. El tendero permaneció por unos momentos mirando hacia fuera y refunfuñó algo al ver la masa blanca de la iglesia resaltando entre el caserío bajo de la plaza; el tabernero era un hombre de ideas firmes y nadie lo convencería de que la iglesia valía más que las casas... Más aún: ¡ya lo había dicho en la Reguraduría y nadie lo había arrestado por ello!...

Dio un tirón decidido al delantal e hizo aquello que llamaba, orgulloso de su frase, darle con la puerta en las narices a la iglesia: cerró la taberna.

Después, una vez dentro, echó un vistazo al establecimiento, contemplando la simetría de las mesas. Las botellas alineadas en las estanterías le llenaron de placer y orgullo: era lo que había rechazado «doña Benedita». Pero también hubo quien lo aceptase...

Al acercarse a la mesa en la que se había sentado el médico, se detuvo, sorprendido: ¡había dejado vino en la copa! Entonces, cuidadosamente, con el esmero de quien toca algo muy frágil, volvió a echar en la botella el vino que había quedado, aquel precioso vino de 1860, que reservaba para las personas con posibles.

Guardó la botella en la vitrina y, tras echar una ojeada por la taberna, apagó la luz y subió, a tientas, al primer piso, donde, en la cama de matrimonio, ya dormía a pierna suelta la copropietaria del establecimiento. El tabernero se desnudó deprisa y se acostó. Le dio la espalda prosaicamente a su mujer y enseguida se dormiría...

Mientras tanto, por el camino que lo llevaba a casa, Viegas moderaba el trote de la yegua hasta dejarla al paso. Y atravesando los olivos silenciosos, iluminados por la luna, iba reflexionando sobre las cosas extraordinarias que le había contado el tabernero. ¿Qué historia sería aquella de exigir la mitad de la propiedad? Era evidentemente un disparate, una invención sin pies ni cabeza.

Al llegar al sitio donde debía dejar el camino para vadear el río, se le ocurrió ir a la finca, dando después la vuelta hacia su casa por el puente, pero acabó encogiéndose de hombros con indiferencia y obligó al animal a entrar en el agua. En la otra orilla, los sauces formaban una muralla negra, que se alargaba siempre con la misma altura, como si fuese cortada a tijera, y extendía casi hasta la mitad del río las puntas flexibles de las ramas más jóvenes. De vez en cuando un chopo se elevaba hacia el cielo, retorcido y desgajado, y brillaba, allí arriba, bajo la luz de la luna, oscilando al impulso de la brisa ligera. Entre las patas de la yegua, que cruzaba el río, el agua pasaba con su rumor, formando burbujas que se iban con la corriente, hasta debajo de la sombra de los árboles, donde explotaban.

Al otro lado, la yegua se sacudió, estremeciendo todos los músculos, agitando la cola contra los flancos. Viegas paró al animal en lo alto de la ladera y observó el campo raso que tenía delante, bañado por el resplandor lechoso del claro de luna, rasgado en sombras negras en los sitios donde crecían árboles. Había una inmensa paz en toda la tierra alrededor.

XVI

Al día siguiente, el trabajo en la finca volvió a empezar a la hora de costumbre. En la era, los mismos brazos del día anterior lanzaban por los aires el trigo, que se ruborizaba en la claridad del amanecer. Los mismos bueyes tiraban de los mismos carros, con la misma infinita paciencia y la misma fuerza suprema. Un viento igual sopló en las ramas de las acacias que bordeaban la alameda y las ramas se balanceaban con la misma calma y el mismo rumor.

Dentro de la casa, sin embargo, la atmósfera que se respiraba era extraña, diferente. En el aire había una especie de sordo murmullo de batalla, una trepidación de esfuerzos contrarios, una expectativa ansiosa que esperaba sin saber el qué. En aquella casa llena de mujeres bullían invisibles las sospechas discretas.

La noche había sido para Maria Leonor otra de largo y persistente insomnio. Pero esta vez no eran el remordimiento y la vergüenza los que le robaban el sueño. Intentaba reconstruir fríamente lo que había pasado y, deduciendo el futuro, proyectar su conducta con toda la gente: hijos, trabajadores, amigos... Veía con claridad que no tenía que temer ninguna indiscreción: el comportamiento de Benedita y su preocupación por explicarlo todo la convencían de ello. Así, solo le quedaba mantener en el fondo de su error, donde no llegasen nunca los recuerdos, todo lo que había sido el origen de aquellos días terribles. Se sorprendía al sentirse vagamente cínica: su incapacidad para sufrir más le había embotado la sensibilidad hasta la indiferencia. Cuando se levantó, tenía el semblante sereno y la mirada limpia, en paz y segura de sí misma, como si tuviera en las manos, ya para siempre, las riendas que conducían su destino.

Tras asearse con rapidez, bajó las escaleras. Por el camino se cruzó con Teresa, que subía. Al mismo tiempo, por la puerta, se escapaba a toda velocidad el bulto de un hombre. Maria Leonor sonrió, complaciente, y respondió al saludo de la criada. Era el amor vivo que acompañaba siempre, cuando se veían, a Teresa y su novio. No podía ser de otra forma; aquello, la búsqueda constante del sexo, era antiguo como la vida, más antiguo aún que la propia vida, porque el deseo de amor habría existido, completo y definido, en los designios de la creación, desde el principio.

Mientras desarrollaba así en su espíritu aquel inicio de una filosofía del amor, Maria Leonor bajó del todo la escalera y caminó rápidamente hacia la puerta. Al llegar aspiró, deleitada, el aire fresco, fino como una aguja, y miró la finca que tenía delante, entre los troncos de las acacias.

Se entretuvo un poco observando el trozo de era que veía desde allí, y volvió adentro. Del comedor venía un ruido de tazas y cubiertos. Dudó antes de entrar: sabía que se encontraría a Benedita, estaría con ella a solas por primera vez desde que se marchó su cuñado. Se enderezó con energía y decisión, intentando dominar la debilidad. Al llegar a la puerta, oyó cómo se rompía algo de loza. Furiosa con el estropicio, irrumpió en el comedor, olvidando su cobardía.

Benedita, en la cabecera de la mesa, miraba enfadada un trozo de una taza que tenía en las manos: el resto estaba esparcido por el suelo, en mil pedazos. Al oír entrar a la señora, dejó el trozo que quedaba encima de la mesa y esperó, bajando la mirada.

Maria Leonor, con una agitación insufrible, casi gritaba:

—¡A mí me parece que hay que tener más cuidado con esas cosas! ¿No crees?

Por el rostro de Benedita pasó la sombra de una sonrisa y enseguida el pánico empezó a invadir el alma de Maria Leonor. Se puso derecha, esforzándose por resistir el miedo que se apoderaba de ella, y continuó:

—¡No puedo permitir que rompas cosas tan caras, solo porque tienes que tocarlas!

Estaba perdiendo la cabeza. Sentía que se hundía a medida que hablaba. Las frases que iba a soltarle a la cara a la criada se perdieron en un murmullo. Después, llegó lo que más temía de todo, el silencio. Y la misma sonrisa, tan solo esbozada, atravesó los labios de Benedita. Era una sonrisa tranquila y segura, la sonrisa de quien es consciente de su própia seguridad.

La criada se agachó y empezó a recoger del suelo los trozos de porcelana. Esperó a recogerlos todos para responder, mientras los colocaba encima del mantel:

—¡Tiene usted razón! Perdóneme. Haré todo lo posible para que no se repita...

¿Sería una insinuación? ¿Tendría otro sentido aquel «haré todo lo posible para que no se repita»? Maria Leonor se sintió de nuevo acobardada, de nuevo el miedo se apoderó de ella, oprimiéndole el corazón. Y, sin poder hablar, con un nudo en la garganta, salió del comedor. En el interior volvió a escucharse el mismo ruido de cubiertos y lozas que se preparaban para el desayuno. Todo normal, todo dentro de lo que ya conocía, todo igual a lo que estaba acostumbrada en su día a día, todo menos aquella sensación de aislamiento, de inseguridad...

Y de repente le entraron unas ganas enormes de volver al lado de Benedita, de contarle sus torturas, de pedirle olvido y consuelo. Sonrió con desaliento. Se dirigió a un sillón y se acomodó en él, suspirando. Extraña en su propia casa, así era como se sentía. Y, temiendo encontrarse otra vez con Benedita, se quedó sentada, esperando a que bajasen sus hijos.

Con las manos cruzadas en el regazo, se abandonaba a sus pensamientos cuando un rumor de pasos en la entrada la hizo levantar la mirada. Viegas entraba con prisas y, sin ver a Maria Leonor, casi escondida en la penumbra del hueco de la escalera, miraba alrededor, investigando.

Al verlo andar hacia el comedor, Maria Leonor se levantó de un salto:

—¡Buenos días!

El médico se volvió, guiñando los ojos miopes.

—¡Ah, estabas ahí! —Y cambiando de tono—: ¡Buenos días!...

Llegó a su lado con tres zancadas rápidas y le preguntó bruscamente:

—Oye, ¿qué historia es esa que me contaron ayer, sobre António?

Maria Leonor dio un paso atrás, como si le hubieran propinado un puñetazo en el pecho, y se puso pálida. Abrió mucho los ojos mirando al médico e intentó sonreír.

—¿Qué historia? Debe de ser lo que todo el mundo sabe... La propiedad...

Viegas se metió las manos en los bolsillos y la cortó, decidido:

—¡No lo creo!

Maria Leonor retrocedió aún más, hasta el sillón. Y, como si las fuerzas se le hubiesen evaporado de repente, se dejó caer en él. El médico avanzó de nuevo y se inclinó hacia delante hasta apoyar las manos en los brazos del sillón. Y repitió, más bajo:

—¡No lo creo!...

Cerrada en el círculo vivo de los brazos del médico, Maria Leonor no tenía escapatoria. Y entonces, con valentía, se inclinó hacia atrás y mostró su rostro angustiado. Los ojos de Viegas se clavaron en ella, ansiosos, y fueron pasando de los labios crispados y las mejillas pálidas a sus ojos, donde se sumergieron, ávidos. En el delirio de aquella mirada de animal perseguido, en las lágrimas que empezaban a surgir entre los párpados, vio la verdad. Y, en su estupefacción, solo pudo susurrar:

—¿Cómo has podido, Leonor?...

Obtuvo como respuesta un sollozo de angustia. Entre lágrimas, por detrás de las manos que le tapaban la cara avergonzada, Maria Leonor balbuceó:

—No pasó nada..., no pasó nada...

Su voz era un murmullo fatigado, un sonido a punto de extinguirse, y todo su cuerpo temblaba en un escalofrío febril que le hacía castañetear los dientes. El médico se enderezó, la miró por unos instantes, callado, y, después, caminando con calma por la sala, dijo, como si le estuviese leyendo el pensamiento a medida que hablaba:

—Pero, Leonor, no puedo entenderlo... Veo en tus ojos, en tu aspecto abatido, una verdad horrible que no quiero creer. Cuéntame, por caridad, lo que pasó. ¡Venga, habla!...

Maria Leonor se debatió en el fondo del viejo sillón contra los sollozos que la sofocaban y, en una crisis de llanto que la hacía tartamudear como una imbécil, repitió:

—No pasó nada...

Viegas se impacientó y en un arrebato irritado le espetó:

—¿Nada o todo?

Ella se levantó, derecha como el filo de una espada, con el rostro encendido de sangre, e iba a responder con violencia, pero enseguida la misma humildad, el mismo sentimiento de culpa le mermaron la voz, con cobardía:

—No, doctor, le juro que no pasó nada...

Bajó la cabeza y, como si la abandonara todo pudor, continuó:

—No pasó nada... ¡Llegó Benedita!...

El médico casi se cayó, por el choque. Bajó la voz:

—Pero ¿Benedita lo sabe? ¿Os vio?

Maria Leonor se encogió de hombros, desalentada:

—No sé... No lo vio, pero es como si lo hubiera visto, tan estúpidamente procedí. Me insultó, le pegué... ¡Y ha sido ella la que se ha inventado esa historia de la propiedad!

—¿Para qué?

—No lo sé... Finge que no lo sabe, me habla como antes, pero parece un fantasma... ¡Siento que mi vida está en sus manos, que tendré que plegarme a sus caprichos!

El médico agitó los brazos, furioso:

—¡Pero bueno! ¿Qué disparate es este? ¡Eso es absurdo, es una historia que os habéis inventado para volverme loco! Escucha...

Se calló: la puerta del comedor se había abierto despacio y por ella salía Benedita. Maria Leonor se estremeció al verla y miró al médico. Viegas frunció las cejas y se quedó mirando a la criada, que cruzaba el comedor, silenciosa e indiferente. Solo cuando rozó el hombro del médico susurró un «Buenos días, doctor» casi inaudible, y desapareció por detrás de una cortina.

El médico se rio, nervioso:

—No cabe duda, ¡es un fantasma! ¡Un fantasma al que me apetecería romperle una costilla para medir su sensibilidad! A fin de cuentas, ¿qué es lo que quiere?

—Ya se lo he dicho..., ¡no lo sé!... ¡Me da igual, de verdad! A mí es a quien no podría medirme la sensibilidad; ¡estoy harta, quiero huir, desaparecer!...

Se exaltaba. Los ojos le brillaban con un fulgor loco y las manos crispadas parecían garras. El médico se inquietó y la atrajo un poco hacia él:

—Tranquilízate, Maria Leonor... Subamos arriba, vamos a charlar.

Se la llevó, empujándola con suavidad delante de él, y subieron la escalera. Cuando estaban en el último escalón, oyeron al fondo del pasillo voces de niños y pasos acelerados. Eran Dionísio y Júlia, que salían de sus habitaciones con Teresa. Maria Leonor corrió hacia una puerta abierta y se escondió. Los niños, ahora cerca de la escalera, charlaban con el médico:

—Doctor, ¿ha visto a nuestra madre?

Viegas mintió:

—No. La estoy buscando. Pero id a comer, que, en cuanto la encuentre, le digo que vaya a veros...

Júlia bajó con la criada, pero Dionísio, tras mirar a su hermana, ya en el piso de abajo, susurró:

—Doctor, ¿cuándo me voy a Lisboa?

El médico sonrió y respondió, mientras acariciaba la cabeza del niño:

—Este año..., después de las vacaciones.

Abajo, Júlia, con la cabeza erguida, se desgañitaba llamando a su hermano:

—¡Nísio, a comer!

El pequeño se enfadó y gritó, asomándose por la barandilla:

—¡Ya voy! Estoy hablando de cosas importantes... —Se volvió hacia el médico y siguió, con interés—: ¡Bien! ¿Y qué voy a ser?

—No lo sé, Dionísio. Vas a estudiar y, una vez que sepas mucho, cuando seas un hombre, decidirás.

—¿Y puedo elegir lo que quiera? Mi libro dice que somos siempre lo que queremos. ¿Es verdad?

Viegas sonrió, enternecido:

—A veces, Dionísio... A veces es así. Y tú, ¿qué vas a elegir?

El chico, algo avergonzado, se encogió de hombros y respondió:

—Todavía no lo sé. Es decir, lo sé, pero es una cosa muy complicada...

Abajo, Júlia llegaba al límite de su paciencia. Y amenazó:

—¡Voy a contar hasta cinco! ¡Si no bajas, como sola!

Dionísio dudó. Iba a seguir hablando, pero la voz de Júlia subía por la escalera, impaciente:

—Uno, dos, tres, cuatro...

Dionísio se lanzó escaleras abajo:

—¡Vale! ¡No cuentes más! ¡Ya voy!...

Una vez abajo, se volvió hacia el médico y le dijo, con pesar:

—Bueno, déjelo, después se lo digo...

—Vale, vete a comer.

La puerta de la salita donde se había refugiado Maria Leonor se abrió.

—¿Ya se han ido? ¡A dónde hemos llegado: tener que huir de mis hijos! ¡Vamos aquí!

Viegas entró y, cuando ambos se sentaron el uno frente al otro, cogió la pipa, la encendió y le ordenó:

—Cuéntame.

Ella suspiró, se pasó las manos por los ojos para secarse las lágrimas y empezó:

—Quisiera no tener vergüenza ni pudor para poder contárselo con la frialdad que me gustaría. Pero no puede ser. Necesito algo que me demuestre mi mezquindad: doctor, por favor, vaya al despacho y traiga..., traiga *Los primeros principios* de Spencer...

El médico se levantó y salió. Volvió en un momento con el libro y, al dárselo, le preguntó:

—¿Para qué lo quieres?

—Quiero sentir que, en el fondo, esto no importa nada, siempre que mantenga la serenidad suficiente como para no dejar de pensar en la grandeza aplastante del universo. Quiero sentirme en mi esencia, igual que la hembra irracional que traiciona por primera vez a su macho preferido, ya después de muerto... Sé que es imposible que me sienta así, pero si no lo consigo, ni aunque sea un poco, ¡no podré acabar!

Apretó fuertemente el libro contra el pecho y continuó:

—Es sencillo. Todo esto es sencillo y claro, de una sencillez y de una claridad naturales... Una mujer, un hombre, salta la chispa, la razón que se nubla, y eso es todo... Cuando pasó me sentí miserable, despreciable como el lodo, abyecta como un escupitajo, pensé que no podría seguir viviendo. Después me tranquilicé, llegué a la conclusión de que no había actuado propiamente como mujer, como representante de una especie distinta y superior, que la posesión animal había sido adornada, consagrada, ornamentada con palabras bonitas, que la habían hecho más presentable, para no ofender a los oídos más castos y los sentimientos más puros; había actuado como la hembra prehistórica, que se adentraba en el monte, gritando, celosa del macho, y que se revolcaba después en la tierra fecunda y negra. Era el juguete de las fuerzas naturales del sexo, las fuerzas más misteriosas de la vida, que son el deseo íntimo para la inmortalidad de los dioses. Pensando esto, me tranquilicé: si todo era consecuencia de una causa de la que no me podía defender, no me sentía responsable, como el caballo que alguien conduce a un abismo. No me cabía responsabilidad en la caída, alguien me empujaba, alguien me llevaba...

Aquí, se detuvo por un instante, miró al médico, que la escuchaba atento e impasible, y observó:

—Creo que sé lo que está pensando. Desde la histeria hasta la locura, ya ha contemplado todas las posibilidades, ¿verdad?...

Viegas gesticuló:

—No, me estoy instruyendo, simplemente...

—Entonces, ¿soy un objeto de estudio?

—Hasta aquí sí. Pero continúa...

Maria Leonor perdía la calma. Se mordió el labio inferior, intentando reprimir el temblor convulso de la mandíbula, y prosiguió:

—Todo se volvería a componer si mantuviese la conciencia de aquella irresponsabilidad, pero sabía que era imposible. Hace poco, he sentido de nuevo asco, la altura de mi caída. Benedita tiene una mirada penetrante, que escudriña lo más escondido de mi alma. Todo lo que he intentado reconstruir con mucho trabajo, esta teoría de la fatalidad, se desploma con un estruendo horrible que me hace volverme loca. ¡No soporto más esta persecución! ¡Me muero!

La desesperación de sus últimas palabras se evaporó en el aire y, por un buen rato, el silencio invadió la sala. Viegas echaba nubes de humo, enfadado, y Maria Leonor, con el libro abierto sobre las rodillas, lo hojeaba, mientras intentaba dejar de llorar.

De repente, el médico, en un impulso provocado por los nervios, tiró la pipa al suelo, rompiéndola. Se levantó y fue hasta la ventana, maldiciendo en voz baja. Después volvió y se acercó a Maria Leonor. Se inclinó hacia ella:

—¿Así que te mueres?... ¡Venga, no digas disparates! ¿Quién está hablando de morirse? La vida es de los vivos y no de los muertos, que no sirven para otra cosa que no sea estar muertos y para atropellar a los que viven. No hacemos más que lidiar con fantasmas y no lo hacemos con esqueletos porque nos repugnan. Me asombra que aún no hayamos llegado al extremo de meter a nuestros muertos en vitrinas de cristal con ruedas, para que nos acompañen a todas partes, para que los difuntos no se pierdan nuestros movimientos. Aun así, siempre tenemos al lado algún espectro, que se agarra a nosotros tan inevitablemente como nuestra propia sombra, y para él lo sacrificamos todo porque, en primer lugar, no hay que ofenderlo, ¡aunque nos cueste un sufrimiento inenarrable!

Maria Leonor aprovechó la pausa para decir, en un tono de voz neutro e inexpresivo:

—Cuando estábamos abajo se ha indignado, y ahora casi le parece bien...

El médico se sonrojó, dudando, pero respondió:

—¡No me parece bien! Pero ¡entendámonos!... Abajo habló la sorpresa en boca del convencionalismo rígido de la moralidad habitual; aquí habla el hombre natural ante el hecho natural. ¿No es así como me lo has explicado? Yo ya me lo imaginaba... Ahora esperabas que te criticase, ¿verdad? En este momento se están echando por esos mundos decenas de sermones criticando tu pecado, se escriben decenas de libros en los que se demuestra por hache o por be que una acción así lleva necesariamente al infierno. Y, después de todo esto, ¿todavía querías que te criticase? Y ¿quién va a defenderte? ¿Dios?

Maria Leonor hizo un gesto de cansancio y susurró:

—Él defendió a una mujer de la lapidación...

Viegas se encogió de hombros:

—¡Eso fue hace dos mil años! Déjate de misticismos. Ni ahora se lapida a las mujeres, ni Cristo está en el mundo...

De nuevo volvió el silencio. En la sala solo se oían sollozos sofocados y un sonido de botas con pasos inquietos.

Maria Leonor se levantó con dificultad de la silla y fue hasta el médico. Viegas se paró y ambos se quedaron inmóviles en medio de la habitación, mirándose. El aspecto humillado de Maria Leonor, la cara deshecha, las arrugas profundas —que le bajaban desde las aletas de la nariz hasta la comisura de los labios— conmovieron a Viegas. La cogió por los hombros y la abrazó con ternura. Y, con la cabeza apoyada en su hombro, le dijo, bajito, insinuando:

—¡Esto no puede seguir así, Maria Leonor! Tienes que reaccionar, levantar cabeza y, antes de nada, tienes que dominar esos nervios que te consumen sin descanso. Aunque te reconozcas culpable, no puede ser motivo para que te dejes vencer en la lucha que estás obligada a trabar con el destino.

La condujo de nuevo a la silla y se sentó también. Después se echó hacia delante, apoyando los codos en las rodillas, y siguió:

—Recuerdo que cuando estuviste enferma te dije algo que también podría repetir ahora. Pero es inútil. Tú seguro que te acuerdas... La situación no es la misma, pero las causas son idénticas.

—Lo sé. No tiene que repetírmelo, me acuerdo perfectamente: ¡hay que vivir aunque sea de cualquier modo, siempre que sea vivir! —Y, con un poco de rabia—: Pero ¡es tan duro, tan contra la idea que nos formamos de la finalidad de la vida, que pienso si no sería preferible la muerte!

Viegas replicó, con dulzura, como si hablase con una niña:

—¡No, morir no! Solo quien no ha vivido nunca, o quien ya ha vivido demasiado, puede desear la muerte...

—¡Yo ya he vivido demasiado!

—¡Estás loca! ¡Nunca vivimos demasiado! Todos, al morir, nos vamos siendo todavía demasiado ignorantes como para poder dejar dicho o escrito que hemos vivido demasiado. Siempre se vive de menos... La naturaleza solo es pródiga, excesiva, con aquello que no se puede destruir. ¡Con nosotros es de una avaricia mezquina, que hace pagar bien caras las migajas que nos ofrece con una complacencia desdeñosa! Pero, a pesar de todo, ahí seguimos, y ya veremos quién sale ganando...

Maria Leonor, que lo había escuchado con una sonrisa triste y emocionada, respondió:

—Si somos nosotros, tendremos que emigrar a los astros...

Viegas replicó, animándose:

—¿Y qué? ¿Te sorprendería que un día, cuando la tierra esté completamente agotada, cuando del suelo ya no salgan más que huesos y piedras, restos de generaciones y civilizaciones, los otros, los futuros, dejen el cadáver inútil de este planeta para buscar un nuevo hogar en el infinito? ¡A mí me parece posible y solo me da pena no participar en ese acto final sino con una costilla descarnada, clavada en el suelo junto a una piedra del Parral!

Una media sonrisa entreabrió los labios de Maria Leonor, que levantó su rostro seco, en el que solo los ojos brillaban aún por los restos de unas lágrimas:

—¡Es usted imaginativo como un adolescente! ¿Cree de verdad lo que acaba de decir?

—Sí.

—Pues yo tengo una idea diferente de eso que ha llamado acto final. Creo que la humanidad futura no tendrá medios, ni posibilidades, ni fuerzas para escapar de su destino de vencida. Así que el acto final será la Tierra girando en el espacio y cargando con un fardo de cadáveres hasta que el empresario decida quitar la obra de la escena.

Viegas se encogió de hombros, sonriendo. Y recordó:

—¡Vamos a apostar!...

Ella arrugó la frente, sorprendida con la propuesta:

—¡Qué gracia!... Pero apostar ¿cómo?

—¿Cómo? ¡Qué te parece!... Puesto que, según dicen las apariencias, no podremos presenciar el momento de consumación de ese acto final, tanto si gana mi propuesta como si lo hace la tuya, transmitiremos a quien siga viviendo después que nosotros el encargo de cumplir con la apuesta o de transmitirla, a su vez, a quien lo siga en la escala. ¿De acuerdo?

—¡De acuerdo!

—Yo elijo..., ¿quién puede ser?..., ¡elijo a Joáo, mi sobrino!

—¡Y yo a Dionísio!

Se levantaron sonrientes y se dieron la mano, firmando la risueña apuesta. Pero, de repente, Maria Leonor se acordó:

—Pero, doctor, ¿qué es lo que nos estamos apostando?

Viegas se rascó la cabeza, confuso:

—¡Vaya, se me había olvidado ese detalle! ¿Qué puede ser?

Maria Leonor puso el libro encima de un banquito y dijo:

—Es mejor dejar la apuesta en abierto. Los últimos, que decidan...

—¡Es la mejor solución, es verdad! Los últimos, que decidan...

Hubo un momento de silencio, que Viegas interrumpió sacándose el reloj del bolsillo del chaleco:

—¡Las diez! ¡Qué bonito! Yo aquí de palique y toda esa gente esperándome... ¡Es la primera vez que me pasa!

Con un gesto triste, Maria Leonor respondió:

—Ha sido la primera vez, en las últimas cuarenta y ocho horas, que me he olvidado de mí misma. Y es una pena que me haya acordado así...

El médico se agachó para recoger los restos de su pipa. Cuando se levantó, se los guardó en un bolsillo y tomó la mano derecha de Maria Leonor entre las suyas. La apretó con fuerza entre sus dedos gruesos y fuertes, y susurró:

—¡Coraje, Maria Leonor! Tienes que tener mucho coraje y vas a conseguirlo. Yo me marcho pero, si te sirve de algo, piensa que estoy contigo y que soy tu amigo.

Una ola de gratitud llenó de lágrimas los ojos de ella, que solo pudo balbucear:

—¡Doctor!...

Salieron al descansillo y, allí, el médico se despidió:

—¡Adiós, niña! ¡Levanta esa cabeza, mira de frente, no tengas miedo a nadie! —Y cambiando de tono—: Si veo a los niños, ¿puedo decirles que he estado contigo y que ya vas para allá?

—Sí.

Viegas bajó, casi corriendo. Al llegar abajo hizo un

gesto a Maria Leonor, que se lo devolvió, apoyada en el pasamanos.

Una vez que hubo salido, se quedó allí, absorta, meditando, con el rostro impasible, los ojos gachos, mirando los escalones. Iba a bajar, por fin, cuando vio que Benedita empezaba a subir. La criada venía despacio, la cabeza inclinada, sin mirar hacia arriba. Junto a Maria Leonor había una columna de madera torneada donde reposaba un gran macetón de cerámica con una aspidistra cuyas hojas erectas parecían lanzas. Un pensamiento rápido atravesó su mente: ¡sería tan fácil empujar la maceta, hacerla caer sobre la criada! Justamente en aquel instante, Benedita subía los escalones. Y venía tan despacio, tan lenta, que parecía esperar la caída del macetón sobre la cabeza, un golpe tremendo, que le abriría el cráneo como un melón maduro.

Pero la maceta no cayó y Benedita siguió subiendo. Ahora estaba delante de la señora, en un plano más bajo, y parecía sorprendida por verla.

Maria Leonor hacía un esfuerzo sobrehumano por no irse y encarar a la criada. Se obligó a sí misma a quedarse allí, agarrada a la barandilla, viendo cómo se acercaba la cara de Benedita. Y mientras le zumbaban los oídos y le vacilaba la cabeza, encontró fuerzas para preguntarle:

—¿Dónde están los niños?

Benedita, que ya seguía hacia delante, se volvió para responder:

—Se han ido a la finca, después de comer. Preguntaron por usted, les dije que estaba con el doctor Viegas y que no podía salir. Y, a propósito, señora, ¿a qué ha venido el doctor?

Maria Leonor se enfadó, sin pensárselo:

—¿Y a ti qué te importa? ¿Qué tienes que ver tú con eso? ¿Quién es aquí la señora, tú o yo?

El rostro de Benedita se oscureció como si le hubiera pasado por delante una nube. Sus párpados se movieron con rapidez y dejaron abierta una rendija por la que las pupilas observaban, fijas y duras.

—No tengo nada que ver con su vida, sea cual sea. Y tampoco pretendo ser la señora de la casa. Mi pregunta ha sido natural y no esperaba que me respondiera así.

Pronunció estas palabras sin la más mínima alteración de la voz. Se diría que recitaba una lección. Su mirada, fija en la de la señora, parecía atravesarla de un lado a otro y perderse, indiferente, en la pared.

Ante la mirada de Benedita, Maria Leonor se sintió transparente como el cristal. Todos los sentimientos le afloraban en la piel para considerarlos y apreciarlos.

Dio dos pasos en el descansillo y se sentó en una butaca. Benedita la siguió y se quedó de pie, dominándola con su alta figura. Maria Leonor permaneció por un momento en silencio y, después, inspirando profundamente, preguntó:

—Al final, ¿qué es lo que quieres de mí?

Ante aquel ataque directo, Benedita retrocedió, sorprendida. Mientras buscaba una respuesta o intentaba escaparse, Maria Leonor volvió a la carga, con más seguridad:

—¿Qué intenciones tienes? ¿No respondes?

El silencio de Benedita continuaba y Maria Leonor sentía que estaba a punto de ganar su primera batalla en aquella lucha que duraba dos días. Con un sentimiento de desahogo y de evasión, prosiguió:

—¡Ya sé lo que puedo esperar de ti, pero si vamos a ser enemigas toda la vida, prefiero que lo digamos a las claras! —Se levantó y dijo con fuerza—: ¡Te odio!

Benedita se llevó una de las manos a la boca para reprimir un grito. Los ojos se le salían de las órbitas, dejando brillar dos lágrimas.

Susurró bajito, con voz temblorosa:

—¡Yo la adoraba, señora!...

Se dio la vuelta y bajó las escaleras, corriendo.

Maria Leonor se apretó la cabeza entre las manos, estupefacta, mientras la seguridad que le había proporcionado su victoria se evaporaba y dispersaba como humo al viento. Y se encontró repitiéndose a sí misma, de forma estúpida: «¡Yo la adoraba, señora!».

Todo se complicaba cada vez más y lo que había sido primero solo un escándalo sofocado ahora se había convertido en una guerra abierta y declarada entre las dos. Y había sido ella, la que más necesitada estaba de olvido y tolerancia, quien había derribado el último muro. Su golpe había resonado con la fuerza de la desesperación, a matar, pero la respuesta había sido certera y aún más contundente. Aquel «la adoraba» iba mucho más lejos que su clásico «te odio». Sentía lo limitado que había estado su espíritu al sugerirle aquella frase gastada e incolora, erosionada por el uso constante de las enemistades humanas.

La propia huida de Benedita no representaba una cobardía, sino la benevolencia de quien sabe, de quien puede, pero no quiere hacer valer su conocimiento y su poder.

XVII

Por la tarde, Maria Leonor estaba en el comedor, sentada cerca de la ventana, mientras sus hijos, inclinados sobre la mesa larga, hojeaban en silencio un montón de revistas antiguas cuando Benedita entró trayendo el correo en una bandeja.

Maria Leonor levantó los ojos del bordado cuando la criada se detuvo junto a ella y alargó la mano distraída hacia las cartas y los periódicos. Colocó todo en su regazo y ya iba a hacer un gesto para despedir a Benedita cuando se fijó en el remitente de una de las cartas: António Ribeiro, avenida dos Aliados, Oporto.

Empezó a temblar. Miró a la criada, intentando vislumbrar alguna expresión en su rostro impenetrable. ¿La habría visto?

Mientras procuraba tranquilizarse pensando que la carta le habría pasado desapercibida, escondía el sobre debajo de los periódicos. Pero, de repente, por el tacto, sintió que estaba abierto. ¡La había abierto! Y, para mayor escarnio, la criada se la había traído así, como si le gritase que nada podía hacer, pensar o sentir sin que su atención y su presencia la vigilasen.

Maria Leonor cogió el sobre en un arrebato y, sin mirarlo, lo rompió en mil pedazos. Después, mirando a la criada fijamente, los puso en la bandeja vacía. Benedita dudó por un momento, pero enseguida salió, llevándose los restos de la carta.

En cuanto la cortina dejó de moverse, Maria Leonor se puso de pie y se dirigió a la mesa donde los hijos se entretenían viendo las estampas de colores de las revistas. Se sentó en medio de ellos, temblando, como si buscase refugio. Al poner las manos sobre los hombros de los niños e inclinarse con ellos sobre las ilustraciones, tuvo la sensación de volver en sí, como si hubiera estado, hasta ese momento, muy lejos, fuera de los caminos donde se encuentran los afectos íntimos. Mirando los dedos curiosos de Dionísio, que seguían el perfil sinuoso de una figura de elefante que portaba en la trompa arqueada un grueso barrote, deseó poder quedarse siempre allí sentada, sintiendo las respiraciones sosegadas de sus hijos, descubriendo en sus ojos claros y transparentes la pureza sin mancha de las virginidades intangibles y completas.

Se recreaba en aquel sueño, con los ojos clavados en la superficie brillante de las páginas de la revista, cuando Dionísio, saltando de la silla y agarrándose a sus rodillas, le preguntó:

—Madre, cuando me vaya a Lisboa ¿va a venir conmigo?

—¡Claro que sí!

El pequeño insistió, con el interés de quien pretende ver resuelta una duda importante, de la que depende una decisión trascendente:

—Pero ¿se va a quedar allí?

—¿Quedarme allí? No, eso no, Dionísio... ¿Cómo quieres que me quede allí? ¡No puedo llevarme la finca conmigo! ¿O sí?...

Dionísio se puso triste:

—Claro que no... Y Júlia ¿también se queda en casa?

—Sí, claro.

—Entonces, ¿voy a estar solo, sin nadie?

La madre sonrió, cariñosa. Se recostó en la silla y abrazó a los dos niños. Y mientras se enrollaba en los dedos uno de los rizos rubios de Júlia, que se apoyaba en su hombro, le dijo a Dionísio, mirándolo a los ojos:

—Ya debería habértelo contado... No vas a estar solo, Dionísio: vas a tener un compañero de tu edad para estudiar y jugar con él, seguro que te van a tratar bien, igual o mejor que en casa, y, además, vendrás a la finca a pasar todas tus vacaciones... Navidad, verano, todo...

El pequeño no se convenció:

—Pero ¡yo no puedo quedarme allí solo sin mi madre y sin Júlia!

—No vas a estar solo, ya te lo he dicho... Júlia y yo no somos tus únicos amigos. Tienes que empezar a ver a otras personas, otras caras, tienes que descubrir con tus ojos que el mundo no acaba en Quinta Seca, ni en el Parral, ni en Miranda. Si quieres ser alguien de provecho cuando seas mayor, no puedes seguir siempre entre estas paredes...

Dionísio meneó la cabeza. No le convencía la necesidad de aquella separación y las palabras de su madre lo dejaban indiferente. Y acabó diciendo:

—Pues entonces ¡no quiero ir!

Maria Leonor se enfadó:

—¡Qué te parece! ¡No seas tonto, niño! Date cuenta de que no puedes hacer otra cosa.

La boca de Dionísio tembló. Por simpatía, Júlia, al otro lado, tenía los ojos llenos de lágrimas. Y era ella quien susurraba, mientras su hermano se encogía de hombros junto a la mesa:

—No se enfade, madre...

Reconsiderándolo, Maria Leonor llamó de nuevo a su hijo y, con una entonación suave en la voz y acariciándolo, persuasiva, le dijo:

—Tienes que entenderlo, Dionísio. Tenemos que trabajar, la vida es así, no podemos tener siempre once años... Cuando somos niños todo va bien, casi siempre hay quien trabaje para nosotros, pero, después, no se puede vivir sin nuestro propio trabajo, sin nuestro esfuerzo. Si somos unos ignorantes o si sabemos poco, estamos en mala posición con respecto a los demás. Y tú no quieres ser menos que los demás, ¿verdad?

Dionísio meneó la cabeza con fuerza y su madre continuó:

—¡Pues ahí está! Para que eso no pase tienes que estudiar, aprender, trabajar mucho... Y para eso vas a estudiar a Lisboa. Mientras estés allí trabajando y aprendiendo, yo aquí me esforzaré también para que esta casa pueda seguir siendo nuestra. ¿Lo entiendes?

La cabeza baja, las manos cruzadas a la espalda, Dionísio escuchaba aquella lección sobre sus responsabilidades futuras. Y aunque no creía todo lo que le decía su madre, respondió:

—¡Lo entiendo, sí, madre!

—Eso es... Pues entonces, cuando terminen las vacaciones, nos vamos los tres a Lisboa, ¿vale?

Júlia aplaudía, radiante, y Dionísio, aunque con una sonrisa pálida, también aplaudió. La madre se levantó, abrió un cajón del aparador, de donde sacó un mantel que puso sobre la mesa.

—¡Vamos a tomar el té!

Se volvió hacia su hijo y añadió:

—¡Los estudiantes no deben beber té! Les sienta mal... Pero por una vez...

Sabía que los niños son sensibles a los halagos como los adultos y aquella invitación a medias era un halago. Dionísio también lo entendió así, porque ensanchó la sonrisa, consciente precozmente de su importancia.

En el comedor había el ajetreo propio de una gran fiesta. Júlia, de puntillas, intentaba coger el azúcar de una balda y Dionísio colocaba las tazas y los platos en el mantel blanco, que caía de las alas de la mesa como ropajes largos y ondulados. Todo estaba listo: solo faltaba el té. Maria Leonor tocó la campanilla. Esperó unos minutos y tocó de nuevo, con más fuerza. Por fin apareció Teresa, limpiándose las manos mojadas en el mandil.

—¿Dónde está Benedita?

La criada se encogió de hombros:

—No lo sé, señora. Salió, pero no dijo a dónde iba...

—¡Qué te parece! Pero ¿quién le ha dado a Benedita permiso para salir cuando le venga en gana? Necesito tomarme un té.

—Voy a prepararlo, señora. Pero de Benedita...

Maria Leonor la interrumpió:

—¡Venga, ya no se habla más de Benedita! Vete a preparar el té.

La criada echó a correr, aflojándose las cintas del mandil. Maria Leonor se sentó a la mesa, nerviosa, dando golpes con la cuchara en el borde del plato. Los niños se sentaron a su lado. Tras unos momentos de silencio, Júlia se inclinó sobre su madre y aventuró:

—Madre, ¿está enfadada con Benedita?

—¿Enfadada? ¿Por qué dices eso?

—Parece...

—¡No seas tonta! ¿Por qué iba yo a estar enfadada con Benedita?

Al otro lado de la mesa, Dionísio, que masticaba una rebanada de pan, dejó de comer para decir, con la boca llena y los labios brillantes de mantequilla:

—¡Yo ya no la quiero!

Maria Leonor se calló. Y fue Júlia quien preguntó:

—¿Por qué no quieres a Benedita?

—Habla mal del tío António... Esta misma mañana...

Maria Leonor levantó la cabeza, inquieta:

—¿Qué es lo que ha dicho esta mañana?

—Que le había echado una maldición y que, si funcionaba, no iba a volver a ser feliz en toda su vida.

—¿Eso ha dicho?

—¡Sí!

Mirando hacia un lado, Maria Leonor reprimió las lágrimas. Tocó la taza que tenía delante y solo respiró aliviada cuando vio a Teresa entrar con la tetera humeante. Antes de que la criada llegase a la mesa, Dionísio, tras un breve momento de duda, preguntó en voz baja:

—Madre, ¿es verdad que el tío António quería la mitad de la finca?

Maria Leonor miró a su hijo y respondió, muy bajito:

—Sí...

Teresa llegó a la mesa y dejó la tetera, pero, cuando se disponía a servir el té, Maria Leonor hizo un gesto mandándole retirarse y fue ella quien llenó las tazas. Los tres bebieron en silencio.

En unos momentos, despejada la mesa, los niños volvieron a sus revistas y Maria Leonor al bordado. Esta vez, sin embargo, no cogió la aguja. Con la tela sobre las rodillas, los ojos clavados en el paisaje de los montes negros del horizonte, pensaba en la tela de araña de mentiras en que se estaba convirtiendo su vida. Y veía su futuro feo, destituido de sentido moral y de una dirección definida. Tendría que amoldar su comportamiento, su espíritu, a la necesidad de mantener en pie, a toda costa, la apariencia austera de su existencia, no dejar nunca que cualquier mirada desconfiada penetrase en el velo con que estaba obligada a cubrir su vida íntima. Solo habían pasado dos días y ya había cuatro personas que sabían el tremendo secreto: dentro de poco casi un secreto a voces.

Sumergida en sus reflexiones, no se fijó en que la tarde iba cayendo con una lentitud infinita. Los niños habían dejado en la mesa las viejas ilustraciones cuando empezó a faltar luz en el comedor y, oyendo fuera el chirrido de un carro que pasaba, salieron, buscando los últimos rayos de sol que venían del horizonte hasta los tejados de las casas. Maria Leonor se quedó sola con sus pensamientos.

De repente, al recordar la conversación de la mañana con Viegas y las palabras que le había escuchado: «Tenemos siempre un fantasma agarrado a nosotros como nuestra propia sombra», le pareció sentir cerca una presencia extraña, sobrenatural. Notó como si una mano poderosa y fría le apretase el corazón hasta vaciarlo de sangre. No se atrevía a moverse de la silla, con la espalda apretada contra el respaldo duro y la cabeza palpitando, congestionada. Lo que quiera que fuese revoloteaba a su alrededor incansablemente, amarrándola con hilos invisibles, aferrándose a ella en un abrazo helado. La atravesó un escalofrío. Las historias de la infancia, las almas en pena de las leyendas tenebrosas se precipitaron en su pensamiento en un bucle siniestro y lúgubre.

Y entonces, delante de su imaginación exaltada, se apareció, entero y acusador, el fantasma de su marido. Era el remordimiento. Era el dios de las noches de los culpables que surgía con el pelo blanco teñido de sangre y de hiel, con la boca rasgada de oreja a oreja, por donde le salían al mismo tiempo las súplicas, las pestes, los gritos, las maldiciones y el silencio.

Se levantó aterrada y salió a toda prisa. Se tropezó con la silla, se chocó con la esquina de la mesa, se lastimó con el picaporte metálico de la puerta. Todos los salientes, todos los muebles parecían querer agarrarla, todos los objetos parecían tender largos brazos para cogerla. Y ella huía de todo como si huyese de la muerte.

Subió la escalera corriendo y se encerró en su dormitorio.

Con las manos temblorosas, casi sin atinar en lo que hacía, encendió la lámpara de la mesilla. Una luz amarillenta llenó la habitación hasta el techo. Las columnas de la cama se proyectaron en la pared, inmóviles, como las rejas de la ventana de una prisión. En el silencio que se hizo, oyó en algún sitio el sonido de un insecto royendo la madera. Había en la habitación un ligero olor a moho, como si todos los muebles se estuviesen descomponiendo lentamente, en una ruina silenciosa.

En el cono de sombra que rodeaba la lámpara, sobre la mesilla, había un papel. Lo cogió. Era una nota con unos garabatos desaliñados y tortuosos. Acercándose a la luz, leyó:

He ido a Miranda a mandar una carta al señor Ribeiro.

Nada más. Toda la tragedia de la situación se disipó con rapidez y a Maria Leonor solo le quedó el ridículo inmenso de aquellas palabras, escritas con la caligrafía torpe de un escolar.

Rompió la nota y, con ese gesto, la realidad recobró su forma. Benedita rechazaba una guerra abierta, las palabras dichas a la cara; prefería la insinuación que no fuese más allá, aunque tuviese una claridad transparente que no necesitaba disimular. Luchar con ella era esgrimir una espada en la oscuridad. Nunca se sabía dónde asestar el golpe y todas las estocadas acababan en el vacío. Intangible como una sombra, la rodeaba constantemente, la manejaba como un títere de feria.

Había oscurecido por completo cuando Maria Leonor bajó. Se acercaba la hora de la cena. Casi todas las ventanas estaban abiertas para ventilar la casa. El aire que venía de fuera circulaba lento, abatido aún por el calor del día, haciendo temblar las luces encendidas en las habitaciones.

Maria Leonor se asomó a la puerta. Por un haz de luz que salía de la casa del capataz, más arriba, venían Dionísio y Júlia de la mano. En el umbral de la puerta, Leonor se enternecía sintiendo la impresión de extraordinaria fragilidad que le proporcionaba la figura de sus hijos, moviéndose bajo el denso velo negro de la noche. La blusa de Júlia parecía brillar, resplandeciendo en la oscuridad, y los pasos de ambos, en la arena de la alameda, resonaban en un crujido intermitente, vacilante.

Llegaron finalmente a la puerta y, al encontrarse con su madre, empezaron a contarle lo que habían ido a ver a casa de Jerónimo: un murciélago que Sabino, el nieto del capataz, había atrapado con un palo.

—¡Madre, el murciélago tiene hocico de ratón! ¡Lo he visto!...

Pero Júlia se entristecía al recordar la pobre ala rota, un ala cubierta de pelos finitos, tan suave como el plumaje de un pájaro, que colgaba inerte tapando uno de los lados del pobre murciélago. Y Dionísio gesticulaba, alabando la puntería de Sabino... El murciélago volaba alrededor del palo levantado por los aires y ¡zas!, ¡abajo!... Chilló, angustiado, pero no le valió de nada: allí estaba enganchado de un clavo por una de las patas, con el ala intacta abierta como en una despedida, los dientes minúsculos destacando en la boca negra.

Mientras los hijos discutían, Maria Leonor se dirigió al comedor. Allí estaba Benedita, silenciosa y tranquila como siempre, un silencio y una tranquilidad exasperantes, que hicieron nacer en ella el deseo de sacudirla por los hombros, arrancarla de aquella impasibilidad.

Aunque sabía que no iba a hacer nada, caminó hacia ella con la decisión que gobernaba su pensamiento. Debía de tener un aspecto de coraje interior y de seguridad tal que Benedita, al verla, esbozó un ligero movimiento de retroceso. Su mirada transmitía una expresión de temor: en aquel instante resurgía en ella la criada sometida por largos años de obediencia. El poder que le daba la posesión del secreto parecía evaporarse mientras los pasos de Maria Leonor, avanzando por el comedor, hacían temblar los cristales de los muebles y el corazón dentro de su pecho. Cuando la señora se paró delante de ella, separadas por la mesa, ambas eran perfectamente conscientes de la situación, pero mientras que Maria Leonor intentaba mantenerse a toda costa en el plano al que la había llevado el azar,

Benedita procuraba vencer las viejas ideas del deber y el respeto que le salían del alma. Ambas estaban seguras de que si Maria Leonor vencía, quedaría libre de su pesadilla.

Por unos momentos Benedita pareció vacilar, fue como si renunciase a la lucha, una abdicación en la expresión cansada de su rostro. ¡Maria Leonor se las prometía muy felices! Pero, de repente, sin motivo, se puso a pensar en el ala rota del murciélago y en la otra ala, la intacta, abierta como un adiós.

Y se sentó, vencida.

XVIII

Estaban terminando de cenar cuando Benedita, que había salido para ir a por el café, se asomó por la puerta, anunciando:

—¡Señora, el padre Cristiano!

Maria Leonor se levantó de golpe para recibirlo y los niños saltaron de sus sillas y corrieron hacia el anciano. Le dieron un beso y lo trajeron a la mesa de la mano. Detrás venía Benedita con la cafetera. El cura se sentó en un sofá, soltando un profundo suspiro de cansancio y alivio. Se pasó el pañuelo por la frente y, tras secarse los labios húmedos, murmuró:

—¡Qué cansancio, Dios mío!...

Maria Leonor sintió curiosidad. ¿Qué le había llevado allí, a aquella hora, solo, sin haber avisado siquiera? Enseguida, el sacerdote dijo:

—Debería haber venido ya... Pero he estado algo enfermo, no salgo de casa desde el domingo...

—¿Enfermo? Pero entonces, ¿ha estado malo? ¿Por qué no lo ha dicho?

Maria Leonor se inclinaba sobre el viejo y le pasaba el pañuelo por la frente húmeda. Los niños se habían sentado en el suelo y escuchaban. Solo Benedita rodeaba la mesa, sirviendo el café. El padre, no sin dudar tras mirar a los pequeños, preguntó:

—Bueno, Leonor, ¿qué es lo que ha pasado con António? No me lo puedo creer...

La expresión cariñosa de la cara de Maria Leonor desapareció y la mano que sostenía el pañuelo cayó desfallecida. Sus ojos se perdieron en la tarima y, cuando los levantó, estaban llenos de lágrimas. Había en ellos una súplica desesperada, una petición de clemencia. Y no respondió. Se produjo un silencio incómodo en el comedor. El cura meneó la cabeza con tristeza y dijo:

—¿Quién se lo podía imaginar? Cuando estuvo en mi casa, el domingo, lo vi tan bien, tan tranquilo... Y hace una de estas...

El mismo silencio. Mientras el padre hablaba, Benedita llamaba a los niños a la mesa, para tomar el café. Y ahora, junto a ellos, les daba el azucarero, solícita, casi mimosa. El cura continuaba:

—Mira que yo, a veces, todavía me pregunto si no estaré equivocado. ¿Cómo es posible que António viniese de tan lejos hasta aquí, con la intención premeditada de exigirte...?

Maria Leonor, con los brazos cruzados sobre el pecho, apoyada en la mesa, bajaba la cabeza. Por fin, suspiró y respondió, mientras lanzaba una mirada rápida a la criada:

—¿Qué puedo hacer, padre Cristiano? Yo tampoco me lo esperaba...

Había un cinismo inocente en sus palabras. Sentía un cierto placer amargo al hacer aquellas alusiones veladas que solo Benedita podía entender. Hablar así era combatirla con sus propias armas, meterse en su terreno, jugar con sus cartas. La situación era nueva y Benedita se dio cuenta, porque miró con inquietud a su señora. Como si la defendiese, se metió en la conversación, diciéndole al cura:

—¡Así es, así es, padre Cristiano! Donde menos se espera, salta la liebre...

Y de inmediato, Maria Leonor, valiente:

—¡Ha sido una vergüenza para todos nosotros!

Aquí, Benedita se quedó sin aliento y retrocedió otra vez hacia la mesa, sonrojándose. Maria Leonor se plantaba delante del anciano, sintiendo la indignidad de aquella victoria. El cura escuchó, angustiado, a las dos mujeres. Había en su viejo rostro un aire de santidad que se asqueaba al oír los males del mundo y Maria Leonor, al contárselo, se consideraba un pozo de perversión y de ignominia. Se le había embotado de tal forma el respeto por sí misma que ya era capaz de hablar de sus vergüenzas delante de quienes la conocían. Y, cosa irrisoria, no había sido ella, la culpable, quien se había humillado, era Benedita. ¿Quién sabía? ¡Quizá fuera una forma de mantenerla segura y callada!

Caída en su abstracción, se olvidó del sitio donde se encontraba y de las personas que la acompañaban. En el sofá, el cura, con las manos cruzadas encima de las rodillas, los pulgares formando un puente y mordiéndose el labio inferior, juzgaba mentalmente el gesto de António.

En las paredes de la habitación, dos naturalezas muertas litografiadas que representaban langostas rojas mezcladas con manzanas y uvas se humillaban sobre el suelo, colgadas de sus clavos. El viejo reloj inglés agitaba sin descanso el disco chispeante del péndulo, combinando el movimiento con el sonido. Júlia y Dionísio se tomaban el café a pequeños sorbos, soltando de vez en cuando una aspiración más ruidosa.

Fue Benedita quien interrumpió el silencio para hacer ver que el café de la señora se estaba enfriando. Y Maria Leonor, de vuelta a sus deberes, preguntó:

—Padre, ¿ya ha cenado?

—Sí, hija mía. He cenado antes de venir...

—Bueno, entonces tómese un café con nosotros...

El padre Cristiano se levantó del sofá y asintió:

—¡De acuerdo, será un placer!

Maria Leonor se volvió hacia la criada y ordenó:

—¡Benedita, otra taza!

Mientras Benedita sacaba del aparador lo necesario, el cura se sentó a la mesa, al lado de Dionísio. Le acarició el pelo al mismo tiempo que vigilaba en la taza la altura del café que le servía la criada.

—Está bien así, Benedita...

Maria Leonor, que también se había sentado, le acercó el azucarero. El cura se dio por satisfecho con dos cucharaditas bien llenas y, mientras revolvía el azúcar en el fondo de la taza, preguntó con interés:

—Y entonces, ¿ya está resuelto lo de Dionísio?

Maria Leonor se dio un ligero golpe en la frente.

—¡Oh, es verdad! ¡Discúlpeme! No me he acordado de contárselo...

Se sirvió azúcar y continuó, en otro tono:

—¡Sí! El... el domingo vino el doctor Viegas a darme la respuesta. Está todo hecho y Dionísio se marchará a Lisboa en octubre.

—Entonces estás contenta, ¿verdad?

—Sí, lo estoy. Solo hay un detalle que me desagrada un poco...

El cura sonrió.

—¿El qué? ¿Son todavía los mismos miedos sobre la cuestión religiosa?

—¿La cuestión religiosa? ¡Ah, no! Es por lo material. El dinero.

—¿Por qué? ¿El hermano del doctor pide mucho?

—No, ojalá fuese eso. No quiere aceptar dinero. Dice que le basta el placer de considerar a Dionísio como un hermano para su hijo, el hermano que no pudo darle, según me dijo... ¿Qué puedo hacer?

El cura se encogió de hombros. Sopló en la taza, bebió un trago de café y respondió:

—¡Bueno! ¿Qué puedes hacer sino agradecérselo?

—¡Podría no aceptarlo!

El anciano meneó la cabeza, reprobándolo, y respondió:

—Estaría mal. Vivimos en este mundo para hacer concesiones y sacrificios mutuos. Tu caso se resume en una cuestión de amor propio: ¡pues sacrifica tu amor propio y que Dionísio se vaya a Lisboa a hacerse un hombre!

Dionísio pasaba la mirada de su madre al cura. Y se sentía vagamente ofendido, viendo la extraordinaria facilidad con que disponían de su vida, llevándolo de acá para allá, sin escucharlo. No tenía el más mínimo deseo de salir de la finca e iría porque su madre se lo mandaba, aunque, si se diese lo contrario, también estaría obligado a obedecer. Sobre todo, ¡le fastidiaba aquel «hacerse un hombre»!

Pero la conversación seguía y el padre Cristiano, de repente, parándose en medio de una frase, exclamó:

—¡Espera, he tenido una idea!

Maria Leonor abrió mucho los ojos, con curiosidad. Y el padre prosiguió:

—Una idea que no me parece nada inoportuna y que te puede permitir hacer las paces con tu amor propio... ¿Por qué no invitas al sobrino del doctor a pasar aquí las vacaciones?

No era solo la reconciliación con su amor propio, era también la perspectiva de que la entrada de una persona extraña en el círculo vicioso de los habitantes de la casa pudiese significar una distracción de sus preocupaciones, de sus interminables miedos. Todos tendrían que adaptarse al visitante, olvidar por unos días las cuestiones antiguas. Maria Leonor estaba entusiasmada.

Pero, a su lado, Dionísio no parecía tan contento. Al oír al cura se encogió involuntariamente en la silla y, mientras su hermana acogía la idea con júbilo, bajó la cabeza, enfurruñado. Su naturaleza tímida no lidiaba bien con las nuevas relaciones, y mucho menos con personas de su edad. Prefería estar con adultos, como si él mismo no fuese un niño. Aquella invitación le resultaba violenta...

Pero lo peor aún estaba por llegar. Y fue cuando el cura, después de tomarse el resto dulcísimo de café que quedaba en la taza, continuó:

—Qué bien que estás de acuerdo. Pero fíjate que me he acordado de otra cosa.

El padre estaba fértil en ideas y Maria Leonor, sonriente, asentía, manifestando su acuerdo sin haberlo oído todavía.

—¡Que la invitación la haga Dionísio!

Todos se volvieron hacia el pequeño. Muy colorado y mirando con obstinación el mantel, Dionísio no abrió la boca. Pero al ver que esperaban una respuesta, levantó los ojos y miró sucesivamente a todos los que le rodeaban. El cura, su madre y su hermana tenían rostros de alegría, demasiado alegres para su gusto, y solo en Benedita vio lo que le pareció algo de solidaridad y comprensión.

Se apoyó en aquella ayuda y respondió, por fin, en voz muy baja y algo temblorosa:

—Si no lo conozco...

Era razonable. Y Dionísio respiró aliviado cuando, tras una prolongada ponderación, se decidió que la invitación la haría él, pero a través del doctor Viegas.

Poco después se levantaron, arrastrando las sillas para salir en desbandada, y, mientras Benedita se marchaba llevándose las tazas, el cura, después de mirar el reloj, dijo:

—¡Las nueve! Me voy yendo a casa, que este cuerpo ya no aguanta las veladas largas...

Maria Leonor se levantó y, acercándose a la ventana, preguntó:

—¿Ha venido a pie, padre Cristiano?

—¡No, hija, tanto ya no puedo! He venido en mi carretita. ¿No está en la puerta?

Maria Leonor se asomó más:

—¡No, no está! Deben de haberla aparcado. —Volvió adentro y añadió—: Voy a decirle a un criado que lo acompañe.

—¿Para qué? No vale la pena. La yegua no se desboca. Si echo cuentas, creo que debe de tener tantos años como yo...

Maria Leonor sonrió:

—Aun así... ¡Vamos, niños, despedíos del prior!

Los niños se acercaron y besaron al anciano. La despedida de Dionísio fue muy seca y fría: los labios apenas rozaron la arrugada cara del cura. Había en su alma un profundo resentimiento por la idea de la invitación.

Muy pronto se oyó fuera el rodar sofocado de la carreta. Y el padre, tras las últimas despedidas, se marchó.

Volvieron al comedor. Sobre la mesa, de donde Benedita se había llevado ya los cubiertos y el mantel, se abría, con un perfume suave y embriagador, un gran ramo de rosas de té. De su profundidad amarillenta subía la fina sutileza del aroma, las corolas se doblaban sobre la superficie de la mesa oscura y pulida, en un desfallecimiento marchito.

Maria Leonor se sentó en una sillita baja con su bordado. Se inclinó sobre el dibujo y con los hilos de colores fue haciendo brotar en la blancura del paño las manchas y el perfil de un ave del paraíso. Dionísio fue a sentarse lejos de las ventanas, junto al reloj, balanceando las piernas, enfadado. Y Júlia, que al principio había intentado bromear con su hermano, lo había dejado al verlo tan serio y se había ido a sentar al lado de su madre, en el suelo.

En cierto momento, Maria Leonor levantó la vista del trabajo y miró a su hijo. Iba a hablarle de la visita del sobrino del médico, pero, al verlo callado y pensativo, entendió lo que le pasaba y se calló. No podía criticarlo por la cobardía que demostraba con aquel miedo a lo desconocido. Solo la entristecía sentir a su hijo tan débil y solitario. En aquella sensibilidad infantil había un punto rígido aunque frágil como una pieza de metal fundido: no habría mucho que esperar el día que algún golpe de la vida le diese en ese sitio.

Una pregunta de Júlia sobre el bordado la distrajo de sus pensamientos. Dionísio, en su rincón, bostezó, con sueño. Se echó hacia delante y miró el reloj, que abría las agujas como dos largos brazos dorados. Se frotó los ojos con el dorso de las manos y dijo que se iba a acostar.

Era una especie de fuga, como si buscase olvidarse en el sueño de las preocupaciones que le perturbaban. Y después de besar a su madre y a su hermana, se fue a la cama. Por el camino se encontró con Benedita, que, al saber que se iba a acostar, subió con él. Entraron en el dormitorio y la criada abrió la cama. Salió mientras Dionísio se desnudaba, pero volvió en unos minutos, cuando se ponía el pijama. Dionísio, tras persignarse rápidamente, se metió entre las sábanas, temblando de frío a pesar del calor que hacía.

Benedita se acercó a la cama y, al tiempo que colocaba el embozo, le preguntó:

—Dionísio, ¿cuántos años tiene el sobrino del doctor Viegas?

XIX

Al día siguiente por la mañana, Maria Leonor mandó a un trabajador al Parral con un recado para el doctor Viegas, para que fuese a la finca en cuanto pudiese. El mozo se subio en el lomo de una burra rucia y salió al trote hacia la casa del médico.

Viegas observaba en la caballeriza cómo ensillaban a la yegua en la que iba a hacer su ronda por los pacientes apartados de Miranda cuando oyó fuera, en las losas del patio, un estrépito de herraduras. Se asomó por el postigo de la caballeriza y vio al trabajador de Maria Leonor saltando del animal, que resoplaba con un saludo ruidoso, asustando a las gallinas que escarbaban entre las piedras.

El médico gritó:

—¡A ver si haces que se calle ese diablo! —Miró las patas de la burra y añadió, sonriendo—: ¡Ese diablo o esa diabla!...

El mozo se indignó con el animal y, con dos varazos en las orejas, lo hizo callar, vencido. Después se acercó al médico, que lo esperaba asomado en el postigo, y mientras se quitaba la gorra fue diciendo:

—¡La señora me pide que le diga que vaya para allá en cuanto pueda!

—¿Qué es lo que pasa? ¿Hay alguien enfermo?

La boca del hombre se abrió en una sonrisa que le dejó ver dos hileras de dientes torcidos y estropeados. Y, contento por poder dar buenas noticias, respondió:

—¡No, señor! ¡No hay nadie enfermo! Creo que es la señora, que quiere hablar con usted...

El médico consultó su reloj, miró el sol y, volviéndose hacia el interior de la caballeriza, de donde venía un fuerte olor a sudor y excremento de ganado, preguntó:

—¿Está lista la yegua, Tomé?

Una voz respondió, en un jadeo esforzado:

—Enseguida, doctor.

Viegas salió, abrochándose la chaqueta. Miró al mozo, que esperaba, e inquirió:

—¿Qué has hecho con las botas que te di?

El mozo se rascó la cabeza:

—Están en casa, doctor...

—¿Ah, sí? Pues dentro de poco volverás con otra infección en el pie... ¡La próxima vez no te lo curo, te lo corto!

Avergonzado, el mozo le daba vueltas nerviosamente a la gorra. Se miró los pies con angustia, como si ya estuviese viendo el serrucho abriéndole la piel, y respondió:

—¿Sabe, doctor?... No quería gastar las botas. Las metí en un baúl y todavía están allí. —Hizo un esfuerzo, ruborizándose—: ¡Quería guardarlas para la boda!

El médico se rio:

—¡Ah, sí, para la boda! Pero ¿qué prefieres: casarte con botas y sin pies o casarte con pies y sin botas?

En la mirada del mozo apareció el brillo de la astucia. Y se rio al responder:

—Querría casarme con botas y con pies...

En ese momento, el criado de Viegas salía llevando a la yegua por la reata. El médico metió el pie izquierdo en el estribo y montó en el animal. Y, mientras componía las riendas y las crines de la montura, respondió:

—¡Venga! ¡Ponte las botas, que ya te daré otras para la boda!

Tocó los flancos de la yegua con las espuelas y salió al patio. El criado se montó en la burra de un salto y siguió al médico por el camino de los membrilleros. Fustigó con los talones la barriga del animal hasta obligarlo a correr al lado de la yegua y, con la voz agitada por los baches de la carrera, le agradeció lo de las botas.

Pero el médico no lo oía. Intentaba averiguar el motivo de aquella llamada matutina. Si no era por una enfermedad, se trataba, seguramente, de aquella historia... La noche anterior, por primera vez en muchos años, había dormido mal, a pesar de estar cansado. Y cuando se despertó, aún era muy de mañana en España, se había preguntado a sí mismo, en la semioscuridad de su habitación, si no había sido todo una pesadilla idiota, tan absurdo le parecía lo que había pasado la tarde del domingo en la finca. Al final, tuvo que hacerse a la idea: aquello había pasado, no había duda, y ahora, ni aunque el mundo empezase a girar al revés, sería posible volver a aquel domingo para que la tarde pasara de otra manera.

Sin darse cuenta, azuzó al animal y pasó del trote a un galope corto, dejando atrás al criado, apresurado encima de la burra, que orientaba las orejas hacia delante por el ansia de no despegarse de los cuartos traseros de la montura del médico. Al final se quedó atrás en la primera curva del camino, mientras Viegas desaparecía en una nube de polvo, derecho al río.

Enseguida, el médico entraba en la finca. Y cuando se apeó en la puerta, vio, en el porche, a Teresa y João, que charlaban. Refunfuñó:

—¡Con vosotros va a prosperar esta casa!... ¡Siempre juntitos!

Teresa se sonrojó y desapareció. El mozo sonrió:

—¡Solo estábamos hablando, doctor!

—¿Cómo hablando? Eso es perder el tiempo. Casaos y dejaos de paliques. Después tendréis toda la vida para hablar... ¡Guarda a esta bichilla, anda!

João echó mano a las riendas y se llevó a la yegua. Viegas entró en la casa y se detuvo en medio del salón, al entrever una falda oscura que desaparecía por detrás de una puerta. Con tres zancadas largas la siguió, a tiempo de ver a Benedita, que entraba en la cocina. Se encogió de hombros y volvió atrás. Mientras subía la escalera, llamó:

—¡Maria Leonor!

Un ruido de pasos en el descansillo y Maria Leonor apareció. Venía contenta, risueña, atándose las cintas de un delantal a la cintura. Sonrió al visitante, saludándolo:

—¡Buenos días, doctor! ¡Disculpe la molestia, pero necesitaba hablar con usted!

Viegas subió los últimos escalones y se paró delante de ella, algo sorprendido:

—Estás de muy buen humor. ¿Qué es lo que pasa?

—¡Ah, no pasa nada! Me he despertado contenta, no sé por qué, aunque lo contrario sería más natural, ¿no es verdad?

—Sí, realmente... Pero, en fin, ¿qué es lo que quieres?

—Hablar, ya se lo he dicho. Y pedirle una cosa. Vamos.

Accedieron al pasillo que llevaba al dormitorio y al despacho. Al llegar aquí, Maria Leonor dudó unos segundos, pero enseguida abrió la puerta con decisión.

—Siéntese.

El médico se dejó caer en una mecedora forrada de cuero negro, cubierta con un paño rojo bordado, y sacó la pipa, la llenó de tabaco y la encendió. Aspiró dos veces, extasiado, y dijo mirando la cazoleta chispeante:

—Benedita...

Maria Leonor se encogió de hombros.

—Ahí está...

—¿Sigue igual?

—Igual.

Viegas se impulsó con las piernas y balanceó la mecedora. Echó una nueva bocanada de humo y añadió:

—Parece que Benedita se ha transformado en el guardián de la moralidad de esta casa.

Maria Leonor se sonrojó intensamente. Esa forma de hablar...

—¿Por qué?

—La he pillado espiando a Teresa y João, que estaban hablando en la puerta.

Una sonrisa entreabrió la boca de Maria Leonor. Rodeó la mesa para sentarse y murmuró:

—Ya es demasiado tarde...

Viegas cogió la pipa, que le colgaba de la boca, manchándose el traje de ceniza. Se sacudió y preguntó, mientras se la encajaba de nuevo entre los dientes:

—Tarde ¿por qué? ¿Ha pasado alguna otra cosa?

Aquel *otra cosa* le salió de los labios involuntariamente. Observó la cara de Maria Leonor y la vio ponerse pálida, mientras las manos, apoyadas en la mesa, se le crispaban, doloridas. Repitió la pregunta:

—¿Ha pasado algo?

Maria Leonor sonrió, comprendiendo la delicadeza, y respondió:

—Creo que sí...

El médico, enfadado, se levantó y fue hasta la ventana. Echó un vistazo distraído por la finca y, dándose la vuelta, tiró los restos de tabaco en un cenicero de cerámica en el que brillaban las quinas y los castillos del escudo de Don João V.

—Y, entonces, ¿qué es lo que quieres de mí?

Con un suspiro, Maria Leonor respondió mientras jugaba con un abrecartas, dando con el filo en el tintero:

—Quería pedirle que invitase a su sobrino João a pasar lo que queda de vacaciones con nosotros, en nombre de Dionísio...

—¿De quién ha sido la idea?

—Del padre Cristiano.

—¡Bueno! ¡No es mala idea, no, señora! Y Dionísio ¿qué dice?

—¡Nada! ¡Qué va a decir!

—¡Anda! Podía no gustarle. Con los niños, nunca se sabe...

Se sacó del bolsillo una pluma y añadió:

—¡Bien, en ese caso, vamos a escribir!

Maria Leonor se levantó y le cedió su sitio. El médico se sentó, cogió una hoja de papel, sacudió la pluma y, después de mirar al techo, empezó a escribir.

Ya iba por la mitad de la página cuando, de repente, levantó la cabeza y miró a Maria Leonor.

—¿Qué es lo que miras en la alfombra?

Ella dio un pequeño grito y se llevó la mano al corazón, sobresaltada. Estaba pálida y temblorosa y, ante el rostro perplejo del médico, solo pudo responder:

—Nada, nada...

Viegas miró desconfiado y volvió a la carta. En un momento, la firmó, secó las líneas que había escrito y, tras mirarla, se la dio a Maria Leonor diciendo:

—A ver si te parece bien.

Ella le echó una ojeada, casi sin ver lo escrito, y se la devolvió:

—Está bien, seguro...

—¿Seguro? Naturalmente, no te gusta el estilo. ¡Pues que sepas, querida, que en un médico de pueblo esto es lo mejor que vas a encontrar!

Dobló la carta y se la guardó en el bolsillo interior de la chaqueta. Se tocó dos veces el pecho, como para asegurarse de que la carta seguía en el mismo sitio, y se recostó.

—Me estoy volviendo perezoso. En esta casa se respira indolencia... Si estuviese siempre aquí, me pasaría el tiempo tumbado a la bartola, disfrutando de la vista del techo o cruzado de piernas sobre una estera, mirando hacia abajo, contemplando la belleza de mi ombligo.

Maria Leonor sonrió.

—Aquí se respira más que pereza, doctor. Entre estas paredes se respira un aire de tragedia griega. Está en las habitaciones, oculta en los desvanes y en los pliegues de las cortinas...

El médico la interrumpió sin contemplaciones, refunfuñando:

—¡Fantasías!...

—¡Es posible! —respondió Maria Leonor—. Pero la verdad es que siento en el aire que respiro una viscosidad extraña, como si hubiera en él una presencia material. Si quisiera hacer literatura, diría que anda por aquí la fatalidad, la misma que cegó a Edipo y lo convirtió en esposo de su propia madre. Me muevo por la casa como entre una niebla fría y espesa que me produce escalofríos. Los muebles son grandes sombras esfumadas, los pasos resuenan por la casa, secos e indefinidos...

Viegas repitió mientras se levantaba y se acercaba a la ventana:

—¡Fantasías, niña, fantasías!... ¿Por qué no serás una mujer sensata, fría como tu niebla, sin esos delirios de la imaginación?

Se volvió hacia ella con las manos en los bolsillos, las piernas ligeramente separadas, una leve sonrisa de ironía en los labios.

—Empiezo a creer que tienes poco que hacer. O mejor, tal vez: que haces poco, teniendo mucho trabajo. —Dio dos pasos indiferentes y sin destino y prosiguió, soltando las palabras al azar, con displicencia—: No se puede explicar de otro modo el abandono en que comienza a estar la finca... Otros ojos que no estuviesen ciegos por esa niebla imaginaria ya habrían visto los caminos llenos de hierbas, el muro de la huerta medio caído, dejando que pasen los carneros de los vecinos; otros oídos que no se preocupasen por los pasos de los criados ya habrían notado el chirrido de las bisagras de la cancela, que hace semanas que no ven el aceite...

Maria Leonor se levantó de golpe, dispuesta a responder, pero el médico la detuvo con un gesto de la mano:

—¡Quietecita, quietecita!... ¡Piénsatelo bien antes de responder! —Y tras un momento de silencio en el que aguantó la mirada enojada de Maria Leonor—: Venga, responde...

Ella hizo un gesto como de buen humor y respondió:

—¡No tengo nada que decir!

—Pues es una pena. Tendríamos, probablemente, una conversación interesante. ¡Paciencia! Si me falla la otra parte, me conformo...

Maria Leonor golpeó con el tacón del zapato en la tarima del suelo y, dando a sus palabras una entonación sarcástica, respondió:

—¡Es admirable! ¿Usted nunca ha tenido problemas?

Viegas soltó una carcajada con la que le temblaron las gafas. Después se calmó. Los ojos aún dejaron ver una claridad risueña, pero enseguida se empañaron por detrás de los gruesos cristales. Se produjo un silencio. Y la sonrisa le volvió a los labios cuando respondió:

—Ahí tienes una pregunta infantil, que no es sino la consecuencia de esa niebla que te ha envuelto y en la que me quieres envolver a mí... —Suspiró y continuó—: Pues sí, yo también tengo mis problemas... O mejor dicho: los he tenido. Y, si quieres que te diga la verdad, he tenido varias series. Por ejemplo: de los siete a los doce años, el problema que más me atormentó fue encontrar la manera legítima de conciliar la obligación de ir a la escuela con mi pasión por la peonza; de los diez a los quince, tuve otro problema: camuflar el maldito olor del tabaco que fumaba, para que mi madre no me diese un buen par de azotes, que era, además, lo que merecía, no por fumar, sino por usar un tabaco tan malo; de los quince a los veinte, y esto va en series de cinco años para no cansarte, ¡no te digo nada, entonces!..., fue un chorreón de problemas, desde la primera criada con la que estuve hasta el primer silogismo, desde la primera duda sobre la divinidad hasta el primer sablazo a un amigo, desde la primera borrachera a..., en fin, un no acabar; de los veinte a los veinticinco, la cosa estuvo más tranquila y, por entonces, si recuerdo bien, los problemas más importantes que me agobiaron fueron...

En este punto, Maria Leonor, exasperada, ya no pudo más. Y explotó:

—¡Es muy ingenioso, pero no soporto ya tantas bromas! Pensé que su sensibilidad entendería, como debe de haberlo hecho su inteligencia, mi situación, los temores que pueblan mi vida, esta inenarrable angustia en la que me debato. Me matan los nervios, no vivo para otra cosa que no sea esta obsesión, y usted se lo toma a chanza...

Viegas cogió a Maria Leonor por los brazos y, manteniéndola derecha delante de él, le sacudió los hombros, para obligarla a mirarlo. Y, tras haberla inmovilizado, le respondió, con una voz de la que había desaparecido cualquier aire risueño:

—Tienes razón, estaba bromeando. Pero todavía no he acabado, falta la última gracia. A los veintisiete me formé. Era médico, por fin había realizado mi ideal más alto, mi sueño más bello, pero fue justo en ese momento cuando apareció el último problema: el espectáculo de las vidas que se marchitan, de las fiebres que devoran, de los males que desfiguran, de las lágrimas y los gritos de los que no quieren morir. ¡El espectáculo de una vida grande que se acaba miserablemente en un suspiro, después de haber estado llena de alegrías y tristezas, de triunfos y desastres!

Hablaba con una violencia tremenda, como si cada palabra fuese una piedra lanzada al aire, veloz y agresiva. Maria Leonor tenía lágrimas en los ojos, como si hubiera visto pasar por delante, en un segundo, toda la historia del sufrimiento humano.

El médico, tras mirarla con atención, añadió:

—Desde entonces, los demás problemas tienen siempre una importancia relativa para mí.

Se calló. Se quedaron así unos segundos que parecieron eternos, hasta que en la cara de Viegas se empezó a notar una expresión de desagrado y vergüenza. Dejó a Maria Leonor y se sentó, molesto. Cruzó las piernas y metió la mandíbula entre las solapas de la chaqueta.

Enseguida, Maria Leonor se acercó a él, le puso una mano en el hombro y le dijo, afectuosa:

—¿Hacemos las paces?

Viegas murmuró que estaba de acuerdo. Y ella continuó:

—Hoy mismo puede echar la carta al correo, ¿verdad?

Él levantó la cabeza: había desaparecido el enfado. Dio dos palmaditas afables en la mano de Maria Leonor y respondió:

—¡Sí, claro! La carta llegará mañana, que es martes. Preparativos para el viaje, tachuelas en las botas de João, recomendaciones de su madre para que no se abra la cabeza al subir a los árboles, ¡y lo tenemos aquí el jueves o el viernes!

—¡Estupendo! Le prometo que, para cuando llegue, las bisagras de la cancela estarán bien engrasadas; la alameda, limpia de hierbas; el muro de la huerta, en pie y los carneros, fuera.

Viegas se levantó y fue a por su sombrero. Lo sacudió con la mano para quitarle el polvo y dijo:

—¡Es interesante! De todos mis pacientes, eres la que ha recaído más veces, y solo yo sé el trabajo que tengo, cada vez que te pasa, para ponerte nuevamente en pie. Vives de entusiasmos repentinos y de depresiones prolongadas, y yo, que tengo poca habilidad para escalar montañas, estoy obligado a acompañarte en esos altibajos.

Maria Leonor lo cogió del brazo y, mientras caminaban hacia el pasillo, respondió:

—Es cierto. Y Dios sabe lo agradecida que le estoy. Sin usted y su admirable concepción de la vida, ¡no sé qué habría hecho!... Si no fuese por su presencia constante, si no fuese por sus palabras... ¡No lo quiero ni pensar! ¡Me pongo mala!

Se detuvieron en el descansillo. Viegas bajó un escalón y se volvió para despedirse. Ella le apretó la mano con fuerza y susurró:

—Ahora, váyase. Volverá luego, o mañana, o después. Y yo estaré aquí, sola, dentro de este caserón, hasta que vuelva. ¡Hasta entonces, serán los miedos, los agobios miserables, mis compañeros de siempre! Cuando vuelva ¡todo desaparecerá!

—¿Tanta falta te hago?

—Sí, ¡me hace mucha falta!...

La mano de Viegas apretó aún con más fuerza la de Maria Leonor y su boca, irreprimiblemente, pronunció las palabras fatales e irremediables:

—Maria Leonor, ¿te quieres casar conmigo?

De los labios de ella salió un gemido. La casa pareció temblar bajo sus pies y las paredes vibrar en sus cimientos. Ante ella, la cara del médico, pálida, los ojos brillantes detrás de las gafas y de las lágrimas. Se llevó las manos al rostro, que se le incendiaba.

Cuando las retiró, miró a Viegas, temblando. Y, de repente, lo vio darle la espalda y huir escalera abajo, como solo se huye del ridículo y de la muerte. Sus pasos resonaron en la moqueta de la entrada. La puerta exterior retumbó.

Con aquel ruido, Maria Leonor pareció despertarse. Abrió la boca para gritar, pero se quedó muda, petrificada. Se llevó las manos a la garganta dolorida y se apoyó en el pasamanos, sollozando desesperadamente.

XX

Durante los días que precedieron a la noticia de la llegada de João, el médico no volvió a la finca. Se levantaba temprano, más temprano aún que de costumbre, en cuanto las estrellas empezaban a desaparecer en el cielo, y bajaba a las caballerizas para ensillar a la yegua. Montaba. Y enseguida empezaba a galopar hasta el río, en la media luz fresca del amanecer, pasando con el animal por debajo de las ramas de los sauces, húmedos por el rocío de la noche. Cuando la yegua metía las patas delanteras en el agua y bajaba su largo cuello para beber, Viegas se inclinaba hacia delante, cruzando los brazos sobre la silla de montar.

Y mientras el animal mataba la sed, se quedaba mirando la corriente del río, mansa y sosegada, que formaba aquí y allá un pequeño remolino en los sitios profundos, donde giraban las hojas y las ramitas que caían de los árboles. Después, la yegua levantaba la cabeza, satisfecha, con un último hilo de agua cayéndole de la boca, y cruzaba el río, formando una estela de espuma blanca enseguida turbada por el lodo que subía del fondo.

Llegados a la orilla, Viegas dejaba que el animal fuese al paso e iba andando de puerta en puerta, de matrimonio en matrimonio, cerca o lejos, hasta que el sol, trepando por el cielo, empezaba a verter sobre el campo lenguas de fuego vivo que arrugaban los rastrojos y teñían de gris los olivos. Los terrones secos se deshacían bajo las patas de la yegua y las zarzas, blancas del polvo del camino, dejaban en las piernas del médico largas líneas lívidas. A veces, entre los pinchos verdes de las pitas, se desenrollaba el moteado de una culebra gris de cabeza cilíndrica e inofensiva. La yegua se espantaba ante el reptil, pero enseguida, recobrada la calma, volvía a la cadencia de su paso en la indolencia del calor.

Hasta que el sol caía a plomo, Viegas empleaba así sus horas, ya sin enfermos que ver, en aquellos largos paseos que lo dejaban al atardecer cansado como un anciano que buscase apoyo para estirar sus miembros gastados.

Tras aquel momento de loca exaltación, que había sido al mismo tiempo sencillo y natural, no había tenido un único instante de sosiego. Le parecía estar constantemente presenciando la desgraciada escena, le parecía oír todavía su propia voz pronunciando las palabras imposibles. Había momentos en los que el recuerdo era tan vivo y punzante que cerraba los puños y los ojos, como si le atormentase un dolor físico. En esos momentos, murmuraba:

—¡Qué ridículo, Dios santo!

Porque todo su disgusto era el inmenso ridículo con que se revestía a sus ojos la propuesta que había hecho a Maria Leonor. ¡Casarse! ¡Cómo era posible! ¡Él, Viegas, con casi cincuenta y cinco años, cascado, atreverse a pedir la mano de una mujer de treinta, en la flor de todos los instintos sensuales que le había dado la naturaleza! ¡Y lo había hecho sin pudor! Además, como si no fuera suficiente, había que tener en cuenta que había sido la mujer de un amigo suyo, de un gran amigo, por el que todavía lloraba en los momentos de soledad y desánimo.

¿Cómo había sido posible? Juraría que diez minutos, que diez segundos antes, no se le pasaba por la cabeza pronunciar semejantes palabras. Pero ¡las había dicho! ¿Por qué, cielo santo? ¡Si no podía ya dominar sus pensamientos, si no conseguía ser señor de sus propias palabras, entonces estaba en el último umbral de la senilidad, de la debilidad mental, del baboseo! Y sentía un placer ácido al insultarse con aquel término miserable de baboso.

Pasaron así tres días, prometiéndose cada noche que al día siguiente iría a hablar con Maria Leonor, a deshacer aquel estúpido malentendido que había envenenado la relación entre ambos, y pensando todas las mañanas, al levantarse, que sería mejor guardarse la explicación para cuando fuese imposible evitarla.

El jueves, a punto de anochecer, había en los campos de alrededor del Parral una amplia paz silenciosa bajo la cúpula azul cobalto del cielo, donde punteaban chispas temblorosas de estrellas y donde, por el poniente, la última nube del día, que se ocultaba por el lado del sol, mostraba su perfil enrojecido y tortuoso, sangriento como los despojos de una batalla.

Viegas, tras contemplar desde la terraza la puesta de sol, entró y se sentó a la mesa. Tomé, el criado que era en su casa mayordomo y ayo, mozo de caballería y ayudante de laboratorio, empezó a servirle la cena.

Aún no se había tomado el médico la segunda cucharada de sopa cuando se oyó en la puerta de la entrada un fuerte aldabonazo. Tomé masculló algo sobre la pésima costumbre del demonio y bajó a ver quién era. Volvió en un momento. Traía en la mano un telegrama. Viegas lo abrió y lo leyó.

Era de su hermano, avisando de que su hijo llegaría al día siguiente, en el tren de la tarde.

Cuando acabó de leer, Viegas empujó el plato a un lado. Había perdido el apetito al acordarse de que tenía que ir a la finca para avisar. Intentó pensar que, probablemente, su hermano habría mandado otro idéntico a Maria Leonor, pero enseguida desechó esa idea.

Se levantó de la silla y fue a un armario a coger una chaqueta. Se la puso ante la mirada intrigada de Tomé, que, viendo al patrón con toda la pinta de quien se disponía a salir, preguntó:

—¿El señor va a salir?

—Sí, ¿no lo ves?

—¿Y no va a cenar?

—No.

Era algo extraño, no había duda. El criado se encogió de hombros y empezó a quitar la mesa. Viegas se puso el sombrero y se dirigió a la puerta. Al llegar se detuvo, como si le viniera a la cabeza un pensamiento repentino, y, volviéndose, preguntó:

—Tomé, ¿qué pensarías o qué dirías si me casase?

El criado dejó sobre la mesa la botella de vino y solo hizo una pregunta:

—¿Ahora?

Viegas lo miró por un instante, sonrió nerviosamente y murmuró:

—Sí, tienes razón... Ahora...

Le dio la espalda y bajó. Una vez fuera, dudó entre ir a pie o a caballo. Miró al cielo y, de inmediato, se decidió por el paseo pedestre. Y fue esto mismo lo que respondió al criado, que le preguntaba desde la ventana si quería que le preparase la yegua. Mientras bajaba la pequeña avenida que llevaba al camino de los membrilleros, fue llenando la pipa. Se paró en la cancela para encenderla y, tras darle dos buenas caladas, empezó a andar, estirando un poco el cuello hacia delante, guiñando los ojos de miope para ver mejor el camino que la noche iba oscureciendo hasta no dejar ver más que la mancha blanca del sendero. Al llegar cerca del río, cortó por un sendero a la derecha y fue subiendo la orilla por detrás de la densa cortina de sauces que crecía formando un pequeño dique, con los troncos y las raíces dentro del agua. Más arriba, donde se erguían dos hayas gigantescas, estaba el puente romano de un solo arco. Lo cruzó. Cerca, a dos centenares de metros, se abrían las cancelas de Quinta Seca.

Viegas se detuvo en la entrada, vacilante. Llegó un perro ladrando, furioso, gruñendo al sospechoso que se acercaba. Al final, reconoció al médico y empezó a dar saltos a su alrededor, intentando alcanzar sus hombros. Viegas acarició al animal y entró. Recorrió lentamente la alameda, parándose a cada paso, hasta que llegó a la puerta. Todo el piso de arriba estaba a oscuras; solo había luz abajo: a un lado, en el salón; al otro, en la cocina.

El perro, como si solo se hubiese propuesto acompañarlo hasta allí, lo dejó y se largó corriendo otra vez hacia la cancela. Viegas se quedó solo, en el umbral. Arrastró los pies y por fin se decidió a entrar. Fue paso a paso hasta la puerta del salón y miró adentro. Temblaba.

Inclinada sobre la mesa, donde doblaba un mantel a medio bordar, Maria Leonor le explicaba algo a su hija en voz baja. Al otro lado, Dionísio leía con atención un libro.

Por unos momentos, Viegas pensó en huir, en salir de allí. Le vino a la cabeza la consciencia del ridículo de su situación de anciano pretendiente, que ni sabía por qué lo había hecho. Oculto por la sombra de la cortina, pasó, así, unos segundos de una miserable indecisión. Se llamó a sí mismo idiota, infantil, estúpido y, para sarcasmo final, viejo. Después, entró.

Al primer paso todos levantaron la cabeza, asustados, pero mientras que Dionísio saltaba de su silla y corría hacia el médico y Júlia dejaba a su madre para precipitarse detrás de su hermano, Maria Leonor se llevaba las manos al pecho, muy pálida, hacía amago de retirarse. Viegas no la miró. Recibió en sus brazos abiertos y temblorosos a los dos niños, y a ellos mismos, de forma precipitada, les dijo a lo que venía:

—Ha llegado un telegrama de Lisboa. João llega mañana, en el tren de la tarde... —Y, sintiendo que no podía decir otra cosa, repitió—: Llega en el tren de la tarde... Mañana.

Tras esta última palabra, no supo qué más decir. Se quedó inmóvil en medio del salón, con los niños apretados contra el pecho, la mirada obstinada clavada en la pared de enfrente, notando en todas las células de su cuerpo una opresión dolorosa, angustiante.

Fue Maria Leonor la primera en recobrar la serenidad. Llegó desde la mesa con la mano tendida para saludar. Viegas bajó la mirada y, despegándose de Júlia, tendió también la mano derecha. El apretón fue tan flojo que ambos sintieron el temblor de las manos, la una en la otra. En cuanto se tocaron, dejaron caer los brazos, en un desaliento apenado, lleno de cansancio.

Cuando Viegas se dirigió al sofá, las piernas le temblaban como juncos y Maria Leonor, al volver a la mesa, se dejó caer en la silla con un gran suspiro de fatiga. El silencio se prolongaba y ambos luchaban contra el miedo a hablar.

Al final fue Júlia la que, intrigada, miró al médico y, volviéndose hacia su madre, preguntó:

—Madre, ¡el doctor parece que está enfermo! ¡Está muy blanco!

Dionísio también se acercó:

—¡Y tiene la frente llena de sudor!...

Viegas se removió en el sofá, carraspeó, aclarándose la voz, y respondió:

—¡Tranquilos! ¿O es que yo, que soy médico, puedo ponerme malo como vosotros, con palidez y sudores?...

Maria Leonor, desde su rincón, tras colocarse el mantel en el regazo, soltó:

—¿Qué es lo que estaba diciendo, doctor?

La voz se le apagaba, pero el médico aprovechó y dijo:

—¡Eso! He recibido un telegrama de Carlos en el que dice que João llega mañana, en el tren de la tarde... Tenemos que ir a esperarlo, ¿no te parece?

—¡Claro! ¡Iremos todos!

Júlia empezó a saltar alrededor de la mesa, cantando, contentísima. Solo Dionísio se había arrimado a la pared, con las manos enfurruñadas metidas en la cinturilla de sus pantalones cortos, haciendo rayas en el suelo con la punta de la bota. Y cuando su hermana le preguntó si estaba contento, se encogió de hombros, indiferente y molesto.

Maria Leonor enhebró una aguja, forcejeando por mantener el pulso firme, y, tras dar unas puntadas, miró por primera vez de frente al médico y le preguntó:

—¿Cree que su sobrino traerá mucho equipaje? Tal vez convenga llevar un carro...

Viegas sacó hacia fuera el labio inferior, en un gesto de ignorancia, y respondió:

—Pues no lo sé. Pero supongo que no traerá muchas cosas: un niño... Es verdad, ¿dónde va a dormir?

—En la habitación de al lado de la de Dionísio.

Júlia precisó:

—Ya está lista. ¡Es la habitación donde se ha quedado el tío António cuando ha venido!

Viegas se estremeció cuando Júlia habló de su tío y no pudo evitar mirar a Maria Leonor, que bajó corriendo la cabeza.

Se produjo un nuevo silencio. Júlia, viendo que no le respondían, se acercó a su hermano, que se había sentado en el suelo, enrollando y desenrollando distraído la esquina de la alfombra.

El médico estaba ya pensando en cómo salir de allí y marcharse a su casa cuando entró Benedita. La criada venía sonriente y saludó a Viegas abiertamente:

—¡Buenas noches, doctor! ¿Cómo está?

Viegas bromeó:

—¡Buenas noches! ¡No estoy mejor porque no me dejan!...

De inmediato se arrepintió de la frase y miró de soslayo a Maria Leonor, llamándose mentalmente burro. Ella hizo un gesto, medio molesto medio impaciente, y redobló la atención en el bordado. Mientras, Benedita había atravesado el salón y, al ver a Dionísio ceñudo, se arrodilló a su lado y le preguntó, con cariño:

—¿Qué nos pasa?

Dionísio fue maleducado:

—El sobrino del doctor, que viene mañana...

Júlia miró a su madre, con miedo. Maria Leonor se había levantado de repente, tirando el mantel al suelo. Fue derecha a su hijo y lo cogió por un brazo. Lo levantó con violencia.

Dionísio estaba delante de ella, asustado, con los párpados temblando de miedo, el brazo dolorido por donde la madre lo había sujetado.

Y Maria Leonor, con los labios blancos de ira, preguntaba:

—¿Qué has querido decir con eso?

Benedita se metió en medio:

—¡Señora, seguro que lo ha dicho sin pensarlo!...

La intervención de la criada fue la gota que colmó el vaso. Maria Leonor gritó:

—¡Cállate! ¡Métete en tu vida! —Y volviéndose otra vez hacia su hijo—: ¡Responde a lo que te he preguntado! ¡Ya!

Dionísio se arrimó a Benedita. A Maria Leonor le temblaban las manos al avanzar hacia él. Iba a agarrarlo de nuevo y a castigarlo, pero Benedita, con un movimiento rápido, se interpuso entre los dos y, cuando la señora intentó quitarla de en medio, le puso la mano derecha en el brazo, apretándoselo con fuerza para detenerla. Maria Leonor la miró con ojos asombrados y ya iba a empujarla cuando la criada susurró:

—No se lo consiento.

La sorpresa hizo tartamudear a Maria Leonor.

—No... ¿qué?

Benedita repitió, más alto:

—¡No se lo consiento!

Y clavó en su señora una mirada cargada de intención

y de significado. No tuvo que decir por qué no se lo consentía. Era la amenaza de siempre.

Se quedaron la una delante de la otra, en silencio, enemigas, disparando odios. En la mirada de Maria Leonor, poco a poco, se fue apagando el brillo colérico y los ojos se le suavizaron hasta alcanzar una lasitud que bajó por sus párpados vencidos. Le dio la espalda a Benedita y fue a sentarse otra vez a su silla, frente al médico, que presenciaba la escena sin moverse ni pronunciar palabra. Y desde allí, con una voz agotada y dolorida, ordenó a la criada:

—¡Acuéstalos, por favor!...

Los niños le dieron un beso al médico y, tras una breve vacilación, se acercaron a su madre. Esta recibió los besos con indiferencia e hizo un gesto para que se retirasen. Salieron seguidos de Benedita, que se despidió con un «¡Buenas noches!» ríspido, ofensivo.

Cuando los pasos de los tres dejaron de oírse en el descansillo, Maria Leonor inclinó la cabeza sobre los brazos cruzados y rompió a llorar, con una agitación profunda de todo el cuerpo, que temblaba, convulso, jadeante, contra el borde afilado de la mesa, que le hacía daño en el pecho.

Viegas se levantó y empezó a andar hacia ella, pero se detuvo. Y solo dijo una palabra, en un murmullo compadecido y triste:

—¡Leonor!

Ella levantó la cabeza. Y estaba tan bella en su espléndida madurez, con aquel brillo de lágrimas en los ojos y en las mejillas, despeinada, con el pelo suelto como olas de un mar dorado, que Viegas sintió que le corría por las venas un desperezo voluptuoso, un vago erotismo que le produjo un escalofrío.

Pero enseguida se recriminó a sí mismo aquella sensación. En el rostro de Maria Leonor solo había pena, un dolor infinito y sin amparo, un desvarío perdido, la conciencia de una debilidad total e irremediable. Ante aquella cara deshecha, Viegas sintió el impulso íntimo que lo empujaba a la cabecera del enfermo que se retorcía en las garras del dolor. Y todo su ser se inundó del deseo de aliviar aquel sufrimiento y de secar aquellas lágrimas.

—¡Tranquilízate! ¡Escúchame!

Dio unos pasos nerviosos hasta la mesa. Allí, obligándose a mirar a Maria Leonor, fue diciendo con una voz trémula que se afirmaba poco a poco:

—Quiero disculparme por lo que te dije la última vez que estuve aquí. No lo pensé, ni siquiera sé por qué te lo dije. ¡Mi edad debería obligarme a tener más cuidado y las canas deberían darme la frialdad de corazón que me faltó en aquel momento! Pero quiero olvidar ese instante y espero de tu caridad que mi presencia no se convierta para ti en un motivo de escarnio. —Respiró hondo y prosiguió—: Además, no es esto lo que te quería decir. Solo he querido aliviar tu conciencia... Pero, viendo lo que ha pasado hace un momento, valoro lo que se perdería si hubiese hecho la locura de insistir y tú, la locura mayor de aceptar. Nuestras vidas, nuestra tranquilidad estarían a merced de sus caprichos. Veríamos a cada paso su sonrisa malvada, escarnecedora, su imprudente seguridad. No son el miedo ni el egoísmo los que me obligan a retirar mi propuesta: es la certeza de que te puedo ser más útil como amigo que como... ¡no puedo ni pronunciar la palabra, fíjate! ¿Entiendes lo que quiero decir? ¡Soy tu amigo y quiero seguir siendo solo tu amigo!

Toda la firmeza de Viegas desaparecía. Su voz se evaporó.

Maria Leonor, aturdida, se levantó de la silla y apoyó las manos en el respaldo. Suspiró profundamente y respondió:

—Lo entiendo...

Señaló el piso de arriba y continuó, como si hablara consigo misma:

—Si no fuese por ella, yo sería su mujer.

Viegas se enderezó con un movimiento brusco. Sonrió con tristeza y respondió:

—¡Los dos hemos perdido la razón! ¡Mañana, a la luz del día, todo esto nos parecerá una pesadilla y querremos huir el uno del otro!

Recobraba la calma. Se sentía aliviado del tremendo peso que había llevado en el pensamiento durante los últimos tres días. Y ahora solo quería salir, evitar más explicaciones sobre aquel asunto tan espinoso, que la más pequeña exageración convertiría en irrisorio. A pesar de toda su sinceridad, y tal vez incluso por ella, temía que, al volverles la fría razón, viniese también con ella la percepción de aquel punto ridículo que hay en todas las cosas, por graves y dolorosas que sean.

Tendió la mano, ya firme y serena, a Maria Leonor, que la apretó por encima de la mesa. Con los dedos cogidos y unidos en la despedida, cruzaron sus miradas.

—¡Hasta mañana, Maria Leonor!

—¡Hasta mañana!

XXI

El día siguiente despertó gris y cargado. El cielo se había cubierto de nubes bajas, entre las cuales el azul aparecía solo a lo lejos, cuando el viento alto y cálido las rompía. Había una atmósfera tibia, sofocante, que presagiaba tormenta, y ya por la zona de los cerros del oeste se oía el rumor de truenos, entrecortados por el rasgar de sedas. Las cumbres de los montes, vistas desde la finca, se iluminaban con una claridad violeta en la que los pinos se perfilaban negros y nítidos. Tras el relámpago venía la formación del trueno, primero tímido y espaciado, después desbocado en un esplendor sonoro que llenaba el cielo hasta que moría como había empezado, con un desaliento que era el principio de otro trueno. El sol pasaba a través de las nubes oscuras empujando hacia abajo, por los huecos, rayos furtivos que encendían de un ocre luminoso los campos sombríos. Sobre la tierra se expandía un malestar indefinido, una expectativa ansiosa. Los animales temblaban de excitación cuando las descargas eléctricas inundaban la atmósfera con el retumbar apagado de la tormenta. Y el bochorno del viento erizaba las ramas de los árboles, que parecían crisparse con la misma ansiedad que perturbaba a los animales.

Alrededor del mediodía, la tormenta se marchó más al oeste, dejando sobre el campo la humedad superficial de los raros goterones de lluvia que había soltado por los caminos polvorientos y en los rastrojales secos y duros.

Jerónimo, que se había pasado toda la mañana levantando al cielo la cara atezada y rugosa, pudo, a la hora de la siesta, decirle a la señora que podían ir a la estación sin peligro de acabar empapados. Aunque no dejó de añadir:

—Pero, por precaución, siempre será mejor llevar los paraguas y los capotes, ¡que la estación está lejos y el camino, desprotegido!

Así lo hicieron. Una hora antes de que llegase el tren salieron de la finca, en el carro, bien defendidos contra todo posible temporal. Jerónimo, con su vieja capa alentejana y los zahones de piel de carnero negro, empuñaba las riendas. En voz baja insultaba al caballo, que le parecía torpe y remolón. Dionísio, sentado en el banco, a su lado, aún molesto por la noche anterior, se envolvía en un plástico y, de vez en cuando, miraba de reojo a su madre, con el deseo de reconciliarse puesto de lado por su naturaleza tímida. Para consolarse iba imaginándose sueños imposibles de buenas relaciones con el sobrino del doctor y rebuscaba en sus pobres conocimientos infantiles todo lo que podía situar en un plano superior a él.

Detrás, sentadas de espaldas al caballo, iban Maria Leonor y su hija. Júlia se había vestido, dentro de la necesaria seguridad ante un tiempo tan sombrío, con una inconsciente coquetería que hacía sonreír a su madre. Se había puesto una cinta rosa en el pelo y se había echado la capucha hacia atrás, para que no se perdiese ni el brillo de la seda ni el arreglo de sus rizos. Maria Leonor se arrebujaba en su capa oscura, que la cubría hasta los tobillos. Al fondo del coche había paraguas para todos.

Fueron hasta Miranda al trote tranquilo del caballo. Cuando llegaron a la puerta del tendero, se pararon. De dentro salía Viegas, limpiándose los labios húmedos de 1860. El médico saludó y subió. Al mismo tiempo que Jerónimo agitaba las riendas sobre el lomo del caballo y el carro arrancaba con lentitud sobre las piedras redondas de la calzada, cogió en silencio la mano de Maria Leonor. Hizo un gesto señalando a Dionísio, que miraba hacia delante: ella se encogió de hombros, entrecerrando los ojos en señal de ignorancia.

Mientras atravesaban la aldea y saludaban a izquierda y derecha a los amigos que pasaban, nadie cruzó palabra. Una vez pasadas las últimas viviendas, escasas entre espacios abiertos cada vez más amplios y silenciosos, entraron en el campo que se abría entre los troncos grises y delgados hasta desaparecer por detrás de la cortina oscura del ramaje. A ras de suelo corría una brisa cálida que levantaba nubes de polvo rojo bajo las patas del caballo. El rodar de la calesa con el trote del animal era el único ruido que atravesaba a aquella oscura hora de la tarde el silencio de los olivares. Las nubes, nuevamente bajas, parecían rozar las copas achaparradas de los árboles.

Viegas expresó el pensamiento de todos al murmurar:

—Me parece que vamos a tener una tarde de agua...

Desde el banco de delante, Jerónimo quiso negarlo, pero, tras mirar al cielo encapotado, acabó asintiendo con la cabeza, haciendo que se moviese la borla de su gorra. Miró hacia arriba de nuevo y le dio un valiente latigazo al caballo, que dio un buen estirón para huir del castigo.

Al tiempo que el coche de caballos avanzaba por el camino, Viegas se volvió hacia Maria Leonor y susurró por encima de la cabeza de Júlia, como si volviera a una conversación interrumpida:

—Esta noche he pensado mucho, en todo... ¡Y he llegado a la conclusión de que estaba destinado a esto desde que llegaste!

Ella miró con curiosidad al médico y añadió, mientras le alisaba el pelo a la niña:

—Hace diez años...

—Es verdad, hace diez años. ¡Y no me había dado cuenta! Los meses y los años pasaban con naturalidad, todo era sencillo, sin complicaciones, sin que ningún pensamiento inoportuno me previniese contra la posibilidad de algo parecido. ¡No! Ha llegado sin aviso, después de tantos años, de repente, como aparece el primer brote verde del trigo. El trabajo de germinación nadie lo ve, oculto por el velo negro de la tierra entre tanto va quebrando el terrón que le impide el paso, hasta que surge a la luz del sol, glorioso en su pequeña fuerza tenaz, resurgiendo de las tinieblas en un grito de victoria que resuena por los campos... ¡Hay una vitalidad esplendorosa en ese grito de esperanza! —Estiró las piernas hasta el fondo de la calesa, observó pensativo sus botas llenas de polvo y añadió—: Pero ¡en ese brote infeliz no hubo gloria, ni vitalidad, ni nada, solo debilidad!...

Entre los pliegues de la capucha, Maria Leonor suspiró:

—Hubo grandeza.

El médico se encogió de hombros:

—¡Qué te parece!...

Se callaron. Ambos sintieron lo falso que era el terreno que pisaban y la inutilidad de lo que decían. Todo era ridículo y fútil hasta la indolencia, incluso las palabras sonaban torpes y sin sentido.

En el balanceo del coche, por entre los troncos angustiosamente retorcidos, como si en cada raíz hubiese un dolor oculto, todo era superfluo. Se apoderó de ambos una indefinible sensación de incómoda pesadumbre, de desagrado por aquella situación.

Cuando la calesa pasaba entre dos altas filas de alcornoques con el tronco descorchado, que mostraban la madera de un rojo oscuro como sangre seca, cayeron del cielo las primeras gotas de lluvia. Y enseguida, por detrás de las ramas de los árboles, brilló la luz violenta de un relámpago. Volvía la tormenta. En el espacio hubo un breve instante de silencio y el trueno bramó sobre la tierra como si el cielo se viniera abajo. Se desmoronó con una lentitud majestuosa y se marchó entre los árboles, despertando todos los ecos que subían despavoridos a las alturas y caían de nuevo, ya amortiguados, en una confusión de sonidos que morían.

Con el ruido del trueno, el caballo se encabritó entre los varales y, para que no se espantase, fue necesario que el capataz casi le rasgase la boca en el tirón desesperado de las riendas. Júlia se refugió en el regazo de su madre para rezar, tartamudeando, a santa Bárbara. Dionísio, tras un buen sobresalto, observaba el cielo con el vago recelo valentón de quien no quiere tener miedo.

Pero la lluvia, como dijo enseguida Jerónimo, estaba muy cerca. Al llegar a la puerta de la estación ya caía con violencia, en rayas translúcidas que desaparecían en el suelo.

Entraron a toda prisa, sacudiéndose, riéndose. Al verlos, se acercó desde la taquilla Cardoso, el jefe, sorprendido por su presencia. Fue Viegas quien se lo explicó: venían a esperar a su sobrino. Y enseguida el otro, con pesar, le informó de que el tren se había atrasado en Setil unos veinte minutos. Desde allí venía a matacaballo (y aquí Cardoso hizo el viejo chiste, bromeando sobre los caballos de vapor), pero incluso así llegaría con retraso.

—Pues nada, ¡a esperar!...

El jefe hizo una mueca de pesar con los labios y confirmó:

—No queda otra.

Fue hasta la puerta del andén para asomarse instintivamente, a «ver si ya venía el tren»... Volvió adentro: el tren no llegaba. Pero le vino a la cabeza la idea de decirle a Maria Leonor que se pusiera cómoda en la taquilla, mientras esperaba. ¡Estaría mejor! Entraron todos. Cardoso empujó dos cajas, colocó un montón de periódicos sobre la tapa de un barril de vino y los invitó a sentarse.

Fuera seguía cayendo la lluvia. Sentada al lado de la ventana, Maria Leonor miraba a través de los cristales sucios las vías negras y brillantes, que desaparecían en una curva amplia por detrás del talud donde crecían esbeltas pitas. El reloj hacía monótono el silencio.

Ya pasaban algunos minutos de la hora de llegada cuando Dionísio, que había ido a echarle un vistazo a lo que escribía Cardoso, se movió bruscamente haciendo temblar la mesa y, volviéndose hacia el médico, le dijo:

—Doctor, ¿Joá... su sobrino viene solo?...

Había una admiración mal reprimida en su mirada. Viegas meneó la cabeza:

—¡No, no viene solo! Viene con un amigo de su padre, que seguirá viaje.

El brillo de admiración se borró de la mirada de Dionísio, que soltó un «¡ahhh!» desilusionado pero contento.

Nuevo silencio. La lluvia, ahora empujada por el viento, se desmayaba en los cristales de la ventana. La tarde, ensombrecida por los grandes eucaliptos que bordeaban la vía, oscurecía la taquilla. Sobre el suelo de cemento de la sala de espera se oía el sonido de unas botas.

Viegas susurró:

—Espero que te lleves bien con João...

Dionísio y su madre miraron al médico, sin saber a cuál de los dos se dirigía la frase. Fue ella quien respondió:

—Claro que sí...

Se calló al oír fuera la señal que indicaba que el tren ya había partido de la estación anterior. Se levantaron y salieron al andén. Se metieron debajo del porche, ojos clavados en la curva de la vía, a esperar. Pasaron largos minutos. Dionísio se movía, nervioso. Júlia estiraba el cuello y se colocaba el lazo de la cabeza.

De detrás del talud, donde se ocultaban las vías, empezó a llegar el ruido de las mil ruedas del tren. Y el sonido, primero sordo y confuso, aumentaba de volumen al correr sobre las traviesas de pino, pasando sin detenerse por delante de la estación. Luego, fue el penacho blanco de la locomotora, que apareció por encima de los árboles, y poco después, con un rugido metálico, apareció el tren. Por la superficie negra de la locomotora se deslizaba el agua de la lluvia como si fuese sudor. El tren se paró delante de la estación con un largo suspiro de cansancio. Por todos lados se abrieron las puertas de los vagones. Se asomó una cabeza. Saltaron pasajeros arrastrando maletas. E, inmediatamente, el tren, con un nuevo suspiro de cansancio y resignación, siguió su camino.

Viegas miró por el andén y exclamó:

—¡Ahí está!

Apuntó a un muchachito que se esforzaba por empujar dos maletas debajo de un árbol. Fueron corriendo y, bajo las grandes ramas del alcornoque, Viegas abrazó a su sobrino. Después, llegaron las presentaciones:

—Mi sobrino João..., la señora Maria Leonor... Júlia... Dionísio...

Maria Leonor le dio un beso al pequeño, y Júlia, tras una breve duda, también se lo dio. Cuando llegó el turno de Dionísio, João le tendió la mano abierta, como se saludan los hombres. Y Dionísio, apocado, hizo lo propio. Se quedaron mirándose por un momento, con las manos entrelazadas. Los ojos de uno recorrían el rostro y el cuerpo del otro, buscando un motivo inicial de simpatía.

Después, se produjo un momento embarazoso. Ya se habían presentado, se habían conocido, pero se diría que faltaba algo, un movimiento espontáneo de cariño, un grito de alegría jovial y feliz.

En el andén desierto, la lluvia seguía cayendo mansamente, sin ruido. Una nube grande y gris llegaba del sur con el vientre lleno y pesado. De los aleros de la estación caían largos hilos de agua que iban a parar a las vías en pequeñas cascadas.

En el crepúsculo, precipitado por el cielo cubierto, dejaron el andén. Venían con una vaga contrariedad, como si los hubiesen desposeído de algo que esperaban. João se metió las manos en los bolsillos y caminaba entre su tío y

Maria Leonor, pisando deliberadamente los charcos. Dionísio lo miraba de reojo.

Cuando llegaron al coche, donde los esperaba Jerónimo, envuelto en su capa, el caballo hizo un movimiento brusco, asustado. El capataz le dio con el mango del látigo en el hocico. El animal relinchó de dolor, levantó la cabeza, rebelde, con un ímpetu que lanzó sus crines al viento. Dio un paso atrás, como si quisiera huir de los varales, pero Jerónimo echó mano a las riendas, cerca de la boca, y lo sujetó hasta que estuvo más tranquilo.

Al espantarse el caballo, João, que en ese instante pasaba por delante de él, se asustó y soltó un pequeño grito. Dio dos pasos precipitados hacia atrás y fue a toparse con Dionísio, que lo seguía. Cuando todo acabó, se miraron sonrientes.

Después, todos subieron al coche. Cuando ya estaban sentados, Jerónimo refunfuñó, desde abajo:

—Y ahora, ¿dónde me meto yo?

Efectivamente, no había sitio. El capataz ya estaba pensando en ir sentado en uno de los varales cuando Dionísio tuvo una idea:

—Nos sentamos los tres en el asiento de delante, mi madre y el doctor detrás y...

Jerónimo replicó:

—¿Y yo?...

—¡De pie, entre los dos bancos!

—¡No está mal pensado, no, señor!

Y saltó a la carreta. Allí arriba, con su capa alentejana, la gorra negra, la barba canosa y larga, el buen Jerónimo parecía un fraile antiguo. En sus manos solo el látigo desentonaba del conjunto: los frailes no usan látigo.

La calesa dio la vuelta y empezó a bajar por el empedrado. Después entró en el camino y el rumor disminuyó en el barro fino y líquido que lo cubría. Había dejado de llover y ahora, al caer la noche, por el camino solo se oía el ruido de las patas del caballo. Detrás, el médico y Maria Leonor empezaron a hablar en voz baja, y rápidamente Dionísio empezó a darle a la imaginación para encontrar algo de lo que hablar. Había sido él quien había propuesto que fueran los tres delante... ¡Había que decir algo!

Detrás, sonó la voz de su madre:

—¡Dionísio! ¿Qué?...

La expresividad de aquel «¿qué?» le pareció todavía más embarazosa. Respondió en voz baja:

—¡Ya va, madre!...

Y así fue. Júlia empezó a cantar, bajo su capucha de lana, *Cañita verde:*

> Oh, mi cañita verde,
> oh, mi verde cañita...

Y siguió. Enseguida, Dionísio empezó también a cantar y, poco después, cogida la música y la letra, Joāo unía su voz al coro. Se había roto el hielo. Al acabar la canción, hubo risas y palmas, y no tardó nada Jerónimo en acordarse de otra. *Maestro guadañero.* Él mismo añadió al coro su voz gruesa y áspera, que erizó las orejas del caballo.

Detrás, Viegas murmuró:

—Por fin respiro...

—¡Yo también! —respondió Maria Leonor.

El resto fue fácil. Ya no eran solo canciones lo que venía del asiento de delante, eran también ruidosos proyectos de grandes paseos y ratos de pesca, de caza de nidos...

Pero entonces Júlia protestaba, indignada:

—¡Eso no! ¡Para eso no contéis conmigo!...

Joāo estaba de acuerdo:

—¡Sí, nidos no! Solo verlos...

Dionísio cedía, radiante. Y, de vuelta a la conciencia de su propia seguridad y valor, alzó de nuevo en el aire húmedo y oscuro su voz infantil para proclamar los ingenuos versos de la cañita eternamente verde y fresca.

Cuando llegaron a la finca, el coro estaba en su apogeo. Y ahora era João quien lo guiaba, con las estrofas gloriosas de *Zé Pereira*. El «¡Pum!, ¡pum!, ¡pum!» retumbaba entre las filas de acacias, mientras el carro avanzaba por el camino ya todo negro.

Se pararon en la puerta de la casa y se bajaron. João observó con atención la fachada, con las ocho ventanas del piso de arriba que daban a la alameda, e intentó ver, entre los troncos, la finca, invisible a aquella hora y con aquel tiempo.

Cuando entraron en la casa, Teresa salió a su encuentro. Maria Leonor la presentó:

—Esta es Teresa...

El pequeño sonrió, respetuoso:

—Mucho gusto...

Y se quedó observando la casa, los antiguos sofás de terciopelo rojo, los altos techos con paneles de castaño, la barandilla pulida y brillante. Pero enseguida Dionísio y Júlia lo sacaron de la contemplación y lo llevaron corriendo por toda la casa, en un alboroto alegre que hacía temblar los cristales.

Maria Leonor sonrió, satisfecha. Se desabrochó la capa empapada y la dejó caer sobre una silla.

—Doctor, se queda a cenar, ¿verdad?...

—Sí, si me quieres aquí.

—¡Menuda respuesta! —Y a Teresa—: Dile a Benedita que venga.

Teresa iba a cumplir la orden, pero enseguida volvió:

—¡Qué cabeza la mía! Benedita, en cuanto la señora salió, se fue a acostar. Se ha quejado de que le dolía la cabeza.

Maria Leonor miró a Viegas, sorprendida. El médico se encogió de hombros.

—Bueno, entonces encárgate tú de que no se retrase la cena...

Teresa salió. Al abrir la puerta que daba al pasillo que llevaba a la cocina, vinieron de allí las carcajadas estridentes de Joana. ¿Qué broma sería aquella?

Viegas se quitó el abrigo y se lo dio a Maria Leonor.

—¿Qué significará esta dolencia? —preguntó ella.

—¡Bueno! Probablemente lo que significan todas...

—Pero ¿no habrá nada por detrás?

El médico alzó las cejas.

—¡Ahí están de vuelta los eternos recelos! ¿Cómo quieres que lo sepa? Todos podemos decir que nos duele la cabeza aunque estemos en perfecto estado.

Maria Leonor se dejó caer en un sofá.

—Todo lo que hace o dice tiene siempre para mí un segundo sentido, una intención oculta. Y justo lo que me tortura es no saber todavía, después de todo este tiempo, cuáles son sus verdaderas intenciones.

—Pero ¿para qué vas a preocuparte con semejantes pensamientos? —Se colocó bien la chaqueta, se ajustó las gafas y añadió—: Bueno, yo no puedo dejar de ir arriba a ver lo que le pasa...

—Pues sí, vaya.

Mientras el médico subía las escaleras, Maria Leonor se levantó y se dirigió al comedor. La mesa, ya puesta, resplandecía de vidrios y luces. Fue hasta la ventana y miró fuera, a través de los cristales empañados. El cielo se descubría poco a poco y, entre las nubes tenues que se dispersaban, brillaban las estrellas. De fuera venía el negro susurro de los árboles. Los últimos suspiros del viento soplaban en la alameda, unos detrás de otros, con prisa por salir de allí.

Maria Leonor abrió la ventana, se asomó e, inconscientemente, por unos momentos, intentó imaginarse en la alameda, mirando la casa envuelta en la oscuridad, que abría las órbitas vacías y brillantes de sus ventanas iluminadas. Y la casa, con aquella mirada fija y dura, intentando penetrar las tinieblas, debía de parecer un gran monstruo con muchos ojos, siempre vigilante.

Por encima se encendía otra luz. El monstruo despertaba e iba a levantarse, a despegar sus gruesos miembros enterrados en el suelo y a caminar a través de los campos, empujando los árboles a los lados, pisando la vegetación húmeda, siempre con los ojos inexpresivos brillando en la oscuridad. Era horrible la caminata del monstruo, con su casco de tejas musgosas, cojeando en los cimientos, subiendo y bajando los cercados y agitando en su interior los muebles y a las personas.

Ahora, el monstruo daba vueltas en una tarantela loca e iba subiendo una ladera en la que, en lo alto, se levantaban unos muros blancos, cerrados con una cancela vieja y oxidada que se rompía al tocarla. Sin dejar de bailar, el monstruo llenaba las paredes y derribaba plantas y cruces hasta el fondo, donde se levantaba un pequeño montículo de tierra, en un exitoso esfuerzo por alcanzar el cielo.

Al llegar allí, el monstruo se dejó caer en el suelo, cansado. Los ojos se le iban cerrando, por el casco musgoso le caían gotas de agua que parecían lágrimas desprendidas de las ramas de los árboles. Y se durmió. Pero, mientras dormía, gemía y suspiraba.

Maria Leonor, ahora en las garras de la alucinación, se veía intentando huir del interior de la oscuridad del monstruo dormido. Y lo conseguía. Iba por el camino con sumo cuidado, reprimiendo el deseo de echar a correr, despavorida. Llegando a la cancela oyó, por detrás, un ronquido. El monstruo se despertaba, abría todos sus ojos y ella quedaba bañada por una luz agresiva, dura e inexorable. Y volvía. Y el monstruo se dormía otra vez, suspirando y gimiendo.

Aquí, Maria Leonor hizo un violento esfuerzo. Se apartó de la ventana bruscamente y corrió hacia dentro, temblando, con los ojos dilatados y todo el terror que era posible sentir estampado en el rostro.

Se precipitó hacia la puerta. Iba a huir de la casa, a gritar, con un terror loco e insensato. En ese momento entraba Viegas y ella se echó en sus brazos, temblando, con un frenesí histérico que le hacía castañetear los dientes.

Viegas se asustó:

—¿Qué es eso, Maria Leonor? ¿Qué te pasa?

Ella casi se desmayaba en sus brazos. Y balbuceaba:

—¡Es horrible!... El monstruo... ¡Sentado en la sepultura de Manuel! ¡Jesús!

El médico la llevó a la butaca de enea y la sentó. Le salpicó las mejillas, le mojó las sienes, la sacudió con fuerza. Por fin, Maria Leonor se tranquilizó. Se echó a llorar y cayó en una lasitud total. La sangre le desapareció de la cara y se quedó blanca y fría, con un sudor que le humedecía la frente.

—¡Jesús! ¡Jesús! —murmuró de nuevo.

—Pero ¿qué te pasa? —insistió Viegas—. ¡Cálmate! Si no, va a venir todo el mundo.

Ella se limpió las lágrimas, recostó la cabeza sobre el respaldo y, con voz temblorosa, le contó la terrible alucinación.

Cuando acabó, Viegas la acompañó a la mesa. Ella se sentó y cruzó los brazos sobre el mantel, agotada. El médico se quedó de pie, pensativo. Y tras un largo silencio, susurró:

—Vamos a intentar no pensar ni hablar de esto hasta mañana. Esta noche no nos pertenece. Es de los pequeños que andan por ahí. ¡Reacciona, Maria Leonor, te lo ruego! Mañana veremos lo que hay que hacer.

—De acuerdo...

Enseguida, entraron los niños y empezaron a cenar.

XXII

Viegas volvió a la finca al día siguiente. Al bajarse de la yegua, en la puerta, escuchó las risas y las carreras de los niños. Aún con un pie en el estribo, se asomó adentro, risueño, curioso por aquella alegría que parecía expandirse a través de las paredes. Detrás de él, su viejo perdiguero levantaba las orejas y olfateaba, intrigado.

Con el perro en los talones, el médico iba a entrar, pero se quedó clavado en el umbral de la puerta. Desde lo alto de la escalera, su sobrino se deslizaba por el pasamanos. Abajo, Dionísio y su hermana esperaban la caída con los brazos abiertos.

Viegas exclamó:

—¿Qué? ¿Os estáis divirtiendo?...

Los dos hermanos se dieron la vuelta para ver quién hablaba, pero de inmediato cayeron al suelo bajo el peso de João, que finalizaba encima de ellos su viaje casi aéreo. Se quedaron los tres apiñados en el suelo mientras el médico soltaba una carcajada. El perdiguero corrió hacia el lío de piernas y brazos, y ladró, desconfiando de tal abundancia de miembros en un espacio tan reducido.

Cuando los tres chicos se levantaron, frotándose las rodillas, Viegas aún se reía:

—¿Así tratáis a las visitas?

Sonrieron, medio repuestos de la caída. Y Dionísio rectificó, rápidamente:

—Si no hubiese hablado, João no se habría caído...

—¡Es verdad! ¿Os habéis hecho daño?

Todos dijeron que no. Acababan de ver fuera a la yegua, la grupa fuerte luciendo al sol, sacudiéndose las moscas con el movimiento impaciente de la cola. Y la silla de montar, vista de lejos, les parecía el mejor asiento del mundo.

Corrieron hacia la puerta. Dionísio estaba ya poniendo el pie en el estribo y se agarraba a las crines para subirse cuando se acordó de lo que debía hacer en ese momento. Soltó el estribo y el pescuezo de la yegua y dijo a su compañero:

—¡Sube tú, Joáo! ¡Vas a ver qué bien!

Ya se trataban como amigos. La cena del día anterior había completado la obra iniciada por el pequeño orfeón. Y una vez terminada la cena y con todos los habitantes de la casa acostados, los dos hermanos habían salido de sus habitaciones para pasar la noche con su huésped. Sentados en el borde de la cama, todos contaron historias y sus respectivas vidas.

Ahora, escarranchado en la yegua que Dionísio conducía por la reata, Joáo se reía, contentísimo. Júlia, agarrada a una de sus piernas, le gritaba a su hermano que no tirase con tanta fuerza porque podían hacerse daño si se caían...

—¿Caernos? ¡De eso nada!

Viegas, apoyado en el umbral de la puerta, sonreía. Y, al final, les dijo a los tres que se subieran a la yegua. Júlia enseguida tuvo pena del animal:

—Pero el caballito no puede...

Joáo, desde arriba, excitado, le aseguraba que pesaban poco, que la yegua podía perfectamente. Y lo había dicho su tío...

Acabaron subiendo. Al momento, Viegas conducía para arriba y para abajo por la alameda a su vieja yegua tranquila y mansurrona, con aquella carga radiante de juventud. El perdiguero, con la cabeza metida entre las patas, se había echado a disfrutar del sol y del espectáculo.

Los trabajadores que pasaban sonreían al grupo. Cuando Maria Leonor apareció por la puerta, el médico la saludó:

—¡Hola! ¡Como puedes ver, de cirujano a niñera solo hay un paso!...

Dejó a la yegua y se dirigió a Maria Leonor. Junto a ella, con una mirada enternecida a los niños, susurró:

—Los chicos están contentísimos...

—¡Es verdad! ¡Llevan toda la mañana con una alegría loca!

Dionísio, sentado casi en el pescuezo de la yegua, tiraba de las riendas para obligarla a volver.

—¿Vamos? —preguntó Maria Leonor.

—Vamos ¿dónde? —respondió el médico, intrigado.

—Hemos quedado en dar una vuelta para enseñarle la finca a João...

—¡Ah, vale!

Se volvió hacia los chicos, que esperaban aún encima de la yegua.

—¡Se acabó la cabalgada! ¡Todos al suelo!

De arriba llegó un murmullo de desaprobación. Pero como en aquel momento la yegua se sacudía fuertemente por la picadura de un tábano, se bajaron todos corriendo, llevados por el pánico, como si temiesen que se marchara al galope.

Reunidos bajo el porche, discutieron qué vuelta dar. Una vez fijado el itinerario, los niños emprendieron la marcha tras echarle un último vistazo a la yegua, que se alejaba, llevada por un mozo.

Pasados los primeros árboles de la alameda, y cuando las risas de los niños se escuchaban por delante, Maria Leonor empezó:

—Creo que estoy enferma, doctor... Tengo una angustiosa y escalofriante sensación de no estar completa. Estoy separada de algo sin lo cual ni pienso ni vivo. ¡Es como si me hubiesen vaciado de todo cuanto es espíritu y me hubiesen dejado solo la materia, incapaz de vivir y de pensar por sí misma! Todo esto me produce un sentimiento de un vacío inexplicable, la angustia de quien busca y no encuentra, de quien sabe que debe hacer algo pero no sabe el qué...

—¿Cómo has pasado la noche?...

—¿Que cómo he pasado la noche? ¡Imagínese!

—Mal, supongo...

—No. Estúpidamente tranquila. He dormido como solo duermen los niños y los muertos.

—¡Extraordinario!

—Pues eso es, exacto, lo que me obliga a pensar que mi alma debe de estar muy lejos.

Viegas sonrió.

—¡No se ría, doctor! ¡Alma, sí! ¡Alma! ¿No ve que, a pesar de que todo lo que se pueda decir contra la maraña de supersticiones y creencias a que dio origen la idea del alma, la conciencia íntima de la inevitabilidad de su existencia siempre permanece? ¿No ve que no hay otra solución?

El médico se paró para encender la pipa. Delante, João, encaramado en un mojón de piedra, seguía con la vista un carro de bueyes que le señalaba Júlia.

—¿Se dará la circunstancia de que la vejez del padre Cristiano te haya inspirado tan fuertes razones y argumentos como para hablar así?

—¡No he hablado con el padre Cristiano!

—Entonces, ¿ha sido por revelación?

—Por favor, ¡no bromee!...

—¡Ay, no estoy bromeando, niña, de verdad que no! Solo quiero saber qué puedo hacer por ti. Como ves, si te refugias en la religión, entonces yo, desde el fondo de mi insignificancia, me echo a un lado y dejo el campo libre para el consuelo supremo...

Maria Leonor hizo un gesto de desesperación:

—¡No sé, no sé nada!

—¡Bueno, eso ya es un principio! ¡Estás en las condiciones necesarias para empezar a saber algo!

Se detuvieron. Habían alcanzado a los niños, que observaban la trilladora. Viegas dio a su sobrino unas explicaciones apresuradas sobre el funcionamiento de la máquina. Después, prosiguieron:

—Vamos a ver. ¿Ella?...

—Sigue enferma, según dice. Dolores de cabeza, no hay cómo comprobarlo.

—Cierto. ¿La has visto?

Maria Leonor sintió náuseas.

—¡No, no la he visto! Temo no poder controlarme y...

—¿Y?...

—¡Matarla!

—¡Qué disparate es ese? ¿No te parece que para hablar de la existencia del alma con el entusiasmo con que lo haces hay que respetar un poco más el cuerpo? ¿O te bastaba la seguridad de que no acabarías con ella?

—¡No discutamos eso!

—Como quieras...

Se sentaron en el muro que delimitaba la finca por aquel lado. Abajo quedaba el prado, donde pastaban caballos. Al fondo, entre chopos con el tronco blanco, el río, que a aquella hora de la mañana se escabullía bajo una neblina tenue que el viento y el sol deshacían poco a poco. En el cielo ya eran raras las nubes y el azul empezaba a surgir en franjas anchas, aún veladas e indecisas.

Entre los puntales de la celosía que cubría el pozo, los niños jugaban al escondite. Y se oían gritos alegres de «¡ya!» y carcajadas frescas cuando cogían al que la llevaba y protestas de «¡así no vale!». Entre los árboles del pomar, que se extendía más allá del pozo, corría una brisa fresca y húmeda que olía a tierra mojada, el olor de las nupcias del suelo y el agua.

Viegas observó el campo de más allá del río, hasta las colinas negras que colmaban el horizonte. Y dijo:

—Es realmente un sacrilegio hablar de estas cosas bajo este cielo enorme donde tienen cabida todos los dioses, sobre esta tierra tan bella. Esto no viene a cuento pero, créeme, hay momentos en que desearía sentarme en aquellas zonas verdes, tumbarme en aquellos surcos negros y pasarme todo el día deshaciendo terrones con los dedos, enterrando las manos en la tierra, poseyéndola durante horas, con una voluptuosidad lenta y consoladora.

Por los ojos de Maria Leonor pasó una emoción intensa que los hizo resplandecer. Las manos acariciaron nerviosas la falda y después descansaron, ya en paz, en el terciopelo verde del musgo.

Del pozo llegaba ahora la melodía de una canción. La fina vocecita de Júlia entonaba *Al corro de la patata* y los chicos cogían el tono para seguirla. Acabadas las coplas, llegaba el estribillo del achupé, achupé.

—¿En qué piensa? —preguntó Maria Leonor.

El médico, tras un instante de silencio, respondió:

—Estaba pensando en mi teoría de la sencillez de la vida y en la envidia que me da la perfección con que la desarrollaban los hombres de las cavernas. En aquel tiempo, era la naturaleza la señora de todo. Y no me parece que se haya verificado la existencia de Beneditas irritantes, de Leonores infelices ni, mucho menos, de Viegas cirujanos y consejeros. Por entonces, un hacha de sílex resolvía casi todos los problemas y dificultades... ¡Lo peor es que la evolución de tu Spencer ha estropeado todo!

Maria Leonor sonrió abierta, significativamente:

—¡Es la fatalidad, mi querido doctor, el «estaba escrito»!

El médico se levantó, impaciente:

—Ya lo sé. Lo malo es que esta filosofía de chichinabo no arregla nada y acabamos como los filósofos que construyen universos y se mueren sin nada. ¡Vamos!

Maria Leonor también se levantó. Ya cerca del pozo, gritó a los pequeños:

—¡Bajad por el cercado e id hasta el melonar!

Los niños saludaron la idea con gritos de alegría y, de la mano, echaron a correr por el pomar, bajo las ramas verdes y espinosas de los granados. Al fondo, desaparecieron de un salto, tapados por la valla.

—¿Qué tengo que hacer, entonces?

Pegados el uno al otro, con los hombros rozándose donde el camino se estrechaba, confundiéndose en el suelo ambas sombras en una sola, los dos siguieron las huellas de los niños.

—Desechada, por absurda y por no tener el hacha de sílex, la idea de cortar el hilo de la existencia, puedes, por ejemplo, despedirla...

Maria Leonor hizo un violento gesto de rechazo. Y fue clara:

—¡Eso no!

—¡Anda! Y ¿por qué?

—No puedo. ¿A dónde iba a ir?

El médico se detuvo en medio del camino, boquiabierto. Y, saliendo de su sorpresa, analizó:

—¡Vosotras, las mujeres, sois extraordinarias! ¡Aquí estás tú, que detestas a Benedita y te niegas a echarla a la calle por la gran razón de que la pobrecita no tendría a dónde ir!... ¡Es magnánimo!

—¡No sé qué es! Lo que importa es que no lo podría hacer. Mi sufrimiento sería mayor.

Viegas consideró:

—Sin contar con que ella podría abandonar su silencio y vengarse como hace todo el mundo: hablando.

—Sé que no lo haría. ¡La conozco lo suficiente como para saber que no lo haría! Y eso sería, justamente, lo peor...

Llegaban al cercado. Viegas le dio la mano a Maria Leonor para bajar. Corrieron un poco por la ladera hasta alcanzar el sendero que serpenteaba entre la hierba, derecho a la vegetación rastrera del melonar.

Se dirigieron hacia allí, Viegas delante y Maria Leonor unos pasos por detrás, pensativa y silenciosa.

En Viegas se adivinaba una duda cuando respondió, poco después:

—Entonces, ¡solo te quedan dos soluciones! —Y continuó—: La primera es aguantar todo, como hasta aquí...

De detrás llegó una exclamación desesperada y, enseguida, un susurro pávido y tembloroso:

—Es imposible...

Los anchos hombros de Viegas se alzaron, asintiendo.

—La segunda no es de ahora y hasta ya se ha desechado por motivos que, a fin de cuentas, quizá no valgan nada... Casarte conmigo.

No se pararon. No hubo gestos ni interjecciones. Se diría que ambos esperaban aquel remate y lo aceptaban tal y como era, sin discusiones inútiles, como aceptarían lo inevitable.

Tan solo, cuando estaban a punto de llegar al melonar, Viegas levantó los brazos, invocando, y declamó, volviéndose hacia Maria Leonor:

—¡Oh, vida sencilla y natural del hombre de las cavernas, ¿por dónde estarás, que tanta falta haces?!

Ella sonrió, meneó la cabeza y dijo:

—¡Seguimos sin solución, doctor!

—¿Eso crees?

—Es todo tan confuso, tan complicado... ¿Cómo puedo aceptar su solución, que no es otra cosa que un sacrificio para usted? ¿Y qué derecho tengo a amargarle la vida? Ya es suficiente con tener así la mía...

La resistencia le hizo impacientarse:

—Creo que ningún hombre ha hecho nunca una propuesta de matrimonio como esta que te estoy haciendo... La situación es ciertamente extraña, casi absurda, pero la verdad es que hemos sido empujados por una mano invisible y poderosa, que no nos deja otra salida.

¿Qué mal hay en probar? Por lo demás, tú no necesitas un marido...

Un brillo fugitivo en la mirada de Maria Leonor le hizo callarse, abochornado. Tuvo miedo. Murmuró unas palabras que ella no entendió y concluyó:

—No veo otra solución... Si se te ocurre algo, dímelo...

Se estaba acobardando. Los mismos pensamientos que lo habían perturbado tras la primera vez que habló con Maria Leonor de casarse volvían ahora, tercos y obsesivos. La edad, el temperamento de ella, aquella excitación nerviosa cuya causa conocía...

Cuando llegaron a donde estaban los niños iban otra vez juntos, callados y molestos, rozándose aún los hombros, pero sin la intimidad y la confianza de antes. Sentados en la dura tierra, los pequeños hundían los dientes en el interior suave y jugoso de una sandía, riéndose al sentir cómo les corría el zumo por el cuello hasta el pecho. Y todos tenían ya manchas de sandía por la ropa y las piernas desnudas.

—¡Pero, bueno, qué limpitos estáis! —empezó Maria Leonor.

Y enseguida respondió Dionísio, sin ningún atisbo de miedo:

—¡Perdón, madre, estábamos enseñándole a Joáo a comer sandía!...

Y lo ejemplificaba, metiéndose en la boca la parte que le había tocado. Joáo, con más timidez, hizo lo mismo. Solo Júlia tuvo que partir el trozo por la mitad, a punto de atragantarse. Todos acabaron sonrientes y a Maria Leonor se le olvidó el enfado.

Mientras los chicos corrían a lavarse las manos y la cara en un barreño lleno de agua de lluvia, Maria Leonor ofreció:

—¿Quiere una tajada, doctor?

—¡No, gracias! Perdona, pero prefiero las mías...

—¡Qué te parece! —Y se calló, enfurruñada.

Al lado, una vez limpios del zumo pegajoso de la fruta, los dos chicos charlaban. Y Dionísio, señalando el río, que desde allí casi no se veía entre las ramas de los sauces, iba diciendo:

—Mira, a ese lado del río. Más allá del chopo más alto hay un fresno cortado. Amarrado al fresno hay un barco: mañana, bien temprano, vamos a ir allí a pescar...

Júlia, con la cara todavía goteando agua, se acercó: quería saber de qué estaban hablando, tan en secreto...

El hermano se opuso, superior:

—No es para ti. ¡Son cosas de hombres!...

Júlia explotó: ¿no era para ella? ¡Pero cuando no estaba João, todo era para ella! Y Júlia iba a pescar, a cazar saltamontes, a... Aquí no pudo más y se echó a llorar.

Viegas sonrió:

—¡Aquí están los inevitables celos!

Miró a su sobrino y le dijo con una sonrisa bonachona y alegre:

—Mira lo que has hecho. Venga, anda, arréglalo...

João se acercó a la pequeña, que se había sentado en un montón de melones, y se puso de rodillas a su lado. Le quitó las manos de la cara y le dijo, muy serio:

—¡Venga, Júlia, no llores! Estábamos quedando para ir a pescar mañana, pero tú también vienes... —Y añadió, resuelto—: Mira que si lloras, le digo a tu madre que me voy: no quiero que os enfadéis por mi culpa.

Júlia se limpió la cara mojada y los ojos, y respondió, aún medio sollozando:

—¡No, no te vayas! Voy mañana con vosotros, ¿vale?

—Claro. Si no, yo tampoco voy...

Ella se bajó de los melones. Mientras se arreglaba la falda, se encontró de frente con su hermano, que la miraba de soslayo. Le espetó:

—¡Idiota!

Viegas soltó una carcajada. Empujó a Dionísio hacia donde estaban los otros dos.

—¡Portaos bien, tontainas! Seguid adelante.

Regresaban a casa ahora más despacio, porque el sol, ya casi al mediodía, calentaba, liberado de las nieblas de la mañana. Volvieron a cruzar el prado, lleno de estramonios que abrían sus frutos negros y espinosos.

Los niños habían echado a correr hacia el cercado y desaparecieron, tapados por los árboles del pomar.

—Estos, como están más cerca de las cavernas, todavía resuelven sus problemas con facilidad. Ya no se ayudan del hacha de sílex, aunque todavía se arañan y se insultan. ¡Como, a fin de cuentas, no ha muerto nadie, al final se reconcilian!

—¿Debo yo, también, buscar una reconciliación?

—¡No, no digo tanto! Las cosas ya han ido tan lejos que sería una humillación para ti, y sin ningún provecho.

—¿Entonces?

—Entonces, ya te lo he dicho...

Nuevamente se calló. Sentía que se hundía, que perdía el control, para callar lo que más temía decir. Se metió las manos en los bolsillos, irritado, y aceleró el paso, obligando a Maria Leonor a echar algunas carreritas para conseguir acompañarlo.

Así llegaron a la casa, con los niños al lado, cansados de correr y jugar. Cuando entraron, vino a su encuentro Teresa, que enseguida les dio la noticia:

—Benedita ya se ha levantado, señora.

—¿Ah, sí? —dijo Leonor.

Viegas refunfuñó mientras se limpiaba las botas de barro.

—Empieza la fiesta...

—¿Ha dicho algo, doctor?

—¡Sí, he dicho que de buen grado me quedo a comer, si me invitas!

Con una sonrisa apenada, Maria Leonor respondió:

—En esta casa comen hasta los enemigos. —Y, viendo que los niños se dispersaban por la casa, avisó—: ¡Id arriba a cambiaros de ropa! ¡No podéis ir a la mesa así!

Mientras cumplían la orden, preguntó a la criada:

—¿Dónde está Benedita?

—En el comedor, poniendo la mesa para la comida, señora. Y yo, si me da permiso, me vuelvo a la cocina...

—Ve, sí. Y dile a Joana que se dé prisa con la comida.

—¡Ahora mismo, señora!

Una vez que Teresa se marchó, se quedaron los dos solos en la salita de la entrada. Y Maria Leonor, con un lento suspiro, murmuró:

—Venga conmigo...

Viegas le ofreció el brazo y, al notar que la mano de ella temblaba, no pudo reprimir su asombro:

—¡Qué miedo le tienes!...

—No es a ella a quien temo —respondió Maria Leonor, apoyándose en su hombro—. ¡Es a su silencio, a su aspecto de esfinge severa, a su máscara de cera, que no muestra un solo pensamiento!...

Se volvió de repente hacia el médico y, cogiendo sus manos entre las suyas, añadió, como si lo que iba a decir acabase de ocurrírsele:

—No, no es a ella a la que temo. ¡Es a mí misma! Me parece que ella no es más que un desdoblamiento de mi personalidad, otra Maria Leonor vestida de modo diferente y que se ha puesto una máscara para que no la reconozca. Y ahora me pregunto si la verdadera Benedita volverá un día, como yo la he conocido, amiga y buena, casi hermana...

Viegas, que la miraba con inquietud, la zarandeó.

—Leonor, ¿qué dices? ¡Estás divagando, no seas tonta!... ¡Venga, tranquilízate! Vamos a comer.

Mecánicamente, Maria Leonor apoyó su brazo en el

de Viegas. Llevaba los ojos clavados en el suelo, pero al llegar a la puerta del comedor los levantó. Hizo un amago de retroceder que el médico reprimió en el último instante. Benedita estaba dentro, colocando unas flores en el jarrón del centro de la mesa.

Al verlos entrar, soltó el ramo y saludó:

—¡Buenos días, señora! ¡Buenos días, doctor!

Maria Leonor no respondió. Dejó el brazo del médico y se sentó en el canapé, frente a la ventana abierta.

Viegas fue más expansivo:

—Buenos días. ¿Ya va mejor la cosa?

—¡Sí, ya estoy bien! La pastilla que me dio me ha sentado muy bien...

—¡Estupendo!

Dejó a Benedita y se sentó al lado de Maria Leonor. La criada siguió junto a la mesa, colocando los cubiertos.

El médico llamó al perro y empezó a tirarle de las orejas y a meterlo entre sus rodillas. Cuando el animal gruñía, enfadado, le daba unos golpes amigables en la cabeza y lo hacía rodar por el suelo.

Maria Leonor miraba de reojo al perro. Y se sentía mal al ver la alegría que irradiaba el animal cuando, después de dar vueltas por el suelo, volvía a la carga, con la boca abierta, a su dueño. En un instante en que pasó cerca le dio un empujón malhumorado. El perro la miró, sorprendido, y la olisqueó de lejos.

Viegas se sonrió, complaciente:

—Pero bueno, ¿qué mal te ha hecho el perro?

Ella, con el mentón apoyado en la mano cerrada, no respondió. Se limitó a mirar a Viegas y a encogerse de hombros.

El médico iba a llamar al perdiguero para volver a empezar cuando se oyó un ruido de pies que corrían escalera abajo. El perro levantó la cabeza, se precipitó hacia la puerta, ladrando, y casi se choca con los niños, que entraban.

Los dos hermanos fueron directos a la mesa. Solo João se detuvo al entrar, incómodo con la presencia de Benedita, a la que aún no conocía. Viéndolo dudar, Maria Leonor puso un amplio gesto de indiferencia y dijo:

—¡Entra, João! Es Benedita...

El pequeño se sonrojó y miró a la criada, que se había quedado pálida. Benedita hizo un gesto en dirección a su señora, pero se contuvo y volvió al trabajo.

Maria Leonor sonreía, imprudentemente victoriosa. Entre tanta gente, se sentía segura y protegida para lanzar esos dardos inofensivos, aunque supiese lo cara que le iba a costar la satisfacción de esos momentos.

Viegas susurró, a su lado:

—Ten cuidado...

Con un brusco y desdeñoso movimiento de hombros, replicó:

—¿Y qué importa?

Lo dijo en voz alta, para que la criada lo oyese. Benedita, con un gesto violento, tiró un plato sobre la mesa y salió de sopetón.

Mientras los niños se asomaban al balcón para ver la finca y Dionísio gritaba algo a los de abajo, a Sabino, Viegas preguntó:

—¿Por qué diablos no te colocas en un término medio razonable? ¡A ratos la temes como una niña a la oscuridad y a ratos te enfrentas a ella como si no tuvieras nada que temer! Sería preferible que adoptases siempre la misma actitud y que te mantuvieses en ella.

—Eso es precisamente lo más difícil. Me comporto según mis nervios: casi huyo de ella si estoy deprimida o tranquila, pero si me excito, ¡me siento capaz de enfrentarme a ella toda mi vida en una lucha diaria, en un odio permanente!... —Después de un momento de silencio, añadió—: Como se suele decir, ¡tengo la valentía de mi cobardía!

Se calló. Los niños volvían a entrar y, en el mismo instante, Benedita aparecía por la puerta con una sopera humeante en las manos.

Se levantaron y fueron hacia la mesa. La criada empezó a servir la sopa y enseguida Dionísio, tras mirar dentro de la sopera, anunció:

—¡Es de pato!

Júlia, desde un extremo de la mesa, quiso saber si era su patito blanco. Y ya tenía los ojos llenos de lágrimas cuando Benedita la tranquilizó:

—¡No es del patito blanco, no!

—¡Ah! —y soltó un suspiro de alivio.

Se inclinó a un lado, al de João, y empezó a contarle la atribulada historia de aquel patito blanco, que había nacido cojo y que ella había criado como si fuese la mamá pata. El patito, el pobre, no podía correr como los demás y, cuando llegaba a la comida, solo encontraba restos. De manera que era ella quien lo cuidaba...

Al otro lado de la mesa, su madre y Viegas sonreían ante aquel idilio. Después se miraron confundidos, conscientes de la extraña atmósfera familiar que parecía llenar el salón, uniéndolos a todos sobre el mantel blanco.

Pero Dionísio, desde su sitio, rompía el encanto, llamando:

—¡Madre!

Maria Leonor alzó la cabeza, que había bajado sobre el plato:

—¿Qué?

—¿Podemos ir mañana, bien temprano, a pescar con Sabino?

—¿A dónde queréis ir?

—Al pantano...

Maria Leonor frunció los labios:

—Al pantano no, que es peligroso... Mejor al barco. ¿O ya lo habéis hundido?

—Deja que vayan al pantano —intervino Viegas—.

Y después de pescar os venís a comer a mi casa. ¿Qué os parece?

La invitación fue acogida con entusiasmo por los niños, que enseguida empezaron a hablar del paseo, del número de sedales, de todos los pertrechos para la expedición.

Maria Leonor y el médico se quedaron de nuevo en el extremo de la mesa. Benedita había salido. Y sutilmente, con pasos de terciopelo, pasó entre los dos la misma sensación de intimidad conyugal que los había confundido poco antes. Maria Leonor miró a Viegas con curiosidad disimulada, recorriendo sus fuertes manos, llenas de nudos, los hombros fornidos, algo combados, el pelo gris y despeinado. Se entretuvo en el rostro del médico, con interés por las profundas arrugas que le marcaban la frente. Y sintió un escalofrío en el momento en que él levantó la cabeza y la miró con la misma expresión de curiosidad. Ambos, en aquel momento, sintieron lo que debieron de experimentar el primer hombre y la primera mujer en el momento de la revelación del sexo, cuando se hicieron patentes las diferencias físicas y el instinto soltó su primera señal de alarma, prendiendo en las venas el fuego desconocido.

Ambos se sonrojaron y apartaron la mirada. El médico se removió, inquieto, en su silla, y se obligó a intervenir en la ruidosa charla de los chicos. Maria Leonor bajó la cabeza, tomando la sopa con cucharadas lentas, callada, con los ojos clavados en el mantel.

La comida continuó y acabó en silencio. Una vez retirado el último plato, Maria Leonor le dijo a Benedita:

—Sirve el café en el despacho.

La criada la miró sorprendida, pero respondió:

—¡Sí, señora!

Salió, mientras Maria Leonor, cruzando las manos sobre la mesa, daba gracias. Desde la otra punta, João, ya en pie, abría los ojos con asombro al contemplar la escena.

Y, viendo a sus dos jóvenes amigos, serios y silenciosos, con la cabeza baja, murmurando palabras incomprensibles, dejó caer también la frente, confuso, sin saber qué hacer. Viegas lo miraba con una sonrisa comprensiva y dulce que el sobrino notó y comprendió: aquel era un mundo diferente, con otras reglas y otras leyes, un mundo que para el mismo fin seguía un camino diferente al suyo.

Terminadas las oraciones, Maria Leonor se levantó. Se pusieron todos en pie y salieron del comedor. Viegas, a su lado, preguntaba:

—¿Por qué das todavía las gracias? Ya no es tiempo.

—Siempre es tiempo de agradecer lo que quiera que sea. En cuanto al motivo por el que lo hago, ¡no lo sé! Costumbre no, eso seguro: cuando estaba soltera, en casa de mis padres no se agradecía el pan a Dios, como tampoco se criticaba al diablo por las dificultades. Devoción..., ¡qué sé yo! Bien sabe que no soy devota, pero... ¿quién puede afirmar que sabe lo que es? Tal vez las doy porque mi madre, tras la muerte de mi padre, introdujo en casa ese hábito. Además, me obligó a abandonar las ideas de él y a adoptar las suyas, que había escondido durante muchos años. ¡Lo que me resistí, santo Dios! De cualquier forma, no lo sé... Todo es muy confuso.

Empezaron a subir las escaleras. Los niños ya estaban arriba, siempre de palique. Mientras subía despacio, casi parándose en cada escalón, Viegas iba respondiendo:

—Depende del punto de vista. La confusión y la claridad no existen. Una cuestión no es clara ni confusa: es una cuestión, y nada más. En tu caso, si todo parece confuso, no es ese todo el que tiene la culpa, eres tú. Verdaderamente creyente o verdaderamente no creyente, la claridad y la confusión no existirían para ti...

Maria Leonor se apoyó en la pared y respondió:

—¡Se nota que en su espíritu nunca han surgido dudas!

—¿Dudas? Ay, he tenido muchas...

—¿Dudas religiosas?...

—¡Ah, no, de esas no! ¡Dudas serias, tras la adolescencia, no! ¡Nunca se han librado en mi interior esas guerras santas! A veces un ligero atisbo, que provoca una aún más ligera escaramuza, que no puede ser considerada duda... Cosas de poca importancia. En esa materia, creo que soy un hombre definitivo.

Siguieron subiendo. Y Maria Leonor sonrió por un instante, entreabriendo los labios:

—¿Y en otras materias?

—Quieres jugar al gato y al ratón, ¿no? Pues estoy dispuesto a aceptarlo, pero solo después de saber el papel que me toca. ¿El de gato o el de ratón?

Llegaron al descansillo y, allí, se pararon de nuevo.

—No el que le tocaría, naturalmente, por pleno derecho —respondió ella—. El papel de gato no es para ninguno de nosotros...

Entraban ahora en el pasillo ancho y en penumbra. Más adelante, a la izquierda, estaba el dormitorio de Maria Leonor. La puerta estaba medio abierta y por el hueco se veía, al fondo, el lecho claro, donde se desperezaba un rayo de sol. Dentro se percibía el perfume casto de la mujer sola.

La sugestión era tan fuerte y coincidía tanto con sus propios pensamientos que ambos casi se pararon. Y Viegas preguntó, tras mirar una última vez la habitación:

—Entonces, ¿aceptas?

—Acepto —respondió Maria Leonor en un aliento que se perdió en la garganta entumecida y entre los dientes cerrados.

Entraron en el despacho. Viegas se dirigió a la mesa. Se dejó caer sobre el butacón negro, cogió un libro y lo abrió distraídamente.

Maria Leonor se sentó también en una silla baja, girada hacia la puerta.

Enseguida entró Benedita con la bandeja del café. Hizo un pequeño gesto de volver atrás, como si hubiera sorprendido una escena íntima, pero enseguida se tranquilizó:

—¡Aquí tiene el café, señora! —y dejó la bandeja sobre la mesa.

—Déjalo ahí, que yo me encargo —dijo Maria Leonor—. Y llama a los niños para que vengan. Deben de estar en alguna habitación, por ahí dentro...

—Sí, señora, les diré que vengan.

Iba a salir, pero desde el umbral de la puerta añadió:

—Y deprisa...

Era la misma escena de la otra tarde. Menos violenta, seguro, pero la misma.

Maria Leonor se levantó corriendo y ya iba detrás de la criada cuando Viegas la llamó:

—¿Qué vas a hacer?

Ella se volvió, temblando:

—¿Cómo ha podido saberlo?

—No sabe nada. Solo tiene el olfato amoroso de las solteronas, nada más...

Maria Leonor volvió a su silla y, tras un profundo suspiro, preguntó:

—¿Ve cómo tenía razón cuando le decía que no le puedo esconder nada? Hasta esto, ahora...

Un ruido de pasos, en el pasillo, la interrumpió. Eran los niños, que venían. Se levantó y empezó a servir el café.

XXIII

Al día siguiente por la mañana, cuando la luz tenía aún un color grisáceo, los cuatro pequeños salieron de la finca, de camino al pantano. Con los sedales enrollados alrededor de las cañas puestas al hombro, como si fuesen garrochas, los tres chicos, con una bolsita prendida al cinturón, parecían de alguna manera campesinos que hubieran perdido sus caballos. Júlia llevaba los sombreros de paja para defenderse del sol cuando avanzase la mañana y apretara el calor.

Por delante iba, con la soltura de quien está en el secreto de las cosas, el nieto del capataz, Sabino. Descalzo, recorría el camino húmedo por el rocío de la noche, abriendo y cerrando como filos de tijeras las piernas morenas, a ritmo rápido y seguro. Después iba Dionísio, dándole vueltas a la caña sobre el hombro, seguro de sí mismo, marcando el paso por el de Sabino. Detrás, João, poco acostumbrado a aquel ritmo de galgo y siempre con los ojos alerta, fijándose en los árboles y los muros, la nariz aspirando el frescor sutil del amanecer, se retrasaba un poco.

Delante, Sabino avisó:

—¡Tenemos que llegar al pantano antes de que salga el sol, si no, no vamos a pescar nada!...

En el cielo brillaban ya grandes rayas rosadas, todas señalando el lugar por donde empezaba a salir el sol. Parecían hilos luminosos con los que, desde el otro lado, la noche, que se marchaba, iba arrastrando al día, que llegaba, y eran solo nubes deshilachadas que se deshacían en las alturas, con la brisa.

Abajo, por el camino retorcido, por entre los altos chopos de tronco blanco y ramas finas, cubiertos de corazones verdes hasta la copa, los chicos apresuraban el paso, mirando de vez en cuando hacia atrás para ver si ya se veía el sol.

Cerca del río, subieron una pequeña ladera y, en lo alto, al llegar a la cresta, se vieron envueltos por la transparencia rosada de la luz que en aquel momento inundaba todo, llenando los campos de una claridad irreal.

Al fondo de la cuesta, un haya, envuelta en su follaje revestido de terciopelo blanco, pareció estremecerse. Un escalofrío la recorrió desde las raíces hasta la hoja más alta. Se quedó así por un instante, extática, casi desprendiéndose del suelo, como si todas sus fibras vibrasen entre las dos llamadas mudas del cielo y de la tierra.

João, vuelto hacia la rosa roja del sol, exclamó:

—¡Qué bonito!

Pero Sabino, ya metido entre las ramas de los sauces, los llamaba con la indiferencia de sus catorce años criados día a día, desde que salen hasta que se ponen miles de soles. Dionísio casi se lanzó por el terraplén abajo. Y Júlia tuvo que tirar de la manga de la camisa del deslumbrado João:

—¡Vamos!

El pequeño echó una última ojeada por encima de las copas de los árboles hasta el sol, ya fuera del horizonte, grande, redondo, rojo.

Desde la orilla, llegaban los gritos de llamada de Sabino y Dionísio. Se escuchaba la sonoridad líquida de los remos de la barca. De la mano, João y su pequeña compañera corrieron hacia allí. Embarcaron de un salto, haciendo oscilar la proa de la embarcación, que se sumergió en el agua con un chapoteo lento y vago. Sabino echó mano a los remos, pero Dionísio exigió coger uno. Y los dos, sentados el uno al lado del otro en el banco, las piernas estiradas, clavando los pies en los huecos, acompasaron el golpe:

—¡Un, dos, tres!...

Las palas se sumergieron y empujaron el agua, que formaba remolinos en la popa, en un gorgoteo confuso y burbujeante.

A ambos lados del estrecho río se alzaban grandes fresnos cuyas copas se unían, formando una bóveda verde y espesa. Entre los ramajes se filtraban haces de luz.

—¡Ahora deje de remar! —mandó Sabino.

Dionísio levantó el remo, que goteaba. Sabino maniobró y arrimó la barca a la orilla, despacio. Mientras los demás saltaban, se agarró a una raíz de sauce que salía del agua. Una vez atado el bote, todos treparon el talud, arañándose con las zarzas. Al otro lado estaba el pantano.

—¿Vamos a Vala Grande? —preguntó Dionísio.

Sabino se rascó la cabeza, con la gorra caída sobre la oreja izquierda. Y respondió:

—¡Es muy profundo!...

—¡Tendremos cuidado!

—¡A Vala Grande yo no voy! —intervino Júlia—. ¡Si nos caemos dentro, no nos encontrarán en la vida!

Dionísio tuvo un arrebato de malos modos. Se volvió hacia Joáo, pidiéndole ayuda con aquella cabezona, pero también lo vio con cierto aire de reprobación y se rindió.

—¡Pues vamos entonces a cualquier sitio!

Sabino se enderezó la gorra, aliviado, y se echaron de nuevo al camino.

Buscaron el mejor sitio por entre los largos tallos de junco, más altos que ellos. El camino estaba lleno de dificultades. A veces, aparecía un agujero lleno de agua negra y de lodo, donde las piernas se atascaban hasta las rodillas. Las largas raíces acuáticas se enredaban en los pies y atrasaban la marcha.

Joáo estaba entusiasmado. Las mejillas sofocadas, la mirada brillante por la aventura, se lanzaba contra la resistencia múltiple de las plantas y seguía por el camino con una enorme ligereza de cuerpo y espíritu.

Por fin, llegaron a una zanja ancha y profunda. Iban despeinados y sucios, pero todavía llevaban en alto las cañas de pescar, como trofeos alzados al cielo, como si la tierra ya no bastara para la contemplación de sus glorias.

A la sombra de un sauce llorón, que sumergía en el agua las puntas finas y verdes de sus ramas, decidieron montar el campamento. Desliados los sedales y preparados los cebos, empezaron una larga y paciente espera que duraría toda la mañana.

Entre carcajadas triunfales y exclamaciones de desilusión, a orillas del agua sombría, en una zona desierta donde zumbaban los insectos y crepitaban los árboles secos, pasaron las horas. La pesca fue pobre y, cuando el sol empezó a calentar, dejaron de sumergirse las boyas, lo que les producía una excitación ansiosa, ojos desorbitados, esperando el momento propicio para el tirón brusco que arrancaría con el hilo a la criatura acuática, brillante y mojada, o el anzuelo sin cebo y sin pez.

Finalmente, con voz desolada, Sabino anunció que los peces ya no iban a picar más. Dionísio asintió:

—¡Ni por casualidad!...

Y como no podían quedarse todo el día esperando a que la casualidad obligase a unas agallas palpitantes a caer en la trampa, tuvieron que darse por vencidos en la batalla.

Júlia fue la encargada de llevar los escasos peces. Y, poco a poco, sin dejar de mirar la fosa con codicia, volvieron al río, esta vez sin dificultad, por el surco abierto a la ida en la vegetación. Cuando llegaron al bote y se preparaban para bajar, Dionísio se dio una palmada en la frente.

—¡Ay, que tenemos que ir al Parral!

—¡Es verdad! —recordaron los demás.

Sabino hizo una mueca propia de una situación embarazosa y respondió:

—Disculpe, pero yo tengo que volver a la finca... Mi abuelo me necesita.

Hubo un «¡oh!» de pena, pero enseguida Dionísio, práctico, aprovechó para darle al chico las cañas y las bolsas. Tras un instante de duda, le dio también los peces:

—Toma, para que te los comas.

Sabino le dio las gracias y saltó a la barca. Remó hasta el medio del río y, desde allí, se despidió agitando la gorra. Dionísio le gritó:

—¡Dile a mi madre que vamos al Parral!

Ya desde la otra orilla, Sabino respondió: «¡Sí, señor!» y desapareció en medio de los árboles.

Los demás siguieron por la orilla del río, bajo las ramas nudosas de las higueras, ayudándose en los pasos difíciles, cuando los setos de espinos les cortaban el camino o cuando, sobre un lodazal plagado de huellas de ganado, tenían que encontrar los lugares más resistentes. Entonces sonaban, en el silencio del campo, breves risas asustadas que se transformaban en expresiones alegres y ruidosas en cuanto vencían la dificultad.

A cada paso, bajo sus pies, entre la hierba húmeda y vigorosa, saltaban ranas gordas y verdes que hacían cabriolas en el aire y se sumergían nadando entre dos aguas, para aparecer más adelante, detrás del musgo, mirando a la orilla, la pechera blanca jadeando.

Para João, aquel espectáculo era deslumbrante y se detenía una y otra vez a mirar, en el agua baja, los montones de renacuajos, que se movían de un lado a otro como si los dirigiera una sola voluntad. Una barca que pasó por el río, conducida a vara por el barquero, abriendo la proa plana amplias ondulaciones que se deslizaban por el casco, hizo que se parara, embobado. Tal era el grado de contemplación que casi ni respondió al saludo del hombre.

Los dos hermanos, más curtidos en aquellas emociones, acabaron preguntándole si no había salido nunca de Lisboa. João, sin saber bien qué decir, respondió:

—Sí, pero casi siempre para ir a la playa...

—¿Playa? —se sorprendió Júlia—. ¿Qué es eso de la playa?

Dionísio le aclaró:

—¿No te acuerdas de cuando fuimos a Lisboa y papá nos llevó en un barquito hasta un sitio donde había mucha arena y mucha gente? ¡Te bañaste y todo! ¡Y volviste escupiendo, porque el agua estaba salada!

Júlia se acordó, de repente:

—¡Ah, sí, ya sé!... Entonces, ¿tú ibas ahí?

—Sí.

—Y ¿qué te gusta más? ¿Esto —y señalaba el río y los árboles— o la playa?

Los ojos de João brillaron al responder:

—Me gusta más esto.

Se callaron por un momento para trepar por un tronco que les cortaba el camino. La orilla bajaba casi a ras del agua. Atrás quedaba el pantano con las largas lanzas de junco erguidas y verdes, y los tres caminaban ahora juntos por un campo amplio y plano que terminaba a lo lejos en una fila larga y achaparrada de sauces.

—Y ¿por qué no habías venido nunca?

—¿A dónde?

—Aquí, a casa de tu tío...

—Mi padre decía que el tío Pedro vivía solo y que no me podía quedar con él.

Dionísio, quieto, con el sombrero de paja levantado y los ojos clavados en el suelo, interrumpió:

—¡Silencio!

Y se tiró al suelo mientras gritaba:

—¡Ya está!

Pero cuando miraba bajo el sombrero, irrumpió un

seco revuelo de alas que se abrieron, unos metros más arriba, en dos líneas azules. El saltamontes se había escapado. Dionísio se puso el sombrero, enfadado:

—Lo había cogido... ¿Cómo se me habrá escapado?

—¿Has levantado el sombrero y querías que se quedara esperando? —respondió Júlia.

—¡No he levantado el sombrero!

—¡Lo has levantado, sí, señor! No sabes coger saltamontes, eso es lo que pasa...

—¡Anda! Ya se ve quién coge más...

—Vale, ¡pero este se te ha escapado!

Estaban empezando a enfadarse. Providencialmente, del tronco hueco de un fresno salió en aquel momento, con un grito asustado, una abubilla, que se posó lejos, erizando las plumas de la cabeza. Y las explicaciones que tuvieron que dar a su compañero los distrajeron de la más que probable discusión.

Por fin, llegaron al puente.

—¿Falta mucho para la casa del tío Pedro?

—No. Es ahí, donde están aquellos membrilleros.

Bajo el sol, a aquella hora de calor, sin la belleza infantil del amanecer, los chicos apresuraron el paso a lo largo del dique. Por entre los árboles llegaban los resoplidos de un rebaño de ovejas, tumbadas a la sombra.

Cuando llegaron a la entrada del Parral, miraron adentro y Dionísio gritó:

—¡Ya estamos aquí!

Al oírlo, Viegas, en mangas de camisa, echó un vistazo por la ventana del piso de arriba de la casa. Y enseguida se asomó, risueño, exclamando:

—¡Que toquen todas las trompetas del castillo, que formen un pasillo las parras que dan nombre a esta casa, que ondee el pendón en el mástil, que llegan los reyes de los juegos!

Ante aquella recepción tan calurosa y divertida, los niños se observaron entre ellos, sonrientes. Pero el médico seguía:

—¡Entren ustedes! ¡Pero les advierto que si quieren comer, tendrán que traer la comida!

Los chicos se rieron y entraron corriendo en la casa. El perdiguero, que había venido a recibirlos a la puerta, atraído por el jaleo, empezó a saltar alrededor de ellos, ladrando para expresar su alegría canina. Rápidamente apareció por detrás Viegas, contento:

—Bueno, ¿y esa famosa pesca? ¡Mirad que si no traéis pescado, no vais a comer!

Dionísio se lo explicó: había pocos peces...

—Ya sé: pocos peces y muchos anzuelos, así que os tengo que dar de comer.

Fue hasta la barandilla de la escalera y gritó:

—¡Tomé, Tomé!...

De arriba vino una voz pachorruda y tranquila:

—¡Doctor!...

—¡Trae la comida!

—¿Cuatro? —dijo la voz.

—¡Sí, cuatro! —Y volviéndose hacia los pequeños—: ¡Vamos! Lavaos las manos para comer. De camino, te enseño la casa, João.

Dieron una vuelta rápida por la huerta, fueron a las caballerizas y volvieron a la casa deprisa, aguijoneados por el calor y el hambre.

Cuando se sentaron a la mesa tocaba el mediodía en el viejo reloj de pared del comedor. Al tragarse las primeras cucharadas, Júlia se detuvo y miró con inquietud a su hermano. Viegas, que vio el gesto, sonrió y le preguntó:

—¿Qué pasa, Júlia?

La pequeña se sonrojó y respondió, tartamudeando:

—No es nada... —Hizo un esfuerzo tremendo y se decidió—: Las gracias...

Dionísio dejó caer la cuchara sobre el plato y también

se sonrojó. Se miraron todos perturbados, hasta que Viegas, dejando la cuchara sobre el mantel, dijo, lentamente:

—Pues a dar las gracias, Dionísio.

El pequeño empezó a hacer un gesto de negación pero después, muy serio, en voz baja, pronunció las palabras tradicionales. Tomé, que entraba en aquel momento con las vinagreras, se paró en el umbral de la puerta, estupefacto. Iba a hablar, pero Viegas le hizo una seña y se esperó, sin moverse, hasta que dieron las gracias. Después empezaron a comer. Y durante toda la comida hubo, junto a la natural satisfacción, una ligera atmósfera de religiosidad que solo notaba el agudo espíritu del médico.

Al acabar de comer, se repitió la escena. Tomé, esta vez, no se contuvo y empezó a andar de un lado a otro moviendo los platos, abriendo y cerrando armarios, haciendo todo el ruido posible. Y Viegas no pudo dejar de pensar en la serenidad impasible de la fe y en la lucha violenta del descreimiento, ambos inútiles delante del Eterno Ignorado, fuese él, al final, un dios, una ley o nada.

Se levantó encogiéndose de hombros, casi sin acordarse de la presencia de los niños, y miró su viejo reloj mientras pensaba: «Este tiene cuerda para quince días y soy yo quien se la da. Mi cuerda dura desde hace cincuenta y cinco años, y ¿quién me la ha dado, a fin de cuentas?...».

Dio media vuelta y refunfuñó:

—¡Metafísica!...

Fue a donde estaban los niños, que se asomaban por la ventana para ver el campo, y dijo:

—¿Qué tal si fuésemos a ver al santo del pueblo? Un paseíto en calesa con este calor no es agradable, pero así no perderíamos el tiempo...

Joâo se sorprendió:

—¡El santo del pueblo! ¿Quién es el santo del pueblo, tío?

—Es nuestro cura Cristiano —respondió Viegas—.

Un hombre cuyo único defecto es saber teología y latín. ¿Vamos?

Los chicos corrieron a coger los sombreros y, en un instante, ya estaban en la puerta, impacientes. Enseguida llegó Tomé con la yegua enganchada a la calesa. Con una pequeña reverencia, Viegas exclamó:

—¡Primero, las damas! ¿Quiere doña Júlia hacerme el honor de elegir el sitio que más le guste?

Con una risa de felicidad, Júlia subió a la calesa y se sentó en el banco de delante. El médico subió detrás de ella y los dos chicos se pusieron detrás.

—¡Venga, vamos! ¡Agarraos bien que vamos a galopar como no os podéis imaginar!

Acarició con la punta del látigo las caderas de la yegua, manteniéndola segura mientras bajaban la pequeña alameda, pero en cuanto llegó al camino de los membrilleros la dejó trotar a su aire. Llegaron al río en un momento. Cuando iban a cruzarlo, dos mujeres que lavaban ropa más abajo se quejaron:

—¡Ay, doctor, nos va a ensuciar el agua!

—Tranquilas, ¿por qué no se pasan al lado de arriba?

Con un bufido sofocado de protesta, las mujeres acarrearon los taburetes y los barreños hasta donde había dicho Viegas. El médico agitó las riendas y la calesa cruzó el río.

—¡Vamos a hacer una entrada triunfal en Miranda!

Pasaron las primeras casas de la aldea a un galope desenfrenado. Las gallinas que picoteaban en el camino huyeron despavoridas, agitando las alas prácticamente bajo las patas de la yegua. Al llegar a la plaza, Viegas moderó el paso y, con el látigo doblado, fue saludando, aquí y allá, a los conocidos, que miraban con curiosidad a su sobrino.

Al final de la calle giraron a la izquierda, hacia una pequeña plazuela donde un olivo daba sombra a la fachada de la casa baja donde vivía el cura. Viegas hizo que la yegua se parase con un «¡soooo!» prolongado. Ató las riendas al freno y saltó. Empujó la puerta mientras llamaba:

—¡Ah de la casa! ¡Padre Cristiano! ¡Visita!...

No respondió nadie. Y el médico iba a insistir cuando, desde una casa de al lado, una mujer se asomó y dijo:

—¡No está, doctor!

—¿Dónde ha ido?

—Ha dejado dicho que iba a la iglesia y que si alguien lo buscaba, estaría allí.

Viegas murmuró un «¡gracias!» y volvió a la calesa. Mientras le daba la vuelta a la yegua, le dijo a Júlia:

—¿Qué demonios habrá ido a hacer a esta hora a la iglesia?

La pequeña lo miró censurándolo por aquella mezcla sacrílega y se encogió de hombros. A un paso más lento, rehicieron el camino por la calle abrasada y desierta, donde el macadán era un largo paseo en el que el sol se reflejaba con fuerza. Llegados al atrio, se apearon. Viegas se llevó al animal a la sombra de los árboles. La puerta grande de la iglesia estaba cerrada.

—Vamos por la puerta lateral.

Con los niños detrás, empujó la puerta, solo entornada, y se asomó. Dentro no se oía nada. Viegas, quitándose el ancho sombrero de fieltro, entró. Mientras echaba un vistazo por la iglesia, también entraron los tres pequeños. João se quedó al lado de su tío, apocado y en silencio, observando a los otros dos, que, mirando al altar mayor, se santiguaban.

—¿Dónde estará? —murmuró Viegas.

La voz resonó extrañamente en el claro frescor de la iglesia y se quedó vibrando en un eco que reverberó mil veces entre las gruesas columnas cuadradas de piedra, hasta el techo de madera oscura. Dio un paso nervioso hacia el medio de la iglesia y desde allí vio, entonces, la cabeza blanca del cura que surgía por detrás de un altar, donde san Sebastián mostraba el cuerpo dolorido y sangriento, acribillado de flechas negras.

El cura tenía un paño en la mano, con el que acababa de limpiar los dorados del altar. Encorvado y tembloroso, vino por la nave con las manos tendidas, para encontrarse con el médico.

—¿Cuánto tiempo hace que no entra en esta casa, doctor?

En su voz se percibía una dulce ansiedad. Miraba a Viegas con un brillo especial en los ojos borrosos. El médico sonrió:

—¡Qué sé yo! He perdido la cuenta...

—¿Habrá llegado la hora de la conversión?

La sonrisa desapareció de los labios de Viegas y las arrugas de su cara se hicieron más profundas y amargas.

—¡Todavía no, mi querido padre! Hay que seguir esperando. ¡Y solo los dioses saben por cuánto tiempo!

—¡Los dioses no! ¡Dios!

El médico se encogió de hombros, molesto, y respondió:

—Como quiera. Pero lo que me ha traído aquí ha sido querer presentarle a mi sobrino João, el hijo de mi hermano Carlos...

Se volvió hacia el pequeño, que, con las manos a la espalda, contemplaba en un cuadro desvanecido, de colores gastados, la resurrección de Jesús.

—¡João!

Hizo las presentaciones:

—Padre Cristiano, este es mi sobrino... João, este señor es el santo del pueblo del que te he hablado, el hombre cuyo único defecto es saber teología y latín.

El sacerdote se agachó para darle un beso al sobrino del médico. Por un momento, las dos cabezas se unieron, confundido el poco pelo del cura con los mechones revueltos de João. Después, el cura dijo:

—No lo creas, João... Para santo me falta de todo, y tengo muchos más defectos que los que me achaca tu tío.

Miró atentamente al chico y murmuró:

—¡Pobre niño!

Viegas, en un impulso casi bruto, lo cogió del brazo:

—¡Eso no, padre Cristiano! No tiene derecho. ¿Qué es lo que pretende?

El cura sonrió. Y respondió:

—¡No pretendo nada, hombre! La frase me ha salido sin pensarla, por instinto. ¡Perdona!...

Dionísio y su hermana tiraban de su compañero. Y los tres recorrieron la iglesia, parándose ante los altares, contemplando las facciones inmóviles y frías de las imágenes. Viegas se había serenado.

—Esa manía de catequizar a troche y moche viene de san Pedro, ¿no? Es ya casi una segunda naturaleza... Claro, que no se trata de una cuestión de herencia...

—¡No discutamos, se lo ruego!

Ambos se quedaron en silencio, malhumorados. Júlia gesticulaba ante el altar mayor, mirando a João. Dionísio, de lado, asentía moviendo ligeramente la cabeza. El rumor de las voces llegaba a oídos del cura y del médico, impreciso y confuso.

—¡Ahí están! —exclamó Viegas.

—¡Déjelos, no tiene nada que temer!

—Ya lo sé, pero me pone nervioso.

El cura se volvió a su altar y empezó a limpiar, esta vez, los pies sucios del santo.

—Entonces, ¿ahora le toca hacer labores de limpieza?

—¿Qué quiere? Teófilo está enfermo, como sabe...

El médico asintió:

—Es un caso perdido. Tuberculosis... Una enfermedad para la que no existen ni médicos ni milagros. Es verdad, padre Cristiano, ¿por qué no hay milagros que curen a un tuberculoso?

El cura respondió formalmente:

—¡Algunos han sido curados!

—¡Bueno! Entonces, ¿le parece que debo pasar a la reserva?

Ambos sonrieron, relajados, y empezaron a andar a lo largo de la fila de columnas, hablando de la enfermedad del sacristán. Cuando llegaron bajo el coro, Viegas se detuvo de repente, como si un pensamiento rápido le hubiese atravesado el cerebro en aquel preciso instante. Miró con atención a Cristiano y después llamó a Dionísio.

—Son casi las tres. ¡Subid a la torre y enseñadle el reloj a João! ¡Rápido!

Cuando dejaron de oírse los pasos de los niños en la línea helicoidal de la escalera de piedra que, por dentro de la torre, conducía hasta arriba, Viegas miró de nuevo al padre, que lo observaba, desconfiado. Y lentamente, dejando caer las palabras una a una, pronunció:

—¿Qué diría si me casase?

Las blancas cejas del cura se erizaron, asombradas:

—¿Qué?

—Creo que he sido claro. ¿Qué diría si me casase?

El cura se pasó la mano por la cara, incómodo. Viegas recorrió con la mirada toda la iglesia.

—¡Venga aquí! —y señaló el confesionario.

Viendo la expresión de censura apenada en la cara del cura, lo tranquilizó:

—¡Le aseguro que no estoy bromeando! ¡Y debe hacerme la justicia de creer que mis convicciones no me permitirían una broma semejante!...

El cura bajó la cabeza y entró en el confesionario. Viegas se pegó a la rejilla.

—Perdone si no me arrodillo ni rezo las oraciones de rigor, pero he llegado a la desoladora conclusión de que todo el reumatismo articular del pueblo es debido a estas frías losas. En cuanto a las oraciones, no recuerdo si ya se me han olvidado o si nunca las he sabido...

El silencio de la iglesia sofocó las últimas palabras. Era tan diferente aquella confesión, sin las largas filas de penitentes esperando turno para aliviar los pecados...

—Pues sí, creo que me voy a casar.

Esperó un momento y, como el cura no respondía, preguntó:

—¿No dice nada? ¿No me pregunta con quién?

Por entre los agujeros de la rejilla llegó la voz velada del padre:

—Un confesor no pregunta, amigo mío: solo escucha...

—Entonces, escuche: me voy a casar... con Maria Leonor.

Ni un único ruido salió de la oscuridad del confesionario.

—No es el llamado amor lo que me lleva a esto, como debe entender. Ya no tengo edad para esas fantasías... Solo se trata de salvar a Leonor de la locura o de algo peor... ¡No le puedo decir los motivos que me llevan a dar un paso semejante! Son demasiado graves e incluso creo que no los entendería, tan lejos está su espíritu de conocer las miserias del mundo y del barro asqueroso en que braceamos. Quédese con esto: hay un fuerte motivo para casarme. ¡No puedo escapar!

Con un suspiro, el cura susurró:

—Eso es suficiente. No vale la pena añadir nada más. El resto me lo imagino.

Viegas se acercó más aún a la rejilla:

—¡No se lo puede ni imaginar!

—Sí que puedo... Lo sé, amigo mío. Mi espíritu no está tan lejos de las miserias humanas como para no darse cuenta de ellas. Y, además, ¡no es solo usted quien se confiesa!...

—¿Quién se lo ha contado?

—Nadie. Disculpe mi mentira, pero el secreto profesional de la confesión es tan fuerte como su secreto profesional de médico... Basta con que le diga esto: no hace muchos días se arrodilló, en ese mismo sitio, una mujer.

El cura se levantó y abrió la puerta del confesionario. Se dirigió al médico, que se había quedado en su sitio, pálido, con goterones de sudor en la frente arrugada, donde se pegaban los pelos canosos.

Viegas hizo un esfuerzo por sonreír.

—¿Qué penitencia me pone? ¿Qué me aconseja?

El padre alzó los ojos hacia el alto techo de la iglesia y se quedó en silencio, esperando. Después, exclamó:

—¡Pues cásense! ¡Y que Dios los proteja!

Siguió un silencio embarazoso. Aquel deseo de protección divina, expresado con una voz fervorosa en la que vibraban seguras notas de esperanza, produjo un escalofrío a Viegas.

Por las vidrieras de las ventanas del frontispicio de la iglesia entraban amplios rayos de sol que iluminaban el coro y se derramaban por el suelo de la nave. Desde allí, la luz reflejada subía hacia el techo de castaño, negro por los años y picado de carcoma, verde de humedad en los paneles donde se hundían las columnas. Y, según iba bajando el sol, poco a poco, la amplia mancha luminosa se deslizaba con dulzura, llegando hasta el altar mayor.

Como si respondiese a una pregunta, el cura murmuró:

—Cuando se pone el sol, el altar es un deslumbramiento. La luz brilla en todos los cristales y la sombra de la cruz se proyecta sobre el fondo rojo, muy grande, con los brazos muy abiertos... ¡Las llagas del Señor parecen más dolorosas, chorreando más sangre y más luz!

El médico miró furtivamente al altar. El sol todavía estaba muy alto y el crucifijo era solo una mancha oscura donde se retorcía un cuerpo blanco, delgado.

—El poder que tienen ustedes para impresionar es extraordinario. ¡Y qué hábiles fueron los constructores de la iglesia al orientar las ventanas al oeste!... ¿Hay mucha gente a esa hora para verlo?

El cura meneó la cabeza con aire triste y compungido.

—No, nadie viene a la iglesia al atardecer. Es la hora a la que la familia se junta bajo el techo del hogar. Solo vengo yo. No tengo familia... —Señaló la primera columna, junto a la puerta grande, y siguió—: Ahí me pongo de rodillas. Y siempre que a Dios le place iluminar su altar, presencio aquella gloria...

Viegas se agitó, incómodo. Iba a responderle pero, de repente, la iglesia se llenó de sonidos de bronce que parecían despeñarse desde las alturas, en cascada. Estaban dando las tres. Después de la última campanada, el aire se quedó vibrando al paso de las últimas ondas sonoras que bajaban.

En la mirada que el cura echó alrededor de la iglesia, bajo el zumbido final de las campanas, Viegas se vio sorprendido por una alegría tan profunda que le preguntó, casi sin querer:

—Padre Cristiano, ¿es usted feliz?

El viejo abrió los ojos, sorprendido.

—Muy feliz. Le he dicho que no tengo familia, pero no es verdad. Mi familia son todos los hombres y todas las mujeres, mi hogar es la iglesia de Cristo, es esta casa inmensa llena de luces y de sombras en la que me he pasado la vida... ¿Cómo no voy a ser feliz?

Se detuvo. Por la pequeña puerta de la torre salían los niños riéndose, frotándose los oídos ensordecidos. Los dos amigos fueron hasta ellos, la alta y gruesa figura del médico dominando el cuerpo tembloroso y encorvado del cura. Se despidieron.

Ya en el atrio, mientras Viegas y los niños subían a la calesa, el cura les dijo adiós agitando la mano. Y cuando la calesa desaparecía por la curva del camino, volvió al interior de la iglesia, cerrando la puerta tras de sí.

XXIV

Cuando Viegas y los pequeños llegaban a la finca, Benedita estaba saliendo de casa. Enseguida Dionísio le preguntó a dónde iba. La criada, que llevaba un saco sobre los hombros, respondió:

—Voy a la huerta.

Los tres se dispusieron a ir con ella y ayudarla, si fuera necesario. Sin tener cómo negarse, Benedita accedió, aunque contrariada. Y allá se fueron todos.

Viegas entró solo, abanicándose la cara sofocada con el sombrero. Se paró en medio del salón, con el oído atento, sin saber a dónde ir. Fue hasta la puerta del comedor y se asomó. Estaba vacío y las ventanas que daban a la finca, cerradas. Un fino rayo de luz entraba por una rendija, cortando la penumbra como una cuchilla. Cerró la puerta y se encaminó hacia la escalera. Al poner el pie en el primer escalón, miró hacia arriba. Después empezó a subir, silbando bajito.

Al llegar al descansillo, echó la vista al pasillo del lado izquierdo de la casa. Iba a llamar, a anunciar su presencia, pero un indefinible sentimiento de inquietud frenó sus palabras. El calor y el silencio parecían condensar la atmósfera y llenarla de expectativas. Las botas de Viegas rechinaron ligeramente cuando giró a la derecha. Delante se veía la claridad de una puerta abierta.

Se adelantó, casi de puntillas. Era el dormitorio de Maria Leonor. Se detuvo en el umbral, para mirar. Maria Leonor, de rodillas, de espaldas, ordenaba ropa blanca en un cajón de la cómoda.

—¿Se puede?

Con un pequeño grito de susto, Maria Leonor se dio la vuelta.

—¡Ah, es usted! Me ha asustado... Entre.

Viegas dio unos pasos en la habitación y fue a apoyarse en la esquina del mueble. Ella siguió arrodillada.

—¿Y los pequeños?...

—Han ido a la huerta con Benedita.

Maria Leonor miró corriendo la puerta, que el médico, al entrar, había entornado.

—¿Se lo han pasado bien?

Viegas dejó la cómoda y fue hasta la ventana. Desde allí, respondió:

—Creo que sí. Han ido a pescar al pantano, han comido en casa y después los he llevado a Miranda para presentarle a João al padre Cristiano...

Se calló durante unos segundos mientras miraba la nuca de Maria Leonor, que se inclinaba sobre un cajón. La melena, en dos espesos mechones, le caía a ambos lados del cuello, dejando a la vista un pequeño triángulo de carne, blanco como el jaspe. Apartando la mirada, Viegas continuó:

—Y, a propósito, he tenido con él una conversación de lo más interesante...

Sin volverse, Maria Leonor respondió:

—¿Con él?... ¿Con quién?

—Con el padre Cristiano, claro.

—¿Puedo saber de qué han hablado?

—Claro que sí. ¡Hemos hablado de la confesión!...

Volvió a la cómoda y, esta vez, se puso al lado de Maria Leonor, que mantuvo la cabeza baja, con obstinación.

—De tal modo que he acabado por confesarme yo también, Pedro Viegas, con fama y provecho de hereje. Aunque la verdad sea dicha, mi confesión ha sido lo menos ortodoxa posible...

Con un empujón brusco, Maria Leonor cerró el cajón y se levantó. Miró al médico a los ojos, atravesándolo.

—Y ¿qué le ha dicho?

A un palmo de distancia, Viegas respondió:

—¡Lo suficiente para conseguir para nuestra boda la bendición de la iglesia!

—¿Y no ha dicho nada más?

—No —respondió sosegadamente Viegas—, no ha sido necesario. He creído entender que lo demás ya se lo había contado alguien. ¿Estoy equivocado?

La respuesta vino rápida y decidida:

—¡No!

Viegas entornó los ojos, en una contracción de todos los músculos del rostro, y preguntó:

—¿Le has contado todo?

—¡Todo!

—¿Por qué?

—Porque ya no podía más. Estaba harta de sufrir, de llorar...

—¿Y ahora? ¿Ya no sufres?

Maria Leonor se encogió de hombros. Dio unos pasos sin destino por la habitación y respondió:

—No lo sé, tal vez sufra, seguro que sí, pero siento mi espíritu más liviano, más limpio y liberado. La confesión ha sido como un baño purificador, ha sido como si le hubiese entregado mi alma al padre Cristiano y él me la hubiese devuelto después, todavía manchada, sí, pero aliviada del tremendo peso de mis miedos...

—¿Aliviada?

—No me cree, ¿verdad? Yo tampoco, la verdad. ¡Palabras, palabras y nada más!

Hizo un fatigado gesto de resignación y siguió, ya con dos lágrimas brillándole en los ojos:

—Al final, todo sigue igual...

Viegas fue hacia ella con los brazos tendidos, las manos abiertas.

—¡No, no todo sigue igual! Vamos a casarnos y eso servirá para algo. ¡Vas a ver cómo te daré días felices!

Entre los brazos que rodeaban su tronco en un amplio apretón, Maria Leonor se echó a llorar. Y los dos se quedaron así, unidos, pegados, sintiendo cada uno el cuerpo del otro, tan solo separados por la fina tela de sus ropas.

Una ligera perturbación los hizo vacilar. La percepción del peligro que corrían hizo que se despegaran, asustados y temblorosos. En los ojos de ella había un brillo líquido que ya no era de lágrimas. Los labios, hinchados por el nerviosismo, le temblaban. Viegas estaba muy pálido y respiraba con fuerza.

En un impulso irresistible, las manos de ambos se unieron. Y, lentamente, se fueron acercando de nuevo, tocándose con las rodillas, cuerpo arriba, hasta quedar atrapados en un beso.

La garganta de ella soltó un jadeo en forma de sollozo. Sus brazos se cruzaron con fuerza en la nuca de Viegas e hizo que se arquease sobre ella. Retrocedió un paso, aturdida. Las piernas se le doblaron al llegar al lecho y cayó hacia atrás.

Rodaron por la cama, desesperados, perdidos.

—¡No! —gimió Maria Leonor.

Su gemido se perdió en el jadeo de ambos y en el ruido seco de la paja del colchón.

XXV

Media hora después de haber dejado al médico en la puerta de la casa, Benedita volvía de la huerta, corriendo. Había tenido que acompañar a los tres niños, que no la soltaron hasta que no recorrieron todos los berzales, a lo largo de los surcos todavía húmedos, perdiendo un tiempo infinito asomándose al pozo negro, en cuyo fondo se reflejaba una ancha porción de cielo. Las risas delicadas y alegres de los chicos, pasmados ante el dibujo de las cabezas que flotaban en el agua, muy abajo, la impacientaban. Un sexto sentido la avisaba, la aguijoneaba para que saliese de allí y volviese a la casa.

Pero después, como João había querido probar sus fuerzas y empujar el largo brazo de la noria, la obligaron a ser juez en la competición, a decidir quién hacía subir más rápido las palas y echaba más agua al depósito, una amplia construcción verdosa envuelta en culantrillos, con finos helechos y macizos de centinodias.

Benedita rumiaba una desesperación nerviosa e irritada. Al fin, los dejó en la ruidosa alegría con que empujaban, todos a la vez, la noria, que crepitaba al izar caudal del pozo.

Echó a correr, agachando la cabeza al pasar por debajo de las ramas caídas del nogal que daba sombra al claro donde se hizo el pozo. El pañuelo negro que llevaba sobre los hombros se enganchó en un espino, y ella ni siquiera lo miró. El hortelano, al verla corriendo, le preguntó, entre dos golpes de azada:

—¿Qué te pasa, mujer?

La criada no respondió. Siguió con su carrera desquiciada, jadeando, con el corazón que se le salía del pecho. Al empujar la cancela se hizo una herida en la mano con un pincho, pero no sintió dolor ni el calor de la sangre. Parecía llevada por una fuerza sobrehumana que la cegaba y la volvía insensible a todo aquello que no fuera el camino a casa.

Al doblar la esquina se paró por un momento, resoplando. Miró hacia la alameda, hasta el camino desierto. Pegada a la construcción, echó una carrera ocultándose debajo del porche. Y desde allí se acercó más despacio, hasta llegar a la puerta. Entró silenciosamente. Fue al comedor, pero enseguida volvió, al verlo vacío y oscuro. Recorrió todas las habitaciones del piso de abajo buscando con ansiedad y fue a la cocina, donde sorprendió a Joana, que dormitaba sobre la mesa mientras las cazuelas rechinaban.

Se lanzó a la puerta con ímpetu y corrió hacia la escalera. Allí, en el momento en que iba a lanzarse, sintió un arrebato de miedo y se quedó un buen rato agarrada al pasamanos, sin atreverse a subir.

Después, en una decisión brusca, subió la escalera deprisa, levantándose la falda para no tropezarse. Al llegar arriba, enfiló el pasillo. Viendo cerrada la puerta del dormitorio de la señora, puso la mano en el tirador y, con un empujón desesperado, hizo saltar el pestillo. La puerta se movió sobre las bisagras y chocó contra la pared con un estruendo hueco que retumbó en la habitación y resonó por toda la casa hasta deshacerse en el silencio tibio y cargado de la atmósfera.

Cuando miró dentro, sintió un vértigo que la obligó a apoyar las manos temblorosas, húmedas de sudor, en el marco de la puerta. Sobre la cama deshecha estaba Maria Leonor, inerte, roja, descompuesta. Las almohadas caídas, la colcha arrastrada por el suelo, un olor a sexo en el aire...

Con un grito sofocado, Benedita retrocedió a la penumbra del pasillo, con toda la sangre en las mejillas abrasadas, una horrible náusea que le subía del estómago y le llegaba a la garganta. Pero enseguida se abalanzó dentro del dormitorio. Se paró delante de Maria Leonor, temblando, mirando su falda arrugada, subida casi a la altura de los muslos.

Extendió la mano vacilante y le tapó las piernas. En aquel mismo instante, Maria Leonor se movió sobre el colchón con un gemido sordo y dolorido. Y enseguida, sin transición, abrió los ojos. Miró a la criada, inexpresiva, y se incorporó, llevándose las manos a los riñones, con un gesto de dolor. Sentada en la cama, echó un vistazo a su alrededor y empezó a temblar. Alzó la vista hacia Benedita, con una expresión de miedo inenarrable, absoluto.

La criada se inclinó sobre ella y la agarró por las muñecas. La acercó y, forzando la lengua, que se le trababa, solo pudo preguntarle:

—¿Qué ha pasado?

Maria Leonor se arrastró por la cama, cogida por las muñecas. Con un enorme esfuerzo, se soltó de las manos de Benedita y bajó por el otro lado. La criada dio la vuelta al lecho y fue detrás de ella. Y, teniéndola acorralada contra la pared, aplastada bajo su enorme figura negra, repitió, moviendo el tronco, con una furia irracional:

—¿Qué es lo que ha pasado aquí?

Todo el desorden de la habitación le respondía. Principalmente aquel vago olor que permanecía con una persistencia insidiosa y provocadora. Pero ella quería estar segura, quería las palabras, y repetía, irritada:

—¿Qué ha pasado?

Maria Leonor, con los ojos desorbitados, no respondía. Se deslizó a lo largo de la cama, para huir. Pero Benedita se abalanzó sobre ella, la apretó contra la pared con contundencia. De nuevo le hirió el olfato aquel extraño aroma, ahora más vivo y mareante, que desprendía el cuerpo de Maria Leonor. Fue esa sensación la que desató su furia. Y casi tartamudeando, con palabras atropelladas y una espuma blanquecina en la comisura de los labios, dijo:

—¿La señora se ha atrevido? ¿Aquí, en el mismo dormitorio y en la misma cama donde murió su marido?... Pero ¿qué clase de mujer sin vergüenza es usted? Y Dios no la ha matado, no les ha caído un rayo encima que los despedazase, cuando se revolcaban ahí como dos perros...

Ante aquella sarta de injurias que la fustigaban como bofetadas, Maria Leonor empalideció, se quedó blanca como la pared en la que se apoyaba y acabó cayendo al suelo. Arrodillada a los pies de Benedita, como un trapo sucio y viejo, indigna y abyecta. El pelo despeinado se le pegaba a la cara húmeda, los sollozos le hacían daño en las costillas. Y, con un hilo de voz casi imperceptible, a ras de suelo, susurró:

—¡Nos vamos a casar!... Ya está acordado, ¿entiendes? Nos vamos a casar...

La revelación hizo que Benedita retrocediese:

—¿Cómo?

—Nos vamos a casar... —repitió Maria Leonor, atontada—. Nos vamos a casar...

Se levantó con esfuerzo, como si cada movimiento le costase una vida de energías.

En aquel momento no tenía miedo ni vergüenza. Y pudo mirar a la criada sin que se le contrajera un solo músculo de la cara, sin que el antiguo terror se apoderase de su alma.

Se arrastró hasta una silla y se sentó, dejando caer la cabeza desfallecida hacia atrás, contra el respaldo duro e incómodo.

Benedita cerró la puerta de la habitación. Lentamente, se acercó a su señora y se quedó allí, esperando explicaciones. Pero Maria Leonor callaba, invadida por un cansancio mortal, como si todas las células de su cuerpo se descompusieran en un presagio de putrefacción. La criada tuvo que sacudirla con crueldad, con la furia reprimida e instintiva con que un gato sacude a un ratón muerto, para que abriese los ojos poco a poco, con los párpados oscurecidos.

—Y ¿por qué se van a casar?

Maria Leonor se inclinó hacia delante y respondió, apoyando la frente en las muñecas, desahogándose:

—¡Y a ti qué te importa! No es asunto tuyo.

—¿No es asunto mío? Eso es lo que cree. ¿No se ha dado cuenta de que si me da la gana puedo contarle esa historia de la propiedad, punto por punto, con todo lujo de detalles?

—¡Él ya lo sabe!...

—¿Lo sabe? ¿Quién se lo ha contado?

—Yo, por supuesto...

—Y, aun así, ¿va a casarse?

En el «aun así» había toneladas de desprecio.

—Aun así.

Benedita meneó la cabeza sin entenderlo y volvió a la carga.

—¿Por qué se van a casar?

—Para librarme de ti...

—¿De mí? Pero ¿qué mal he hecho yo?

—Todas estas semanas has hecho lo que has querido. He sido un muñeco en tus manos. ¡Me he estado arrastrando por el terror de saber que todo lo que decías y hacías estaba lleno de intenciones oscuras y amenazas!... Se va a casar conmigo para librarme de todo esto.

Tras estas palabras, hubo un silencio grande y espeso, solo interrumpido por los rumores indefinidos del día ardiente, que lanzaba bofetadas de luz por las ventanas a través de las cortinas. Un rayo de sol, reflejado, subía del suelo y creaba una aureola de dulce claridad alrededor de la cara piadosa y triste de la Virgen de porcelana, que ahogaba bajo sus pies a la horrible serpiente del mal y el pecado.

Como si las fuerzas la abandonasen, Benedita retrocedió hasta apoyarse en la pared, y allí se quedó, con los brazos caídos, los hombros encorvados y doblegados. Poco a poco, dentro de su corazón, el antiguo amor por la señora iba surgiendo de nuevo y, al mismo tiempo, una inmensa y desolada piedad le inundaba los ojos. Y no pudo más. Con un sollozo arrancado de lo más profundo de su disgusto, le brotaron las lágrimas. Se llevó los puños cerrados a los ojos para aguantarlas, pero fue inútil.

Fuera, pasó un carro lleno de cañas de maíz. La carga casi rozó las ventanas, que temblaron con la sacudida del suelo y las paredes. Con el paso lento de los bueyes, el ruido fue decayendo, alejándose cada vez más, hasta desaparecer del todo.

Dentro de la habitación, las dos mujeres seguían calladas, inmóviles, en una espera dolorosa. Ambas sentían que había que decir algo, pero las palabras morían en la garganta ante la conciencia de su inutilidad. En Maria Leonor era un deseo enorme de levantarse y abrazar a la criada, llorar con ella, pero el orgullo la amarraba a la silla y, más que eso, la indolencia de su cuerpo, la debilidad de su espíritu. Benedita, después de llorar, cuando un movimiento bastaría para arrojarla a los pies de su señora, olvidándose de todo y obedeciendo tan solo a los impulsos de su amor, había vuelto a ver el acto repugnante. Para alimentar la hoguera de su odio, recordaba todas las palabras y todas las acciones de la señora desde aquel día lluvioso en que pegó a sus hijos.

Por el pasillo vacío, por todas las habitaciones de la casa resonaron, lentamente, las cinco de la tarde. La última nota se expandió por unos segundos, pero murió enseguida, sofocada en el silencio. Benedita se movió, impaciente. La imposibilidad de mantener aquella situación se volvía angustiosa, casi física. Dio un paso hacia su señora. Maria Leonor levantó la cabeza, asustada, implorante. En sus ojos había tanto miedo que la criada se quedó impresionada, perpleja. Y como si la última nube que la impidiese ver con claridad se hubiese disipado en aquel instante, Benedita, de repente, comprendió toda la enorme tragedia de Maria Leonor, el tenebroso motivo que casi la había hecho perderse con su cuñado y que la había arrojado ahora, ciega y dolorida, a los brazos de Viegas.

Incapaz de hablar, sintiendo que no podía seguir allí ni un segundo más, se marchó de la habitación. Tras el ruido de la puerta volvió el silencio, pertinaz e indiferente, rodeando a Maria Leonor con una reja invisible, cubriéndola con un manto que tenía el espesor de la propia atmósfera.

Maria Leonor se levantó de la silla y caminó por la habitación, directa al sofá de terciopelo rojo situado en el rincón más oscuro. Pasó junto a la cama deshecha sin mirarla, como si aquel desaliño no representase nada para ella. Un ligero vértigo la hizo sentarse en el lecho, mientras una sensación de agonía le comprimía la garganta en un vómito. El cuerpo se le cubrió de sudor y el vértigo, más fuerte, hizo dar vueltas a muebles y paredes, en un mareo que la aturdió aún más. Se agarró con fuerza al borde del colchón y cerró los ojos. Por unos instantes, creyó que se despeñaba por un abismo, en una caída que no acababa nunca. Después, de repente, todo se paró. Abrió los ojos, se levantó con dificultad y retomó el camino hacia el sofá. Se dejó caer en la suavidad del terciopelo y se estiró con un suspiro de cansancio sobre el respaldo inclinado, que se le ofrecía, acogedor. Y ahí se quedó, desfallecida, postrada. El vestido, arrugado debajo de ella, dejaba ver sus rodillas. Con un pudor vago se tiró de la falda hacia abajo, para taparse las piernas.

Fue el último gesto del que tuvo conciencia. Los pensamientos le fueron turbando el cerebro y, con una ligera distensión de todo el cuerpo, se durmió.

El sol iba bajando, perdiendo el brillo fulgurante y duro a medida que se acercaba la tarde. La luz, ahora rosada, entraba casi horizontal en la habitación a través de los cristales y se proyectaba en la pared, a los lados de la cama, en dos manchas altas que subían lentamente hacia el techo.

Morían los últimos restos de luz y empezaba ya a levantarse del suelo la sombra de la noche cuando Maria Leonor se despertó. Abrió los ojos y se quedó inmóvil, tumbada, mirando la parte superior de las ventanas, donde brillaba todavía la sangre del poniente.

Con un movimiento brusco se sentó en el sofá y miró alrededor, frunciendo las cejas al ver la cama deshecha. Pero la sorpresa vino y se marchó enseguida, acosada por la verdad. Maria Leonor se levantó del sofá y fue hasta el centro de la habitación. Y cuando se acordó por completo, con todo detalle, de lo que había pasado desde que llegó Viegas hasta la aparición de Benedita, fue como si una puntilla le hiriese la nuca. Se quedó aturdida por un momento, presa de un temblor irreprimible, mientras la noche le subía por el cuerpo, ahogándola en oscuridad.

De inmediato, dominando todos los demás pensamientos, una pregunta surgió en su espíritu: «¿Qué hacer?».

Esta vez, estaba claro. Había llegado al final de la pendiente por la que había estado rodando desde la muerte de su marido. Todos los gestos, todas las resistencias no habían hecho más que empujarla, cada vez más deprisa, hacia el pozo que la esperaba al acabar la cuesta. ¿Y ahora? ¿Dejarse caer, cerrar los ojos, rodar aún los últimos metros hasta el despeñadero final? ¿O (y cuando le vino esta alternativa, los maxilares se le contrajeron y los ojos le brillaron del susto) interrumpir allí mismo la caída con una caída más grande y definitiva, un auténtico salto a las tinieblas?

Podía casarse. Benedita, al final, la adoraba y guardaría silencio pese a todo. Y aunque su abnegación se acabase, guardaría silencio del mismo modo. Pero la enorme tontería de aquella boda se le imponía como una sombra oscura. Sentía que, tras haber conocido a Viegas íntimamente, no podía casarse con él. Era casi una repugnancia física lo que la apartaba. Pero ¿podría, sin casarse, Dios santo, seguir viéndolo? ¿Qué sería de su vida con el recuerdo de aquel día, de aquella horrible media hora, interponiéndose entre ambos? La boda sería el agua que limpiaría la mancha. Pero no podía, ¡no podía!... ¿Casarse? ¡No! ¡Era imposible! ¿Vivir después toda la vida a su lado, siempre, un día y otro, viéndole las arrugas cada vez más profundas y el pelo cada vez más blanco? Era imposible. El propio recuerdo del pecado, el recuerdo de que se habían pertenecido cuando todavía no tenían derecho a ello, llenaría de penumbra la vida de ambos: acabarían odiándose. ¿Y se atrevería a decirles a sus hijos que iba a casarse con el médico? ¿Y qué dirían los trabajadores, todo el personal de la finca, toda la gente de Miranda?

En un impulso desesperado, se dejó caer en la cama. Pero enseguida se levantó, como si las sábanas ardiesen. Había sido allí. Y a todo ello se unió el recuerdo brutal del momento, la violencia del choque, la cercanía dura de los hombros, la sensación de un cuerpo de macho en todo su cuerpo. Volvió a ver la cara congestionada de Viegas inclinada sobre ella, las manos como garras que la habían atenazado en la cama...

Corrió a la ventana para refugiarse en la última claridad del día. Y allí, sin pánico, le vino otra solución: el salto a las tinieblas, el suicidio, la muerte. Se apretó contra la pared fría y cerró los ojos. Reprimiendo un escalofrío, intentó llegar al fondo de su pensamiento, agotar todo el miedo. Estaba a punto de conseguirlo, con una dolorosa sensación de triunfo, cuando se abrió la puerta de la habitación.

Benedita entró con una lamparilla de petróleo en la mano. Puso la luz sobre una mesita.

Después, se volvió hacia su señora y dijo, con voz débil y temblorosa:

—¡La cena está lista, señora!...

Aquella voz, llegada del otro extremo de la habitación, perturbó a Maria Leonor de tal modo que sus ojos, hasta entonces secos de fiebre, se nublaron de lágrimas. Como si una gran ola invadiese su pecho, la llamó:

—¡Benedita!

La criada se acercó a ella, despacio, con la cabeza baja. Después, se abrazaron, envueltas en la claridad dorada de la lámpara, que proyectaba sus sombras deformadas y gigantes en la pared.

—No llore, señora, no llore —gimió Benedita—. ¡Por amor de Dios, todo se va a arreglar!... La señora se casa y todo se olvida...

Pero Maria Leonor lo negaba:

—¡No, Benedita, eso no! ¡No me puedo casar! ¿Cómo quieres que me case ahora, después de esto? ¿Y cómo quieres que les diga a mis hijos que me voy a casar? ¿Qué dirían?... ¿Y tú? ¿Podrías soportar que me casara?...

La criada meneó la cabeza, tristemente:

—Si es por su bien...

—¡Qué sé yo lo que es mi bien!...

Se oyeron pasos en la escalera. Júlia llamaba: «¡Madre! Benedita!», aflautando con mimo las últimas sílabas.

—¡Ve, deprisa, ve con ellos! ¡Diles que no me encuentro bien y que no voy a bajar! Pero que no entren, ¡sobre todo que no entren!...

Benedita corrió hacia la puerta y salió. Se oyó un murmullo y enseguida los pasos de la criada y de los niños, que bajaban las escaleras para cenar.

De nuevo sola en su habitación, Maria Leonor intentó volver al punto en que había dejado su pensamiento. Procuró retomar fríamente la idea del suicidio, dominar la rebelión de su carne contra el aguijón del fin de su vida, pero ya no lo consiguió. En sus oídos tintineaba aquella voz animada y el «¡madre!» como una llamada desesperada de vida. Y no pudo resistirse. Cayó de rodillas junto a la ventana, la cabeza apoyada en el alféizar, llorando.

En ese momento, oyó en la alameda voces excitadas, pasos apresurados. Abrió la ventana y se asomó. Abajo, dos hombres entraban en la casa, hablando y gesticulando. Gritó:

—¿Qué pasa?

Uno de ellos levantó la cabeza y, quitándose el sombrero, dijo:

—Venimos a informar a la señora de que el doctor ha muerto. Lo han encontrado en el fondo del dique, con la calesa destrozada y el caballo también muerto. Debe de haberse caído...